金一诺 著

搭车上路，一个人的八万公里

上海文化出版社

重走"丝绸之路"

后记

心随女儿环游世界 / 金光耀

羡慕她长腿走天下

曹景行

记得在金一诺读小学的时候见过她一次，后来从照片中发现她早已长大长高，看起来就是很有个性的长腿女孩。接着就知道她一个人闯荡世界去了。记得有一次老爸担心她回不来，打算给她买张机票，她就是不要。

过去三年，我和她都在实现环球旅行的梦想，但我比不上她，我去过的国家她大半都去过，她去过的地方我大半没去过。何况我主要靠长途飞行，环绕世界旅行早已不难；她却要一个人背着包搭车从一个国家前往又一个国家，我哪来那样的胆量和体力！

我同一诺的老爸金光耀教授当年同在皖南深山里下乡，后来一道考入复旦大学。那个时候我们的胆量和力气可能比今天一诺他们更大，但哪有机会出国旅行？连做这样的梦都嫌奢侈。如今我们都在大学教书，每年都会带着学生出国，想起自己第一次走出国门已经四十六岁，难免会对他们有点"羡慕嫉妒恨"。世界是他们的，青春就是无数的机会。

但像一诺那样对外面世界怀有如此强烈兴趣、敢于去实现环游地球梦想的年轻人还是很少很少。都说外国的月亮不比中国的圆，但前提是你既要看过中国月亮也要看过够多的外国月亮，才有底气说这话。

"旅行，就是背着一个移动的家，去体验别人的生活，也学着更好地过日子。"一诺环球两圈后写下的这句话很实在，却未必有多少人真能懂得、真能做到。我学的是历史，做的是新闻，古今中外，也都是想真实地去了解"别人"。看了一诺的书稿，六大洲八十五国中，我最感兴趣的还是那些我一直想去却去不成的地方，比如非洲中部小国卢旺达。

1994 年卢旺达发生了极为血腥的种族大屠杀，七百万人口中有将近一百万被杀害。我那时在香港《亚洲周刊》做编辑，一段时间内看了大量图片和报道，深深惊骇于人性中的残忍和国际社会的自私、无能和虚伪，一直希望有机会深入到事件背后作更多的了解。但事过境也迁，当初大屠杀发生时许多西方主流媒体就刻意漠视，今天还会有多少人去关注、去探究往事，尤其是年轻一代？

但一诺就为此去了，而且还用她的文字带我去了那儿。她让我知道重生的卢旺达已经成为宁静而有序的国度，"是大非洲的一股清泉"。那儿也是世界上最年轻的国家，二十年中人口增加了一倍，几乎一半为1994年"大流血"之后出生的。许许多多家庭都是劫后重组的，"经历过流血的人们，方知和平的可贵"。一诺还告诉我们别带塑料袋去卢旺达，那儿特别讲究环保，全国上下严格实行"禁塑令"，比咱们这儿认真得多。

她还去了苏丹、布隆迪等好几个非洲中部国家，可惜时间短了一点。但如果她在那些地方多待些日子，上海家中的老爸老妈真不知会焦急成什么样子。我很能理解他们，也很同情他们。记得我女儿在美国读大学，有一个周末打电话过去没人接，那时还没有用手机，不知她去了哪儿，弄得我们整个周末六神无主、坐立不安，后来还是找到教课老师，请他星期一上课时告诉她打电话回家报个平安。我们那次"失联"只是两天，一诺跑了好多比咱们落后一大截的穷国、小国，难免常常"失联"。如果换成我的女儿，会放手让她一次又一次孤身背包出门远游吗？

一诺不会就此停下脚步，写完这本书一定又要去世界上的某个地方。不知道她会不会就这样终生"背着移动的家"，只是希望能够一本接一本看到她的新书，越写越深入。在我们这代人渐渐老去的时候，她代替我们，也带着我们去看地球的每一个角落。更加重要的是，今天的中国比任何时候更需要了解世界上的一切，当然就需要更多一诺这样的年轻人，胆大心细，天下为家。

坦赞铁路

RO 1001

搭车上路，

一个人的八万公里

作为一个环球旅行的过来人，我想说：

"没钱，真的别走。"

买机票与住宿都是技术活，你的小金库准备不充分，就算你号称穷游闯天下，那苦行万里路、爬到泪崩的你怎么能看到这个世界的美好？你也必须是个包容性强的人，要学会去接纳与感受其他国家的文化。如果每到一个地方你都觉得没家乡好，那你还出来干什么呢？

我的环球旅行梦

对我来说，环球旅行看世界，似乎是命定的。

第一次去国外时我才五岁，跟着在大学教书的爸爸去了英国直接上了小学。那次出国时间不长，前后七个多月，随着爸爸结束进修，我也一起回国了。当时出国多少还有点稀罕，在英国的童年"留学"经历，打开了我的眼界，也播下了环球旅行梦的种子。

由于亲历了英国小学的"愉快教育"，我一直不太能适应，更不要说融入国内的教育模式了。但是我对自己喜欢的课程，像地理、英语和体育，还是投入了大把精力，并在这三门课上都取得了最好的成绩。后来，当我徒步攀登乞力马扎罗山，或者搭顺风车穿行潘帕斯草原时，才明白当初这么喜欢这三门课，就是为了长大后出门旅行的。

高中时知道了 Backpacker（背包客）这个词。有次爸爸从欧洲回来，讲到在欧洲坐火车，看到有日本和韩国的女孩，买了优惠的青年联票，晚上坐车，白天就背着包下车去游玩，听得我羡慕不已。旅行的种子，就在我心中进一步发芽。

读大学时去了新西兰，本科毕业也游遍了北岛和南岛。在美国读研究生的两年里，利用大大小小的假期与同学一起自驾逛完了大半个美国。虽是青春作伴、穷游他乡，留下很多美好的记忆，但那还不是我心目中真正的旅行。

完成学业后我去了三亚工作，然后在马尔代夫、毛里求斯和印度尼西亚的度假村里上班，顺便游遍了周边的国家。托工作的福，我得以在这几个国家像本地人一样，有质感地生活了很长一段时间。在交到不少当地朋友的同时，真正了解他们的风土人情。而这，更激起我心底环球旅行的渴望。

时光走得就是如此紧密。我回到了离开多年的故乡上海，找了一份美国某大学在华招生官的工作。两年多的时间里，我几乎每周都要去二三线城市出差，得到的回报是足以支持自己完成环游世界旅行的薪水。这时候，我意识到可以开始计划自己的环球旅行了。

任何靠谱的旅行都不会是说走就走的。没有计划的出游会带来很多不便。大概在出行的一年前，我就把旅行的预算准备到位，几个月前开始搜便宜机票和计划大致路线，一两个月前搞定各种签证，一星期前开始找房东、约当地人见面。

十二年前我成为沙发客网站在中国的第一批用户，在自己三亚的公寓里接待过不少背包客。这一次的环球旅途中，我也顺道回访了以前的客人，大家像朋友一样轮流做东。在一些公共交通费用昂贵的国家，我走去高速边找顺风车搭去目的地；有时候也会直接跟着司机回家借宿，下厨做一顿中餐以表感激。大部分的时候我运气还不错，被当地朋友带去电视台见明星，歪打正着客串去大学授课，或者遇到想学瑜伽的人主动推销自己的瑜伽功，以此换来免费食宿。

有时候，我一个人背着 15 公斤的大包，胸前挂着 7 公斤的小包，甚至都不敢喝水。在蹲式马桶遍地的国家赶路，带着 22 公斤的行李蹲下去再站起来，很不容易。也有几次自己大意住多人间没锁包，一早醒来发现被人抽走几张"富兰克林爷爷"，心痛得恨不得前一天带着"富兰克林爷爷"去住五星酒店。在偶尔遇上拉肚子、遗失信用卡、租车（没买保险）撞坏了保险杠、和当地人纠缠不清的时候，也深深体会到了世事无常。

它们和旅行带给我的惊喜一样，分量都很重。在"上了一课"的同时，我把我看到的人间的美好和不好，都一一记在心间。

作为一个环球旅行的过来人，我想说："没钱，真的别走。"买机票与住宿都是技术活，你的小金库准备不充分，就算你号称穷游闯天下，那苦行万里路、爬到泪崩的你怎么能看到这个世界的美好？你也必须是个包容性强的人，要学会去接纳与感受其他国家的文化。如果每到一个地方你都觉得没家乡好，那你还出来干什么呢？

在我看来，环球旅行与周游列国，也就是旅行与旅游，还是不一样的。我习惯的旅行方式，从一开始的看风景，慢慢地变成了看人。任何地方如果待上几天还找不到那种融入感，或者一个切入点，总觉得只是多了一个护照印章，像是白来一趟。

当我在东非的山村里看到骑着永久 28 大轮自行车的小孩，在亚马逊的河边看到中国上世纪 90 年代产那款银色的打狗棒一样大的手电筒，在摩洛哥 46 摄氏度的高温天喝着主人泡给我的滚烫的茶让我养胃，在哥伦比亚吃到媲美东北大米的香米饭，

在印度看到父母催孩子结婚催得和中国父母一样猛的时候，我
发现这个世界原来没有什么大不同。

这一次的环球旅行我走了两圈，走完了最想走的"三条路"：
丝绸之路、穿越非洲大陆和穿越美洲大陆。全程用时 28 个月，
途径 66 个国家。不做空中飞人，只向白龙马学习。陆路行走
了约 8 万公里。到目前为止，总共涉足六大洲 85 个国家。

旅行，就是背着一个移动的家，去体验别人的生活，也学着更
好地过自己的日子。

H avana 哈瓦那

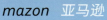

A mazon 亚马逊

搭车上路，

一个人的八万公里

$\mathcal{A}$rgentina 阿根廷

$\mathcal{R}$io 里约

$\mathcal{E}$gypt 埃及

$\mathcal{C}$hile 智利

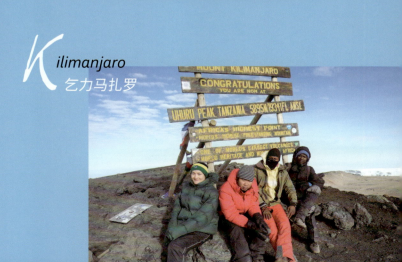

$\mathcal{K}$ilimanjaro
乞力马扎罗

*S*udan 苏丹

*M*adagascar
马达加斯加

搭车上路，

*A*zerbaijan
阿塞拜疆

一个人的八万公里

Maldives 马尔代夫

Uzbekistan 乌兹别克斯坦

Turkmenistan
土库曼斯坦

India
印度

13

*B*olivia 玻利维亚

*S*outh Africa

南非

搭车上路，

一个人的八万公里

*T*anzania

坦桑尼亚

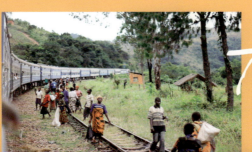

*M*orocco 摩洛哥

*J*ordan 约旦

*M*alawi 马拉维

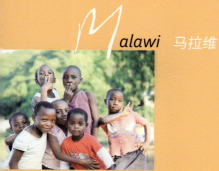

*A*rmenia

亚美尼亚

15

顺风车的文化

从二连浩特口岸出境，在西伯利亚、非洲、中亚和高加索地区逛了13个月后，我从阿拉木图搭车回了国。到霍尔果斯后，又和同伴一起开始了在大西北三个星期的搭车之旅，一路走到了呼和浩特。

搭顺风车（Hitchhiking）的旅行这已经不是第一次，大概五年前我在毛里求斯上班时，为了不用等间隔一小时且严重不准点的公车，就开始尝试走到高速边，伸出大拇指招揽一辆可以免费载我去目的地的小车。这一试，尝到了甜头，便再也丢弃不了搭顺风车的便利。于是在过去的大大小小的轻奢度假行和低成本背包行之中，搭顺风车都成为旅行体验的一部分。

顺风车的概念并不是在每一个国家都有。在很多地方，当你和当地人提出"师傅，能不能顺路免费带我去某地"的想法时，他们一定和很多中国司机一样，问"你愿意贴多少油费"。为了不在这样的国家（路段）浪费等待的时间，你需要在决定是否搭便车前，对这个国家的搭车文化有一个大致了解。

在哪些国家我会搭顺风车？

1. 交通费昂贵或公共交通不发达的国家和地区

如果我跟你说搭车的目的不是为了省钱，而是为了体验民情，那我肯定是在骗你。在长线旅行中，想办法把部分交通费省下来，就能为自己的预算节约一个大头。尤其是在陆路交通不便宜的国家，如果想要看陆地的景色，又不想花那么多钱，那只能选择搭车。例如南非、阿根廷、纳米比亚等。

一些小国人口只有几百万，公共交通的间隔非常长，有时候甚至几天只有一班车。在这种情况下，搭车是不二之选。通常在这种偏远地区，因为真的是人迹罕至，一般司机看到一个大活人站在路边，停车的概率非常高。但是，一定要确保这条路不是真的人迹罕至到一小时只有一辆车经过！此类国家和地区有亚美尼亚南部山区、乌兹别克斯坦、吉尔吉斯斯坦等。一些中亚国家没有定点公交，人满才发车，感觉要等到地老天荒。

在我所有搭车的经历里，唯一一次等了7小时也没等到车，只好打道回府去旅社住一晚，第二天再卷土重来的，发生在阿根廷的40号公路艾尔恰登（El Chalton）段。从艾尔恰登这个徒步天堂到下一个有东西可看的湖区埃尔博尔森（El Bolson）大约是1300公里。这一路的大巴隔天一次，而且不是直达，中间会放你下来睡一觉，前后要两天时间才能到湖区，票价100美金。40号公路的这一段名气很大，被称为"世界上最美的十条公路"之一，所以，无论如何我都要搭上免费的车呀！

早上从埃尔卡拉法特（El Calafate）出发，我很顺利地到了等车的路口。此时，已经有一个智利小哥在此等候。在南美洲，因为搭车文化特别盛行，大家都会按照先来后到的顺序让早来的人先走。又过了一会儿，来了两个德国姐，于是我们四人就这样边吃边聊，在安第斯山脉脚下吹着呼呼的大风，看着绝世的美景，一直等了 7 个小时也没有搭上。一来车流小（一小时五六辆）；二来四个人坐一起那是犯了大忌，因为司机会以为我们是一伙的，要走一起走，停车的意愿就会降低。吸取了教训后，第二天一早我甩开了智利小哥，抢在所有人前面第一个回到了这个路口。等了两小时后终于被"捡"走。

如果你要问，这个路口这么难搭车，万一第二天还搭不上车怎么办？那只有看好地图，准备走回头路，多绕一点路，放弃 40 号公路，走回 3 号高速公路。方法总是有的，时间也是有的，就是折腾。有时候为了省路费，绕点路也是良策。

2. 民风淳朴，很容易搭上车的国家

这类国家是我自助旅行比较喜欢去的，比如土耳其、智利，有时候一个国家吸引人的不是那些雷同的景点，也不是豪华洋气的城市。在智利，大巴的票价非常合理，4 小时大巴票价在人民币 35 元左右，完全可以接受。但是坐了一次智利大巴后，我就感到闷了，车上没人跟你聊天，路过美景也不能停车拍照。同时，搭车的等待时间平均在 10 到 15 分钟，一般很容易找到直达目的地的车。在这样的国家旅行，搭车的初衷已经不是省钱，完全是因为可以接触到友善的当地人，可以拿着手机翻译器跟他们聊天，顺便学点当地语言，运气好的话，司机还会带你去吃饭。而且，私家车跑的时间要比大巴更短！

哪些国家不适合搭顺丰车？

1. 没有封闭式高速，全是"小路 + 短途"的国家和地区

这类国家和地区一般来讲基础建设比较差，城市和城市之间布满了各种小镇和乡村，外加没有封闭式一站到底的高速，能搭上一辆直达目的地的车的概率很低。路上多数车跑的是短途，通常去一个不远的地方要频繁地更换车，加长了中间的等待时间，使搭车的效率变得低下。例如，印度、秘鲁、斯里兰卡等。

2. 没有顺风车文化的国家和地区

在这一类国家和地区，司机载人更倾向于收费。某些地区由于偏远，公交车次不频繁，当地人也依赖顺风车分摊油费。有时

上车前跟司机说好没钱给他，下车后还是会被要钱。例如伊朗、秘鲁和一些非洲国家。

我在中国西部搭过很多次车，经常在说好不用给钱的情况下，下车时还是被司机强行要钱。实在拿不出来，就开始跟司机玩拖延战，这时他们会变相让你买包烟或者买瓶饮料。引用一个昆明汉族司机的话——"这世界哪有坐车不付钱的好事，司机可不是活雷锋！"

3. 经济落后，很少有私家车的国家和地区

撒哈拉以南的非洲（不包含南部非洲）国家，多数家庭和个人都没有私家车，因此在高速公路上能找到的，除了公共交通外，只剩下工作的车辆。几乎等断了脖子，也不会等到一个有钱的非洲大佬开着自己的车停下来捎你一程，只有五花八门的出租车跑来跑去跟你各种纠缠，讨价还价。

在苏丹的时候，我一大早没有赶上去埃塞俄比亚边境一天一班的大巴，便决定搭车赶去边境。这一路换了 7 辆车，才跑了不到 120 公里。眼看下午两点的时候，还有三分之二的路程没跑完，只能被迫改坐短途小巴，就怕天黑到不了边境的话，中途连个落脚的地方都没有。换乘了三辆不同的小巴（其中一辆抛锚在荒郊野外一小时），打了三个小时走廊地铺，在被甩到内脏快要吐出来的路上颠了很久后，终于在天黑时到达。可惜边境已关，需要过夜。大巴 10 小时可以跑完的路程，搭车走了 16 小时，惨不忍睹！

4. 有安全隐患的国家和地区

在某些战乱国家，或者刚内战完还留有武装组织的，或者抢劫严重名声很臭的地方，我没有尝试过搭顺风车。尽管在巴西的 70 天里，完全被巴西人的热情和好客所感动，但鉴于巴西治安太差，名声实在不好，我还是毫不犹豫地坐了大巴和飞机。

5. 公共交通便宜又完善的国家和地区

排名第一的自然是印度。作为世界上最大的雇主之一，印度铁路公司每天都有发往全国各地的火车，虽说不是那么的准点，但 10 美金可以跑上 2000 公里，这个性价比还是很高的。除非你真的很有闲情，我觉得是没人愿意拖着包，和一群牛站在不封闭的乡间小路边，一边吃灰，一边等顺风车吧。

关于在印度搭车是否安全这个问题，推荐大家去看两部近年宝莱坞拍的公路片：《10 号国道》(NH10) 和《在路上》（Highway）。

这两部都是取材于公路的电影，而且都是以女性为主角，讲述了

在印度农村地带可能会遇到的种种险情和意外。女主角在公路旅行中被绑架，之后被恶人和黑帮追，警察也是显露了一贯的腐败和无能。尽管我在印度深度停留过很久，没有遇到过任何危险的事，但凭着对印度的一些了解，相信电影里的场景肯定会在某些地区发生。如果你想在印度搭车，请一定先了解你要去的地区，做好足够的后备方案再行动。

我和同伴也在印度搭过短途的顺风车，从马图拉（Mathura）到阿格拉（Agra），再从阿格拉回德里。这是游客走得最多的一条高速公路（其实也就是开放式乡间小路），从泰姬陵去首都。这样的路段人流多，车流多，公共交通工具多，不偏僻，还是基本可以放心搭车的。当然一般人都会选择印度高铁 3 小时直达，第一次乘公共汽车走这条路我花了 6 小时（因为比火车便宜），第二次搭顺风车我走了 5 小时，时间成本都很高。

搭车需不需要举牌？

我个人觉得完全没有必要。多数车辆在行驶的过程中速度极快，通常都是呼啸而过，根本看不清你认为写得很大的那些目的地的名字。愿意停车的司机，怎么都会为你停。

搭车跟司机聊些什么？

刚开始搭车的时候，热情比较高涨。好不容易遇到一个愿意为你停下的司机，帮你省了路费，那个心怀感激的情绪，恨不得整个旅程都要不间断跟人家唠。当你还是这种菜鸟的时候，也完全不感到累，总是想着"哇，这就是在分分钟体验民情啊"，内心一阵满足。

渐渐地，搭的车多了，跟司机之间的谈话无非也就是一些套路。

你去哪儿？家在那儿吗？运什么货？做什么工作？有几个孩子？

我叫 ×××，从 ××× 来，要到 ××× 去。

去的国家越来越多，我手里会拿着翻译器试着用不同的语言重复地问着上面那些问题，最后发现那些破冰式的问题完全触摸不到所谓的民情。但是，当你开始学说当地话的时候，司机便反客为主，一直抓住你问东问西，渐渐地，把这个国家老百姓的生活铺陈在你面前。

搭车最理想的阵容？

曾经跟一个中国朋友聊天，他在欧洲带着折叠式单车旅行。我想作为一个亚洲脸的男人，在白人的地盘应该是有一点优势的，大家都喜欢舶来品嘛。一问才发现，其实等到一辆顺风车的时长，在世界上多数国家都一样，完全不取决于你是"小黑""小白"还是亚裔，也不管你的行李有多大，看起来多么像一个旅行的人。即使你们是三两成群，也可能"秒上"。

这是他对我说的：

我在收费站足足等了三个小时，没能成功搭车。一个看起来营养不良的法国女人，很丑，点了支烟，来我前面搭车。我立即着急了，连忙上去跟她说：不好意思，你在前面挡我搭车的路，能否到旁边道搭车？她不懂英语，但明白我的意思，很不情愿地到另一条道上等。她像疯子一样见人就大声问，居然等了不到一分钟，就问到去巴塞罗那的车。她没有记仇，帮我问司机是否可以载我和我的自行车，司机点头，她连忙叫我过来。哇，我还真的很感谢她的出现，女性真的很容易就可以搭上车。我们走的时候，旁边一位跟我等了差不多时间的西班牙人，流浪汉打扮，还在苦苦地等车，不知道什么时候能等上。

捷径就在这里，搭车的效率就这样被他总结完了。

通常一个女人搭车是上上签，非常容易被"捡"走，两个女人也算是上上签，尤其是司机有点闲，想找人聊天的；一个男人那是下签，多数司机会感觉有潜在危险；一男一女算是中等，讲穿了还是有女人在；两个男人那就几乎不可能了，除非这个司机真的是心地善良，或者开得快要睡着了，必须找人跟他聊天。

世界就是这么现实。

在搭车走了一圈世界后，基本上所有国家的司机能归成这么几类：要钱、要性、传教和什么都不要。幸运的是，在我搭上的几百辆顺风车里，还是什么都不要的司机居多。感谢一路免费稍上我的各国司机们，有了他们的相助，我的旅程才这么顺利，这么精彩。

环球旅行必备技能——做饭

环球旅行有时候并不是一个普通大众负担不起的沉重的梦想，低成本出行（budget traveling）这个概念可以帮助到更多的年轻人走出去。

作为一个旅行者，在路上每天无法避免的开销无非是吃、住、行三大刚需。通过购买优惠的机票和坐免费的顺风车，可以把出行的花费降到最低，那怎么把"吃"的费用降下来呢？

如果你不会玩锅碗瓢盆，不会跟菜农大妈用当地话砍价挑菜，但心中却有吃遍全球的野心，怎样能在一场长途旅行中，最大化利用身边的资源，用最少的钱满足自己的胃？

也许没人告诉过你，口感好的亚洲泡面（比如辛拉面），在亚洲以外的国家，要卖到 12 到 18 元人民币一包呢！所以吃一包辛拉面，对我这样想节约开支，又追求泡面口感和汤感的人来说，其实性价比不高。

在我经历的 28 个月的长线旅行中，停留时间最长的一个国家是巴西，待了 70 天。就算是受上帝青睐的巴西再物产丰富，基本上吃到第二个月时就已经没花样可翻了。这时候带点手艺上路的你，不管是要借宿当地的家庭，还是在带有公共厨房的旅社小做一顿，都一定会让提供借宿的主人家对你加倍喜爱，或是让自己的五脏六腑充满幸福感。在旅行途中，我下厨做饭的比例大约占到百分之八十。但是，走到食物便宜又美味的国家，那就基本不下厨了。

自己做饭的益处多多。

首先一条自然是自己买菜成本低，省去了下馆子的服务费和食物税。在很多气候适宜、物产丰富的国家，食材尤其便宜。在摩洛哥买一个星期两个人吃的菜，只要人民币 60 元；在埃及的菜市场买一顿四人份的食材只要人民币 40 元；卢旺达，一家两大两小，加上我，五口人，三道素菜的成本价是人民币 10 元。

每次到一个国家逛市场的时候，我最爱的就是打探一下这个国家的物产，好拿"白菜价"捡一点其他地方吃不到的便宜货。比如——

智利三文鱼。尤其是快到收市时，最适合砍价，一大盘的新鲜三文鱼，四人份，只要 35 块人民币不到，有没有感觉自己在吃三文鱼蛋白粉？

在海边吃的就是食材的新鲜口感。智利到处有很优质的海鲜，但做法略显单调。于是，这么高质量的三文鱼拿回家，只要把三文鱼、洋葱、蘑菇、黄油、白葡萄酒、海盐、黑胡椒粉、橄榄油、青葱、柠檬在烤盘里铺妥，锡纸包好，放进烤箱一烤，只需短短二十分钟就搞定啦！

俄罗斯洋葱。俄罗斯的白色小洋葱比其他国家的吃口略甜，同样一道炒菜拿俄罗斯的洋葱做，味道就比别的地方更好，可以搭配任何食材清炒。如此甜美的洋葱，切起片来也是丝毫不留情，硬生生的格外"催人泪下"。

再有，逛菜市场也成为环球旅行中非常接地气的一种文化体验。带着每到一处必须和菜农讨价还价的猎奇心，看一看世界各地人们不同的购物习惯，这种"鸡毛蒜皮"的日常生活感也给我带来不少乐趣。

在印度和墨西哥等地，物产多样，物价亲民，菜贩子之间的竞争就变得尤为激烈。孟买居民区的很多菜市场都是在城铁沿线，见缝插针铺展在地上。下班高峰的时候，一条本不宽敞的小马路，两边被果农和菜农占据，叫卖声四起："Bees ka dus! Bees ka dus!"意思是，所有蔬菜人民币两元十个（像番茄、茄子之类都是按个卖）。

我和两个印度小哥挤在突突车里面，车寸步不移，索性一脚跳下车，先买菜再走回家。于是，菜市场也成了练习印地语数字最好的地方。可惜印度菜价过分便宜，数字不会超过一千，基本都在 100 卢比以内重复。

另外，自己做饭也是为了拯救我"娇贵"的胃。在中美洲一带遇上闷热的雨季，经常吃一次路边摊，要拉上四五天肚子。也有几次在重口味的印度，住了朋友家，一日三餐加下午茶、夜宵，每天被塞咖喱，吃到喷火，蹲在马桶上站不起来。这时候表面上我会对朋友说，今天让我来吧，给你们做一顿比印式中餐 Manchurian chow mein（印度最常见的中餐）更地道的满汉全席；实际心里想的是"去你的重口味咖喱，老子今天一定不能再让你们灌我咖喱酱了"。

在当地房东家里开火做饭，通常都会做上两三个人的份，如果房东有朋友或者是一大家子，那更好了。大部分时候，当我主动建议给一大家子做一顿饭，房东都会让我列一张食材清单，然后很慷慨地买回所有原料，不用我掏一分钱。有时候房东还会让老婆、孩子来厨房给我打下手，负责洗菜切菜洗碗。遇上一些对烹饪感兴趣的主妇，便直接接过所有的体力活，让我只管做好场外指导，发号施令。从洗菜到摆盘，不用我动手，只需动一下嘴，现成的饭菜就端上桌了。

在传播我们博大精深的中华美食文化时会发现，老外对中餐一直存在着很多误解。

误解一： What's your national dish？

这是全球各国人民最常问的一个问题："中国的国菜是哪道？"

就好像日本有寿司，韩国有泡菜，泰国有冬阴功，越南有 pho（米粉），柬埔寨什么都是 amok（椰奶酱汁）往上一浇，土耳其就是换着各种大饼小饼来卷肉，印度的咖喱，墨西哥的 taco（玉米卷），意大利的面条，阿根廷的 asado（烤肉），智利的牛油果热狗，埃及的 Koshari（米饭、豆子、短面条乱炒）和古巴的黑豆子米饭一样，在很多即便有美食，但换来换去无非就是那几道"国菜"的国家，人们总觉得一直以"味美""烹饪考究"而著称的中餐，也肯定有那么一道代表作，可以把中国菜给概括了。

每当我解释起中国菜的八大菜系，都会看到"宿主"们的表情有点像在听天书。对他们来讲，只是一个"中国菜"的概念，不明白为什么还分这么多流派。后来我就简而化之地告诉他们，中国菜只分两种，"辣"和"不辣"，要是能吃辣，那你就是真正的会吃中国菜的人。

经过这么一解释，他们茅塞顿开："原来你们的国菜是辣椒！"

误解二：Do you like Chinese food？Yes, I like fried noodle!
（你喜欢中国菜吗？可喜欢了，我最爱吃炒面！）

很多外国人只去过他们自己国家的中餐馆，难免会把菜单上最常见的炒面和炒饭当作是中餐里的一道菜。通常这些在海外已经本土化的中餐馆，会入乡随俗地把炒面做成带一点蔬菜浇头和肉片的一人份的主食。国外的中餐馆里，几乎不会看到外国人三五好友一起点米饭配小炒。

每次给房东做饭前，我通常会先了解他有没有吃过中餐，喜欢哪道菜。很多时候，房东自信满满地回答我："我当然对中餐了解，我最爱吃炒面。"

我表示"不是主食，是菜"后，房东一脸茫然，"你是说炒面它不是一道菜？"

我巴西的宿主保罗听说我要给他做中餐，就屁颠屁颠地叫来七八个好友，说让我给他们做炒面，其他菜都不需要，因为已经有菜了。后来这顿只加了一点豆芽和香葱的炒面，被保罗大声叫好，还问我怎么可以把巴西中餐馆的味道还原得这么准。

我告诉他，你们不懂有种万能调料叫"酱油"。

误解三：做中餐的原料太复杂，我们国家没有，我从来没吃过中国菜。

另有一些从来没有见过中国菜真面目的宿主，抱着"中餐是传说中的绝世美味，但我们国家不可能吃得到，因为没有原料"的心态，听说我要在他家露两手，一直持怀疑态度。最后带着一脸的疑问，站在厨房，监视我做饭的整个流程，在品尝到成品后，才开始相信，原来用他们国家的本土原料，也是可以加工成中式美味的！

误解四：我不吃"有头有脸"的，我是 VEGAN（素食），我只能吃我们国家的菜。

遇上只吃素食又对中国无肉不欢的饮食文化略懂一二的宿主，那真是我的福音。在大多数发展中国家，蔬菜都比肉便宜，你说我能不开心嘛！只要买几个茄子、辣椒、蘑菇、芹菜、洋葱、长豆，胡乱搭配一通，就能摆出一桌全素宴，让那些以为中餐里没有素食菜的人们，也能找到自己的一片天。

误解五：狗肉是不是真的是一道热门菜？

这个问题，在南美洲被问得尤其多；而南美洲里，在巴西被问得最多。

在这片连老鼠、青蛙、羊驼都被端上餐桌的大陆上，我尽可能耐心地解释他们丢来的一系列有关"残忍""无情"等字眼的追问，告诉他们在中亚我吃了马肉，在马尔代夫尝了海龟肉，在纳米比亚也吃了鹿肉，总有人在吃别人喜欢的动物，中国不过是其中之一。

那么，在路上，如果不提入门级的番茄炒蛋，有哪些菜是既容易找到食材又受不吃辣的外国人的欢迎，而且"做法简单"，不需要很大的厨房空间和很多器具就能完成的？在这里分享几个我在路上百试不爽、屡屡受到好评的 Master Chef 看家菜。

葱油鸡

原料：鸡大腿，葱，姜，盐，油。

这个菜比较万能原因有二：第一，不辣，所需的配料都是最基本款；第二，鸡肉基本算是全球最容易被接受的肉，不用担心有些宗教不吃猪，有些不吃牛，有的个人不吃海鲜、内脏之类。只要选到肥瘦大小适中的好鸡腿，基本不会失手。但在一些吃口重的国家，宿主都不会吃清淡货，嫌葱油鸡入口无味，然后拿出自家的调料往里添加一些他们喜欢的味道。

做法：葱姜入锅，中火煮鸡腿 30 分钟至熟，水控制在低微沸腾状态。爆葱油，实在没葱，可以拿洋葱代替。把煮熟的鸡腿去水拿起，擦上盐待凉。取少许鸡汤放入爆好的葱油，可以根据口味在这里添加一些别的调料（八角、花椒、料酒或豉油等），调成酱汁。然后鸡腿切块，淋上汁。

橘子鸡

原料：鸡胸肉，白醋，酱油，鲜榨橙汁，糖，盐，白胡椒粉，生粉，面粉，蛋清。

美式中餐里比较具有代表性的橘子鸡（orange chicken），吃口酸酸甜甜，符合很多老外对中国菜的假想。这道菜好处是，一般喜欢吃番茄汁类菜系（经典意面、土耳其乱炖、格鲁吉亚番茄炖牛肉、马达加斯加的本土酸甜黑椒牛柳等）的人，都能吃得惯。所以只要你爱番茄酱那个味道，就肯定能接受，基本上也是一款不会在老外面前失手的菜。但是这道菜所需的原料有点复杂，通常不会在一个家庭的厨房里找全，需要另外购买。

做法：鸡胸肉切块，滚上蛋清、白胡椒粉、盐、面粉和生粉（面粉和生粉的比例是 2∶1），油炸成金黄色的脆皮鸡米花。下橙汁大杯、酱油少许、白醋、糖 2~3 勺、水，做成酱汁。等酱汁变浓快收干时，鸡米花下锅爆炒，出锅。这道菜的难点是上色，要看是不是能找到白醋，有时候拿苹果醋代替，再不小心加多了酱油，颜色一下就乌了，变成了咖啡色的焦糖鸡块。

茄子

茄子是一种神奇的蔬菜，虽然在不同的国家茄子的长相差别很大，但这是一款和洋葱一样，在哪里都能找到的平民系蔬菜。炒茄子可以搭配辣椒、肉末、蘑菇和各种当地可买到的其他蔬菜，它很百搭。

做法的话，不管你用什么原料，中式煸炒还是西式烘烤，茄子都能胜任。这绝对是我在路上吃得最频繁的蔬菜。

咖喱，那是一道万能菜。

做咖喱其实不难。只要在有印度人、阿拉伯人聚居的地方买一点香料包随身带着，就可以搭配市场里的各种蔬菜和肉类，到哪里都来个咖喱大杂烩（masala）。在印度人的脑海的里，"咖喱"这个词甚至完全代替了"一道菜"。好几次宿主都问我"今天你会做哪道咖喱"，被我一一纠正成"哪道炒菜"后，依旧摸不着头脑地追问："难道炒菜里面不放咖喱吗？"在印度的大部分地区，菜就是咖喱。但对外国人来说，咖喱可不单单只是一道菜这么简单，它变身起来那简直是比妇女们的沙丽还要让人眼花缭乱。

正宗的印度或斯里兰卡咖喱粉分得很细致，有蔬菜咖喱、鱼肉咖喱、鸡肉咖喱和其他肉类咖喱，我在宿主家看女佣做一道咖喱秋葵就放了 13 种香料。如果你不是在南亚地区做饭，只是"骗骗"一般的当地人，做一道咖喱，大概只需要三四种香料就可以把基本的味道调出来，再加上一般国外厨房很常见的黄油、牛奶和各种奶酱，调制一道口味不辛辣但很浓郁的异域风情咖喱，也是颇受宿主们的欢迎。

要想偷懒一点的话，可以去亚洲超市买现成的泰国咖喱罐头，直接下锅加椰汁和盐、糖就行了。

西班牙蛋饼（*Tortilla*）

Tortilla 在墨西哥是一种作为主食的薄饼，和这里说的西班牙 Tortilla 是两种不同的东西。西班牙蛋饼的做法十分简单，所需的材料也都是一般国家能找到的。Tortilla 既可作为一道简单的美味早餐，也能当作一顿实打实的晚餐主食，填饱肚子。不论是素食者还是肉食者，都可以自行在蛋饼里加上自己喜欢的蔬菜或者肉类，俨然一道万能菜。而且这道菜不需要用到炒菜锅，只要有平底锅就可以。

原料：鸡蛋，土豆，盐，黄油，洋葱，黑胡椒，欧芹，蒜。

做法：洋葱切丝，放在平底锅里小火慢煎 15 分钟（可加黄油）。加入去了皮的土豆块，入锅一起再慢火煎 15~20 分钟。不定时翻面保证土豆受热均匀。放入 2 个蒜，把打好的鸡蛋倒入锅中，继续慢火加热 15 分钟直至成固体。翻面加热后，出锅。可点缀葱花、西芹、黑胡椒等调料。

黄豆煎蛋

虽然罐头食品不是我的首选，但在条件有限，只有罐头可选的情况下，这道黄豆煎蛋也算是不错的小食了。

原料：罐头黄豆，鸡蛋，盐。

做法：最简单的煎蛋技巧，待蛋变熟后，直接倒入经典的英式黄豆。罐头食品的营养价值虽然偏低，但在没有任何调味料的情况下，一碗湿漉漉的有滋有味儿的黄豆汤汁也能给这道菜增色不少。

炒饭

炒饭可能是很多老外最爱的一道中餐了。曾经好多次问宿主爱吃什么菜，都被非常迫切地要求做一个中国炒饭。当我解释说"有剩饭不想浪费才会拿来做炒饭"时，看着那些人诧异的神情，我才发现不小心又打破了一个关于中餐的传说。

原料：隔夜米饭，鸡蛋，胡萝卜，各种可选配料。

做法：炒饭不难做，要记得加点胡萝卜啊青豆啊，把配色搞好，米粒弄成颗粒分明的，老外保证百分之百满意。偶尔也能加点高营养的虾仁进去，档次一下就超越了街边摊的水准。

烤鸡翅

原料：鸡翅，老抽，生抽，盐，外加各种自选香料（八角，桂皮，干辣椒粉，黑胡椒，孜然等）。

做法：烤鸡翅又是一道虽然中餐特色不那么明显，但广受喜爱的大众懒人菜。腌制鸡翅的时候用一点老抽和生抽，再加上各种当地超市可以买到的香料，就可以跟外国人平时吃的自制烤鸡翅区别开来。

这道菜的好处是，只要烤箱足够大，做一大盘就可以喂饱整个家庭，而不用一个个小炒把自己的手臂弄得很累。

做菜就跟做买卖一样，是一种"文化"交易。

在我递上精心准备好的中餐时，也会适宜地要求宿主带我认识一下这个国家的家常菜，于是交换菜品也成了环球旅行中乐趣满满的一部分。尤其在伊朗这样的国家，每每下馆子吃，翻来覆去就是那么几种烤肉串（kofta）和烤番茄。能把烤番茄搬上餐桌的国家，可想而知吃得是有多单调。但伊朗普通人家的私房菜却是让我大开眼界。不仅有我最爱的伊朗酸浆果刺檗（读bò，英文 barberry，波斯语 zerashk）蒸的饭，还有一些特制的梅子酱辣椒塞肉和蜜汁烤肉，很多菜都主打着伊朗人酸酸甜甜的口味偏好。和伊朗主妇们在厨房里切磋厨艺时，我算是慢慢揭开了这个国家黑纱底下的多彩生活。

可能是去的地方不吃猪肉的比较多，在路上基本不做猪肉。外国的厨房通常没有切肉的大刀，如果是买整鸡或整块肉，最好是让肉店师傅事先切成你要的大小，切片、切大块、切小块都行，完全免费。

多数外国厨房里没有酱油，所以我会在中国超市买瓶小酱油随身携带。我也爱吃各种重口味的咖喱，常用到的香料如蔬菜咖喱粉、干辣椒粉、丁香、香叶片、干罗勒碎粉也会随身携带。盐和黑胡椒是外国厨房最常见的调味料，基本不用担心找不到。有时候实在缺调料了，也可以跑去邻居家借一点。

还有些国家用的是点火式的煤气灶。想自己开火做饭，得随身带好火柴。在阿根廷的一个小镇上，我借住的家里没有火，前后几十米才能找到邻居。当时我穿着拖鞋在冷风里跑出去借火，心想为了做顿饭差点就成了卖火柴的小女孩。

有煤气灶还算是小康级别。在埃及阿斯旺，我做了一顿需要别人不停地上下倒弄煤气罐才能保持小火不熄的苦力饭。宿主家的厨房没有灯，煤气罐里的煤气只剩下最后一点，只能通过把煤气罐放到和地面水平的位置才能让眼看就要熄灭的火苗再略微燃得旺一点，炒菜的锅也没有手柄。这顿饭靠三个人，做了一小时：我负责炒菜，同伴扶着煤气罐，宿主拿着抹布把锅子固定住，以免从灶头翻落。

还有那种"80后"不陌生的煤球炉，在大非洲的小村里是家家户户的标配。偶尔跟着宿主大妈玩一把野柴火，也挺有意思的。

普通的非洲家庭用的都是煤球

能吃遍全世界的山珍海味是一种享受。

能踏遍全世界的菜市场，砍掉各国菜农一点价钱是一种技能。

能在各地的宿主家里和八方友人分享中国菜，则是我环球之旅里色彩浓重的一笔，它给我的旅程带来了更多的生活气息，也让足不出户的当地人们了解到我大中华的美味。

TRAVEL, TO MAKE A BETTER WORLD!

环球旅行出发前，我为自己的这次行程计划了三条路线。

一条是从中国出发往西，经印度、伊朗、土耳其到西亚的"丝绸之路"。丝绸之路的中亚部分留在回程的时候走，直接入我国新疆。追着最温暖的季节、迎合民族节庆的时段体验丝绸之路当年的辉煌。

之后飞跃大西洋，去到美国。从纽约开始跟朋友一路自驾到佛罗里达州 Key West（美国大陆最南端），沿着东海岸故地重游学生时代的青春路。也从这个拉丁美洲移民都心心念想去淘金的美洲老大开始，南下至"新大陆"的最南端——号称世界尽头的火地岛。

接着到达非洲，完成从尼罗河入海口（埃及）到非洲大陆最南端（南非 Cape Agulhas）的穿越非洲大陆的陆路之行。

Hitchhiking
Around
the World

搭车上路，一个人的八万公里

the *A*mericas

穿越美洲大陆

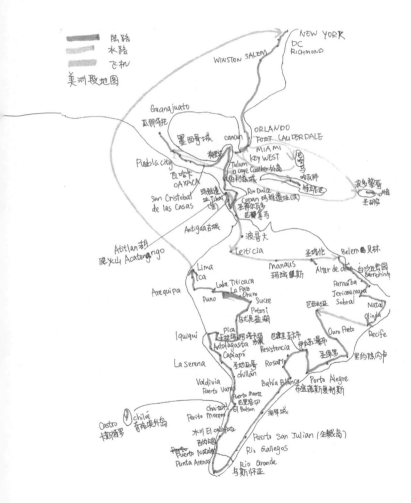

陆路
水路
飞机

美洲段地图

NEW YORK
DC
RICHMOND

WINSTON SALEM

Guanajuato
瓜那华托

墨西哥城
cancun

ORLANDO
FORT LAUDERDALE
MIAMI
KEY WEST

Puebla city

瓦哈卡
OAXACA

San Cristobal
de las Casas

Tulum
o caye Cualker外岛
伯利兹城

哈瓦那

波多黎哥
圣胡安

Rio Dulce
Copan 鸿都拉斯(洪)
圣佩尔吓多
危勒瑞马

Antigua古城

波哥大

Atitlan湖
火山Acatenango

Leiticia

圣塔伦

Belem贝林

Lima
Ica

Manaus
玛瑙斯

Alter de chao
白沙滩公园
Barreirinhg

Arequipa

Lake Titicaca
La Paz
Oruro

Puno

Sucre

Parnaiba
Jericoacoara
Sobral

Potosi

巴西利亚

Natal
Olinda

Iquiqui

Pica
卡拉玛阿塔卡玛
Antofagasta
Capiapo

苏佩

马尤尼盐湖

巴建圣荷市

Recife

Resistencia

伊瓜苏漫布
圣保罗

Ouro Preto

里约热内卢

La Serena

圣地亚哥
chillan

Rosario

Valdivia
Puerto Varas

Bahía Blanca
布宜诺斯爱利斯

Porto Alegre

Puerto Montt
巴里洛切
El Bolson

Castro
卡斯特罗

chiloé
奇洛埃外岛

Chaitén
Perito Moreno

海牙城

水川El calafate
胡山湖
Puerto Natales
Punta Arenas

Puerto San Julian (企鹅岛)
Rio Gallegos
Rio Grande
乌斯怀亚

从纽约南下到火地岛的陆路穿越美洲大陆的原定计划，走到中美洲的危地马拉后，发现无法行通。2015 年 8 月那会儿，中美四国（危地马拉、洪都拉斯、萨尔瓦多和尼加拉瓜）还未与台湾地区"断交"。可以通行中美四国的 CA-4 旅游签证，在入境尼加拉瓜时，手持中华人民共和国护照会被拒绝入境。2015 年的哥伦比亚，反政府游击队还未跟政府签署和平停战协议。在五十多年的内战里，反政府军驻扎在哥伦比亚北部靠近巴拿马的丛林里，堵上了通向南美大陆的路。因此想横穿美洲，全程陆路是走不通了。

我不得不买了几段联程的飞机票，在中美洲和加勒比岛国之间"跳岛"。最后坐飞机飞入南美洲的第一站波哥大（哥伦比亚首都）。南下到哥伦比亚、秘鲁和巴西三国交界的小镇上，水路进入亚马逊河中下游的巴西段。坐着摆渡船漂流到亚马逊河的入海口贝伦，沿着巴西风沙化的壮美东北海岸，走到巴西最南边。进入治安状况略好的阿根廷后，开始在 3 号公路和 40 号公路搭车。再从最南端的火地岛沿着智利的太平洋海岸，北上至秘鲁安第斯山区。

南美洲是一块充满了未知和生命力的土地。出发之前，它是唯一一个我从未踏足的有人居住的大洲。拉美文化的火热和浪漫自由主义的种子在"新大陆"上生根发芽。它是距离中国最远的地方。若在上海穿过地心画一条直线，在地球的那一头是布宜诺斯艾利斯（阿根廷首都）。两个城市相距 19627 公里。这样的一次名副其实的翻过半个地球的长途跋涉，让我在刚踏上第一个海岛波多黎各时，便产生了要"细细品尝"慢慢走遍南美洲大陆的想法。

于是，在这一块最陌生的土地上，我待了十个月。

哈瓦那，初识古巴

飞抵哈瓦那机场的时候已经五点，幸好那时热浪过去了。

当我一脚踏出哈瓦那简陋却没有烦人的拉客小贩的机场，居然有一种回到孟买的错觉。好久没有去过一个地方，能像印度一样，让人一瞬间各种感官都被激活。而古巴，从第一秒起，你就能读出它的不同。

我在机场找到另一个游客一起拼车去了市中心。出租车司机是一位 73 岁的古巴老头。老爷子身体健朗，一边开着车一边跟那乘客聊个不停。

通往哈瓦那市区的路，郁郁葱葱非常漂亮。我们的五彩老爷车穿过这一条椰树长廊时，把旁边人挤人的公交车远远地甩在后面。公交车上站满了古巴人。哈瓦那的市内公交车票极其便宜，便宜到几乎免费（人民币 1 角）。本来我也打算挤"免费"的公交进城，但扑面而来的一股湿气把我全身都打了个湿透。不得不乖乖掏出 10 美金，享受起了花钱买的"外国人待遇"。

在古巴的开销，很难单一地用"便宜"或"贵"去定义。古巴发行的两种货币里，古巴比索（CUP）是发给古巴人用的，可兑换古巴比索（CUC）是专门发给老外用的，等值 1 美金；1 CUC 可以换约 24 个 CUP。一个菠萝，一瓶 500 毫升的水，要 1.5 美金。在旅游区吃一顿饭 5 ～ 10 美金之间。这都算不上太亲民。但同时，如果你找到当地人购物的菜市场，遇到良心摊主，一个菠萝也只需花 10CUP（约 0.5 美金），吃一顿有荤有素还配汤的饭也才不到 2 美金。古巴当地人每个月的基本收入在 40 ～ 50 美金。在当地的市场，"古巴人的价格"其实很便宜。

外国游客在古巴就像是一座"会走动的银行"，到哪儿脸上都自动贴了一层金。大多数古巴小贩，都不愿意按古巴人的价格卖给你。不少餐厅还配备两份菜单。英文菜单的价格通常是西班牙语菜单价格的两到三倍。如果你会一点西语，便能当即感受到来自古巴的温暖啦。

司机爷爷先送了另外一名乘客去了民宿。我们定的住处都在哈瓦那市中心，相距不远。住宅楼门外挂着一个"蓝色的锚"标志的，都是通过政府审批的古巴房东经营的民宿，外国游客只能落脚在有蓝色锚的民宿。而挂着"红色的锚"标志的，则是只能接待古巴本国人的民宿。外国人的民宿通常 20 ～ 30 美金一晚（空调费另算），古巴人的民宿则是 8 ～ 10 美金一晚。

哈瓦那老城区的街道完全像是电影里的场景。一路见过很多所谓的老城、古镇或者标榜着怀旧情怀的文艺小众之地，却没有一个如哈瓦那这般，给人一种劫难过后人去楼空的悲怆感。这一种真实的场景感，瞬间把我拉回到大银幕上经常看到的几十年前的世界。

夏天时候，人们跟上世纪80年代的上海人一样，喜欢出门乘凉，拿着一个凳子就可以当街坐下。男人打着赤膊，少年们在马路上拉起一个网打排球，身后摆放着几个柏油桶一字排开，挡住车流。妇女们也是尽可能地卷起了上衣，只包裹住胸部和臀，来回地穿梭在年久失修的破旧街道中。

哈瓦那的确是一座奇葩的城。抵达民宿之后，我马上出去觅食，却发现这个号称"centro"的市中心区域，连餐厅和超市都没有。

我沿着老板娘比画的方向，从民宿出去走过了两个街区。没有见到超市和餐厅的踪影，路过一个杂货店，只卖酒不卖水。有招牌的那些店几乎都关着，那时才傍晚6点。最后在街边找到一个菠萝摊，一位愁眉苦脸的古巴阿姨坐在那，也不招呼人。第一天落地古巴，见到的小摊贩大多都是这般面无表情。

"Quanto es la piña ？（这菠萝多少钱一个？）"我用单词组成的西语跟大妈来了几个回合，发现对于这门完全陌生的语言，依靠着手势居然能领悟到比现有词汇量更多的意思。禁不住一顿莫名的开心。

"10 peso（CUP）." 大妈回道。

我身上没有带古巴比索（CUP）。能摸出的最小面值是10外国比索（CUC），差不多能买上22个菠萝。递给大妈10CUC让她找零，顺便要求她帮我把菠萝切成片。

">\¥\ € \ £+]+] €] € \$@@'!! " 大妈突然一阵激动。

她以为我搞不清 CUC 和 CUP 的关系，收了我的 10CUC 后，却按照古巴比索（CUP）的汇率少找了我很多钱。在一顿鸡同鸭讲后，我就默认被坑了。饥饿难当的时候，我只想快点把切好的菠萝送到嘴里，花钱买个舒服。委屈的只能是钱，不能是自己。

古巴是个有钱也买不到很多东西的地方，随便搞点舶来品都是宝。不知是否因为物资匮乏，个别古巴人似乎习惯了陌生人送他们点东西。临走，大妈多问了一句，有没有口红可以送她。揣着短斤缺两的找零，一边还看着摊主大妈做着让我"翻包拿口红"的指示，我遇到的第一个古巴生意人，不算让我太开心。

老城区的破旧住宅楼里，几乎家家户户都有一个阳台。也许因为室内没有空调，日落时分能看见很多哈瓦那人站在自家的阳台上。拉家常，看路人，偶尔看到对面阳台上的我举着镜头在拍他们，也会毫不吝啬微笑向我招个手。

我在网上联系到了一个当地报社的年轻人 Dairon，想让这个会说英文的小哥带我逛哈瓦那。

古巴的居民家里都没有网络，我住的民宿也不例外。我用座机打了一个电话找到了 Dairon。不多久便在阳台看到一个打扮时髦的古巴年轻人向我走来。"地导"曾在德里的报社交流实习过半年。"出国"对于现在的古巴人来说，依旧是一件复杂又不容易被批准的事。在海外镀过金的人回到古巴后，通常浑身上下散发着一股海派的姿态。他们手上总有那么几件海外带回来的物品，也不失时机地在介绍起古巴时，特地为你指出，"这些东西你在海外是看不到的，只有古巴现在还保留着"等等。

和 Dairon 一起夜游哈瓦那，走在街上倍感奇妙。虽然这只是落地古巴后在哈瓦那的第一个晚上，我却在这座城市里隐约看到了很多熟悉的城市的影子。

哈瓦那唯一灯火明亮的海滨大道像极了孟买的海湾（Marine Drive），礁石岸堤上坐满了成双成对的人；维修中的首都大楼不用说，就连名字都跟华盛顿的国会山（capital hill）一模一样；昏暗的街头很多只能看到牙齿的非裔古巴兄弟，顿时让我穿越回了内罗毕；无数排昏暗又老旧的居民房，好像回到了上海的南市区（当它还被叫做南市区的时候）……看着街边的古巴爷们儿半卷起上衣露出啤酒肚在乘凉，我惊叹这个世界竟然造得如此之像，在拉美风情的岛国首都都能觅到这么多熟悉生活的影子。

古巴的网络普及率很低，不久前政府开始开放面向民众的无线网络。ETECSA（古巴最大电信运营商），那是我在这里见过的最牛的东西。不管是在哈瓦那还是在特立尼达（Trinidad，古巴中部城市），并且我相信在古巴的其他城市肯定也是如此，ETECSA 门口的队伍永远都排得那么的长。古巴人抢着进去交电话费，燥热不堪的老外也争先恐后地进去开账户上网。

在古巴，政府没有批准私人住家的网络通信资格，老百姓家里没法安装网络。若想上网，只有两种办法：去古巴电信营业厅里的国营网吧，用台式机上网；或者去古巴电信指定的 WIFI 信号发射点，用自己的设备连接 WIFI。哈瓦那全城只有两个 WIFI 网点，上网费用一小时 2 美金。在上网费这点上，古巴人和老外付着同样昂贵的价钱。

Dairon 的报社里有英特网。尽管记者的工作量很大，为了这天天能和外面世界接触的福利，他一直都没有换工作。

抬头看到海湾大道上飞奔着的红红绿绿的老爷车，我想说：哈瓦那，在我走过的那么多地方中，你是距离 2015 年最遥远的城市。

我抽了些时间，去了古巴中部的城市特立尼达（Trinidad）和圣克拉拉（Santa Clara）待了几天。

离开哈瓦那，便离开了城市生活。这让不懂西语的我又比在哈瓦那时更加寸步难行。

特立尼达是古巴一座殖民时期的小镇。在那里每天清晨都会被马蹄声弄醒，中心区域有点商业化，遍地小店和餐厅。城外却很原始，马车是那里的主要交通工具。留了一地的马粪和垃圾，不加任何修饰的味道。而圣克拉拉是古巴地理位置的中心，也是一座带着色彩的城，有切·格瓦拉和革命的博物馆。如果之前没有去过任何拉美小镇，我一定会在那里再待上一阵。只是这些雷同的城镇建设，看多了已经有点审美疲劳。掂量着还是哈瓦那更有特色，很少有地方能给我初到印度时的那种格格不入之感，于是，我冒着酷暑决定提早一天回哈瓦那受虐。

"Taxi, taxi señorita !!!（妹子，出租车要搭吗？）"

下了 viazul（古巴国营的长途汽车公司）的大巴后，绕过一群拉客的司机，我直接奔向了马路对面，准备去坐 27 路公车，回到之前住过的那家民宿，难得的一家有集体宿舍的地方。

行走在这个交流略有障碍，又不能求助"在线谷歌翻译"的地方，我已经慢慢熟门熟路。有时候不得不佩服体内自带的"人工 GPS"的认路能力。谷歌地图的离线定位出了一点问题，坐在行驶的公车上，显示定位的小蓝点停住不动了。在漆黑一片的哈瓦那新城绕了 20 分钟后，我认出了哈瓦那大学和中心医院墙上的壁画。于是在车子停到正确的站时，我跳下了车，扛着大包找回到旅社。

四天，在离开哈瓦那的日子里，一个人过得还算滋润。哈瓦那的晚上，没有第一天来时这么热了。或许是我已经适应了古巴八月的桑拿天。在哈瓦那大学附近，找了一家不常见的装修很现代很小资的餐厅，点了一份烤鸡腿。跟之前一样，上来的都是油炸鸡腿。

走进哈瓦那的小饭馆，除了特色的古巴黑豆米饭，别的菜无可圈可点之处。在特立尼达的时候叫了一份煎鸡蛋，放了一张餐巾纸在桌上吸油。还没有把鸡蛋吃完，纸巾已经完全被油浸透。一般在生活水平较低的地区，人们吃的都是油炸食品。美国黑人区、非洲充斥着各种油炸食品，还有印度街头的 samosa（三角饺，印度小吃）和各种油腻的甜点。只有摆脱全油炸之后，做菜才能称为"烹饪"吧。所以在花钱买不到选择的古巴，只能吃得随便一点。

古巴的夜晚，无论是在圣克拉拉还是特立尼达，哪怕是顶着"首都"光环的哈瓦那，都是漆黑一片。我来自一个光源污染极其严重的巨型城市，像这样摸黑走在大马路上，还挺有上世纪 80 年代末记忆中小时候的感觉，心里一阵喜欢。

在拉美国家里，古巴的治安算是比较好的。基于古巴现在的国情，政府扶持外来旅游业的发展，若是有古巴人袭击或者偷抢外国人，处罚十分严重。所以在古巴，游客基本不用担心被袭。

过去的一周里，我也陆陆续续接触了不少古巴民众。总结起来就是：白天走在马路上吹口哨叫你回头的男人比比皆是，也有跟你大打招呼的古巴豪放派女人跑上来跟你合影；古巴人总体都十分热情，有些的士司机欺负你不会西语，抬价不成甚至会拒绝载客。古巴人民的长相在拉美一带属于好看偏上，随便抓一个路人甲看着都可爱而友好。

正当我在幽暗的街道上一个人散着步时，突然黑暗中被一声"Hola"叫住。回头一看是 Yuri，一个在沙发客网站上认识的古巴哥们，正坐在地上跟一对西班牙情侣聊着天。哈瓦那老城区的晚上几乎没什么交通，坐在空荡荡的马路边聊天是当地人很喜欢的一种消磨时间的方式。

我在哈瓦那住的民宿就是 Yuri 给介绍的，一般民宿的单人间最低 15 美金一晚，而这里只要 8 美金。Yuri 和民宿的老板娘更像是合作互惠关系，一有游客在网站上公开询问哈瓦那最实惠的住宿，Yuri 就直接把他们介绍去我住的这家民宿。这里的每一个客人他都认识。

走前的最后一晚，Yuri 带我们打了老爷出租车去了 FAC ——古巴新区一个老厂房改造成的仓库式音乐中心。门票 2 美金，进去后酒水饮料基本在 2～3 美金，酒精类的消费着实不贵。一脉继承了拉美国家爱好音乐，又热衷于派对的传统。

老厂房音乐中心有四层。昏暗的底层专为重金属音乐而打造，留给那些终年不需要阳光的喜欢猛甩头发乱舞的人们一片只属于他们的净土；二层是一个爵士组合的演唱舞台，配合着紫色调的光影，让听众们静静享受着古巴女歌手的天籁之声；三楼则是一个人文摄影展，陈列着古巴的古往今夕，也告诉游客哈瓦那曾经有过的繁荣；开放式的顶楼露台此时正在进行着一场小提琴现场演奏。

我点了一杯 Mojito，是古巴本土最招牌的"外国游客都想尝试一下"的鸡尾酒。这里卖的鸡尾酒普遍来说口味都偏甜，可能因为古巴盛产甘蔗。一杯 Mojito 下肚后就已经腻了。我一知半解地跟说着西语的其他四个人聊起来，语言是在拉美社交需要克服的一大困难。很多时候周围没有人会说英文。虽然西语很多单词跟英语一模一样，但读音和词性不同，让人一时半会很难上手。同行的其他人耐心地教了我几个词，在古巴的最后一夜也带着愉悦的心情慢慢过去了……

离开古巴的那天早上，我摸出身上剩下的所有的钱，去民宿旁的面包房买了两个"哈瓦那式牛油蛋糕"，准备打包带走。第一天来的时候，同屋的英国人介绍了我这款怀旧蛋糕。第一眼看到它，我立即就被圈粉了。它长得跟上世纪 80 年代末上海蛋糕店里的纸杯蛋糕几乎一样。双倍的尺寸，带着浓重的牛油香，但糕体本身烘得不够紧实，每咬一口，不仅干到要卡住喉咙，而且撒落了一地的蛋糕屑。

虽然很多古巴食品做得都不太精致，却吃出了回忆的味道。走进国营面包房，仿佛走回了每天拿着两毛钱出去买雪糕的日子。那时冰柜里只有奶油雪糕和鸳鸯雪糕可以选，但是有自己喜欢的口味，一个就够了，日子过得简单而快乐。

走在哈瓦那破旧的楼房边，没有物质诱惑，也没有选择困难症，只需顾好眼前，这一刻所拥有的一切。

七天吊床，漂流亚马逊

一

一场突来的大雨过后，天边出现了一片红霞，很小的一块红色，不一会儿就躲到树丛后，渐渐消失了。亚马逊的黑夜来临了。漫长又潮湿的黑夜，岸边偶尔出现星星点点的几户人家，却没有一个成规模的村落。放眼望去，一片无尽的黑。

此刻，晚上七点。我漂在世界第二长河上，一路向东。

客船上刚提供完了晚餐，比我上船前预想的要好，居然是很多牛肉，切成小块，配着土豆、面条和胡萝卜。用餐区在船舱底层，靠近船尾发动机的地方，形式是自助。船上的牛肉居然是不限量供应，我连吃了两轮。一小时前因为饥饿难耐，我去楼下买了一碗杯面，4 巴西里尔（1 里尔约合 1.6 元人民币）。从一大早赶去莱蒂西亚（Leticia）的码头等发船，到冒着大雨飞奔上船支起吊床，一整天都靠零食撑着。等坐定下来，吃上第一口热腾腾的饭时，全身都舒坦了。

哥伦比亚的莱蒂西亚小镇坐落在亚马逊流域的雨林里，位于哥伦比亚的最南部，紧挨着巴西和秘鲁的国境。这个地方也是我要坐船漂流亚马逊河的起点。从平均海拔高于 2000 米的哥伦比亚中部山区来到莱蒂西亚，飞机是唯一的选择。哥伦比亚的莱蒂西亚和巴西城市塔巴廷加（Tabatinga）接壤，就像是同一个村子里的一条主街。两个国家在这里并未设定明显的国界，路上甚至连醒目的标示都没有。路边有一个警察厅，跨过几步就不知不觉从哥伦比亚踏上巴西的国土了。再回头仔细看，只有马路中央随意竖着一块类似"不能停车"的标牌，在告诉你，你已经离境了。葡萄牙语写的，难怪一开始没找到。

亚马逊流域面积巨大，占据了整个南美洲 40% 的土地。这些隐藏在与世隔绝的亚马逊雨林里的小镇，几乎都是靠着行驶在亚马逊河上的客船，和周边村落建立起了商贸往来。整个亚马逊地区和巴西的其他州被河水分割开来。就连亚马逊州的最大城市玛瑙斯（首府），除了一条通向北边 Roraima 州的公路外，也完全没有通到其他地方的公路。水路交通是当地人出行的第一选择。

我乘坐的正是这种用来运载村民的非观光性质的客船。从条件来看，似乎更像是我们熟悉的摆渡船。船体上下两层，没有窗户遮蔽，除了顶棚外其余都是敞开式。站在船左侧的夹板上，一眼能望到右侧夹板。这样全通风式的设计，一来迎合了亚马逊流域终年无冬、气候潮热的透风需求，二来为亚马逊流域的巴西居民量身打造了一个再好不过的休息方式——睡吊床。

走进巴西北部的家庭，你可以在每一户当地人家里看到吊床。吊床虽来自墨西哥，但真正把吊床文化发扬光大的非巴西人莫属。我在中国认识的巴西朋友老贝，甚至把自己家的吊床带去了中国，挂在上海租的公寓客厅内。闲来无事时，老贝总是会打开轻快的拉丁舞曲，往吊床上一躺，在魔都阴灰的天空下，假想着自己睡在里约的沙滩边、树荫下。吊床是懂得享受生活的巴西人不可或缺的伙伴。我实在是躺不惯吊床，一度觉得躺太久脊椎会被压弯，特别疼。老贝却一再给我洗脑——到了巴西，吊床文化是绝对不能错过的体验。

于是刚入到巴西的第一个州亚马逊州后，我毅然决定听从老贝的建议。客船上出售两种不同舱位的票，略贵的单／双人小包间，和公共区域的吊床大通铺。我毫不犹豫地买了吊床铺位的票。

对于巴西，这个世界上面积第五大的国家，来之前我已经有了很多期待。

我在莱蒂西亚的集市上换了一点巴西里尔，买了一个豪华版的吊床。一个豪华吊床相对于普通的吊床来讲，铺开后可以平躺的面积会大很多，编织吊床用的麻布也更结实硬挺。对于需要在船上长时间平躺的我来讲，吊床的舒适度尤为重要。

巴西段的亚马逊河上游从哥伦比亚、秘鲁和巴西三国交汇的塔巴廷加起，一直到玛瑙斯。这一段的亚马逊叫索里莫斯河

（Solimões），顺流漂流正常需要三天；玛瑙斯再往下，才是
"名正言顺"大家耳熟能详的亚马逊河。从莱蒂西亚到终点贝伦，
中间需要换两次船，分别在玛瑙斯和圣塔伦停留，重新买票，
上新的船。

从塔巴廷加开始漂流亚马逊河（巴西段）全程坐船要七天六夜。
入手一个豪华版的吊床，是为了接下来让船上的日子变得更好
过。毕竟有一个礼拜的时间，要漂在前不着村后不着店的亚马
逊流域无人区。如果第一天就睡不惯吊床，那还得多忍两个晚
上才能漂到玛瑙斯改坐飞机。或者半路加钱，换去比吊床铺贵
三倍的单人包间。但这么一来吊床就白买了，比原本直接选择
睡包间又多花了一个吊床的钱，似乎更不划算了。

前思后想，我在心里默默念着："为了预算，无论如何，都得
尽量一觉睡到贝伦啊！"

第一段船程（从莱蒂西亚到玛瑙斯），每周只有两班船。行船
时长通常需要三天，但有时候也并非绝对固定。因为在路上时
常有意外出现。这意外包括罢工、天气状况、河流水量，或者
只是对当地人时间观念不靠谱的一种诠释。如遇旱季水位偏低，
船会随意选择一个附近的村庄停靠，无限搁浅，直到水位回高。
当然，也可以选择逆流走巴西境内的全程河段，用时比顺流还
要多三天。

我坐在塔巴廷加的亚马逊河边码头，在等船时吃掉了两包薯片。
和我一起在码头等候的还有十个外国人和六七十个当地人。其
中，有一个来自圣保罗的小哥迪亚哥，说着一口流利的英语。

从他携带的大背包、单反和 GoPro 这些装备来判断，哥们一定是个背包客，换言之，和我一样是名外来游客。住在塔巴廷加镇上的多数人都是亚马逊地区的原住民，几乎不会英文，皮肤黝黑，脸部轮廓像东南亚人。因此当我遇见迪亚哥后，便把他和其他巴西人分开来，划入老外游客的行列。小哥刚刚从巴拿马结束了一年半的电脑工程师工作，也是第一次来到巴西的北部，计划走陆路从亚马逊州回圣保罗。

码头上有很多小贩，其中一些在叫卖冷饮。我摸着口袋想找一点零钱，这时迪亚哥主动走了过来。见我没零钱，立马掏出自己的硬币替我买了一根牛奶味奶冰。在巴西的热土上还未踩满一小时，就已经让人感到了温暖。

计划下午两点出发的船，最后延误了一小时才发。

出发前，按照规定，所有的乘客需要把携带的行李放在码头边，排成一行。村里派来几个协警，牵着两条大猎犬，一遍又一遍地仔细检查着所有的行李。猎犬把包裹反复嗅了嗅，然后协警又抽查了几名当地乘客，要求他们开箱。一同登船的大约有十名老外游客，没有人被抽查到。工作人员和猎犬都把过关，觉得无人有携带毒品的可疑性，才离去。

登船前几分钟，天空阴了下来。继而又飘起了毛毛雨。迪亚哥告诉我，一会船舱打开后一定要用最快的速度飞奔过去，才能杀出重围，抢到一个好一点的位置，把自己的吊床支撑起来。

"你不是也第一次来么，怎么知道要用抢的？"

"我懂葡萄牙语啊,我听到旁边大妈就是这样告诉自己女儿的。哈哈!"

和圣保罗小哥迪亚哥搞好关系,是接下来三天漂流中至关重要的一点。一个人旅行,尤其是在巴西这样治安不佳的地方,多一个能替我看包的同伴,恰巧又懂葡萄牙语,那真是莫大的便利。

船靠岸后,说时迟那时快,前一秒还在码头屋檐下避雨的人们都成了离弦的箭,提着大包小包不顾一切地冲向船舱。一楼和二楼空荡荡的大厅里,瞬间就密密麻麻地竖满了一张张吊床。要在船上找到一个挂吊床的好位置,就是得靠"抢"。巴西亚马逊流域的居民,在这一点上可不会礼让。

所谓挂吊床的好位置,首先是不能漏风,不能挑无遮挡的船尾。亚马逊流域的天气随时会变,如若遇到暴风雨,睡在船尾不光挨冻,而且还会被浇湿;其次是不能靠近发动机,24 小时的隆隆噪音很容易让人烦躁,所以一楼船尾又被排除了;另外,还得远离厕所。在等候登船的时候,我提前和迪亚哥达成共识。上去后便直奔船舱二楼中间的位置,匆匆地挂上了我们的吊床。在四面漏风又不带保险柜的大通铺找一个可靠的"根据地",这个位置还算比较理想。

按照朋友老贝的指示,我准备了两段 1.5 米长的绳子,用来挂吊床。待我们得意洋洋站在已经圈到的"领地"上,却傻眼了。旁边的亚马逊居民,一个个都光速一般在一分钟内支起了吊床,已经坐在上面摇摆起来了。我看着迪亚哥,向他寻求帮助,要他教我怎样能把绳子穿过上面的吊杆撑起吊床，并且要挂得稳当，在接下来的三天内不会掉。他摇摇头，无奈地告诉我，自己家里的吊床也从来不是他亲手绑的，面对手里的两根绳子，也实在救不了场。

在一群躺着享受的亚马逊当地人中，我们突兀地站在原地，束手无策。此时一位白人爷爷走到了我身边。他接过我手中的绳子，往吊柱上一甩，三两下就替我打好了两个交错的结，再用力往下一拽，床就吊上去了。娴熟的技术，让我误以为船上专门为乘客配备了一个挂吊床的职员。老爷爷帮我弄完之后，只是用葡萄牙语给了迪亚哥一些指示。迪亚哥照着爷爷的样子，依样画葫芦，慢慢也挂好了自己的吊床。

直到后来在船长室里再一次遇到爷爷，我才知道原来亲手帮我挂上吊床的就是船长。这和想象中威严又有距离感的船长叔叔的印象反差有点大啊。居然有幸让老船长亲自出马帮我，在巴西我渐渐开始体会到不一样的老外待遇。

开船后，我们渐渐驶入了上游略微宽敞的河段，两岸的景色郁郁葱葱，只是很少见到村落和人家。

我带了一背包的零食上船，在心里嘀咕了很多次"万一"。万一冷了怎么办，东西没人看怎么办，腰酸了怎么办，吃饭怎么办，洗澡怎么办，无聊了怎么办？后来发现很多事情不需要担心太多。既然水路是不二的选择，既来之则乐之。

傍晚时分，泛着波光的亚马逊河在视线可及的范围内显得如此平静。太阳落山后，随之变成了一片漆黑，借着月光可以隐约看见不远处的树林。三天的水上生活开始了，我盘算着要在这些说英文的老外游客里搭讪一下，想办法在没信号、没网的日子里解解闷。

晚饭后，迪亚哥和旁边的几个德国人下楼去喝酒，当地人则大多一家家聚在自己的吊床边聊天。按照巴西人一贯的作风，他们的嗓门开得有点大，好像在市场做买卖时那样，没多久便传来一阵阵歇斯底里的哈哈大笑。这么"用力"的大笑我以为过不了多久他们就会累了安静下来，可是我低估了巴西人的体能。

想到明天可能一大早就要被这几十号人的大通铺声响弄醒，不到十点我就打算乖乖先睡了。穿上两件外套，两层袜子，戴上冬帽。睡前船长走过来拉下了挡风的帘子，河面上直吹进来的风小了很多，但还是会漏一些进来。白天宜人解热的微风，到了太阳下山之后，还是会有些许的凉。

我把相机包挂在吊床里侧，手挎过相机包的带子，脚上再穿过大背包的肩带（防偷），一倒下去马上就睡着了。吊床上的第一晚，居然整晚都没醒。预想了好几百遍的各种入睡难症状，并没有发生。

上月此时，我也在一艘船上漂流。巴哈马的度假型大游轮，享受着加勒比海的阳光，每天睁开眼就对着自助餐吃到扶墙而出；晚上在船上的剧场和赌场消磨时间，一天一千花得太开心。转战到了巴西，出行成本变成一天一百，竟也能找到乐子。这场景切换得有点过于梦幻。

不过至此，我终于相信我已经来到了巴西，漂上了亚马逊。

二

熟悉了船上的生活后，第二天和第三天过得异常快。

船行的舒适程度比预计的要好很多。老贝教过我，睡吊床的秘诀就是要尽可能斜着躺，无限加大身体与吊床的接触面积。这样做可以减小吊床本身的下垂弧度，让后腰和背部不至于因为接触面不平坦而不舒服。所以，上游的三天除了一晚被旁边彻夜未眠的迪亚哥踢醒一次外，我都睡得非常好。

白天我和迪亚哥躺在各自的吊床上看书，看累了就停下来跟小哥学几句下船后可以用到的葡萄牙语。下午，小哥挡不住潮热的气候，定点午睡；我闲来无聊，一直在船内上上下下地走动，看当地人打巴西式多米诺牌，或者走到船尾一层的空地看巴西乘客踢球。足球王国把船上三分之一的空地拿出来，建了一个小型足球场，外面特地加了一个大网以防球落入河里。这种热情也真的够巴西了！

船长爷爷无疑是这三天船程的点睛之笔。有一天下午，我搬了张椅子在甲板上吹风，默写着刚刚学会的葡萄牙语单词。可能是唯一的亚裔吧，老船长每次走过我旁边，都会给我送上一杯自制的香蕉奶昔。比画了几次，虽然言语不能交流，但能猜到老爷爷应该在问我"奶昔好喝吗"，我一阵猛点头，竖起了大拇指。第二天吃完早餐，老人家又准点为我送上一杯。

下船前，老船长特地把迪亚哥和我都叫进了船长室，要他帮忙做翻译。爷爷说因为船上很少见到亚洲人，又是独自出游的亚洲女人，他特别高兴。话毕，又摸出一件游船纪念 T 恤送给了我。只有一件哦，其他欧洲人老外都没有！迪亚哥一边帮忙翻译着，一边直呼这老外待遇也太好了吧。

在河上漂了七十个小时后，终于可以看到玛瑙斯了。

玛瑙斯（Manaus）是巴西最大的州——亚马逊州的首府，这里气候闷热潮湿，没有四季之分。城市所在的位置正好是索里莫斯河和亚马逊另外一条主支流黑河的交汇处。行船在接近玛瑙斯码头时，站在甲板上能清晰地看见两条河流的交汇。带着泥沙的黄色索里莫斯河和深灰色的黑河由于密度和流速的不同，始终泾渭分明，互不交融。

玛瑙斯是南部巴西人眼中很穷的城市。不光圣保罗来的迪亚哥这么说，另外一个巴西人（最南边省来的）也用了"poor"这个词来形容亚马逊地区的这些城市。大城市来的他们，都是第一次来到自己国家的北部省。但是，这些负面的评价并没有减弱我对玛瑙斯的好感。这里的高温，高湿度，各类可口的、怪异的热带水果和亚马逊流域特产的河鱼，让我想起了我住过一年的三亚。这是热带海港城市共有的特点。

巴西的住宿不算便宜，一路过来也听很多游客说在巴西住青年旅社，经常一觉醒来就被偷了个精光。于是在沙发客的网站找到了一个宿主芮，打算以客人的身份免费去他家住。

去之前我对芮略知一二，但是没有料到这位巴西的 Drama King（戏剧之王）又一次刷新了我对 drama（戏剧）这个词的认识。借宿在他家的四天里，我就像是看电视剧一样看遍了巴西"彩虹社区"里的分分合合，欢笑和眼泪。以芮的取向来说，我应该非常感激他仁慈地接受了我在他家借宿。因为，大多时候他只接待男性沙发客。

第一天，我和芮一起去码头送走了一个俄罗斯帅哥，他伤心得哭了半小时。俄罗斯帅哥是一个典型的在沙发客网站以借宿为由，自己不想花钱的客人。我们送他去码头坐船前的最后一秒，他发现自己身边没现金要去找银行，一边却说担心赶不上船。芮非常慷慨地送他 100 里尔，他假装推让了一下，立马收下，满载而走。

第二天，芮带我去参加他一位怀孕的女性朋友的准妈妈派对。

到了才告诉我，在场的所有男人都和芮的取向一样。我环顾了半天没找到一个可能的孩子他爸，最后被告知孩子他爸是女人的表弟，自从知道两人有了孩子后，亲戚之间就已经不相往来，表弟一家远走高飞了。

第三天，芮接待了一个法国人，走时眼圈又哭红了。再后来，又收了一个保加利亚小哥和英国剑桥小哥。下午我突然被芮放了鸽子。本来说好来码头接我，最后却没出现，编了个故事说跟妈妈在一起。事后我从保加利亚小哥和英国剑桥小哥那里获悉，原来芮哥下午偷偷带他们去朋友家泡私人泳池了，怕我的出现会"破坏"他的私密时光吧。

听说在巴西这样的"彩虹社区"规模很大，尤其是在里约，能见到很多。之前工作时也结识了很多这样的人，日常举止都挺正常的。可四天在玛瑙斯的"大戏"看下来，实在是超越了我的承受范围。芮每天穿着紧身内裤在房间里走动，不放过任何一个男性老外背包客。哪怕别人住在旅舍，他还是执着地把客人邀请到家里来住。

巴西的第一站，我就这样被迫体验了一把巴西式的热情。在挤满了直男和非直男的一房一厅里，我打了五个晚上的地铺。沙发和床垫自然都被"男士优先"地拿去供给男客人。留我在客厅，连吹个电扇都要看各国小哥的脸色。玛瑙斯留下的回忆，除了没有蚊子的小窃喜之外，全是一团狗血的闹剧。只是，因为在等下一程的船期，我暂时也无处可去。

离开玛瑙斯的那天，芮很热心地开车把我送去船上，帮我支起我的吊床。我终于大松一口气，虽然没有搭到直达贝伦的船，但总算可以离开这个疯狂的家。和芮道别后，我还是挺感谢他，尽管这五天我体验了一把"失宠"的生活，但巴西人送客还是万分周到的。

从玛瑙斯到圣塔伦的船不包餐，还异常拥挤，挤到有些吊床是上下摆放，跟火车上下铺一般。而且孩子特别多，个个都是晚上可能大哭大闹不让人睡觉的主。外国人只有三个，其余的都是拿着大包小包的村民。

芮把我的吊床支在一个能说英语的南方省的男人旁边。这样，一路船靠岸需要买食物的时候，能及时帮忙翻译。我的右边，是一个大块头大叔，由于下游的河宽了很多，船时常被浪摇起，一晚上被大叔的吊床左右摇摆撞醒了几次。

亚马逊中下游这里，河面上的风变小了。即使在船行进的时候，也比之前更热。岸边，不再是大片的原始植被，不再是浓密得望不到人烟的幽深林海。取而代之的是沙滩、小渔村和很多的货船、通向内地的公路，连河面上的鸟都多了起来。手机也大部分时间有了信号。河面宽得像大海，已经不能同时看到两岸的树了。这一带，河面宽度都在 20 公里左右，那种人类移居过来后带来的生气，和上游无人区的宁静和死寂形成了鲜明的对比。

晚上遇到了月全食，我坐在甲板上看到一轮红红的满月。如果把亚马逊比作一个百变的拉丁女郎，那她一定有她的大姨妈脾气和邻家女孩般的亲和。当橙红色的月光映在河面上，这正是亚马逊河最婀娜多姿的温柔一面。

早上醒来时，船上空了很多。一半的人在半路下船了。谢天谢地，终于能清净一下，多点空间睡得舒服点。

晚上五点到达圣塔伦。

三

我打算先在中下游城市圣塔伦边的阿尔特杜尚（Alter do Chao）湖边小镇歇两天。这里位于亚马逊及其中一条支流的分岔口，地势很特别，号称亚马逊的加勒比海。弯曲的河流走势自然而然地形成了一些小湖，湖水湛蓝。

我在船上遇到的葡萄牙女生菲力正在巴西读生态学的博士。在船上的两天，听她介绍了很多只有亚马逊周边一带才有的奇异物种。下船后，我们结伴去找住处。

这里的旅社和家庭旅馆，除了有实惠的多人间外，也有卖吊床铺位。只要在院子里找好两棵树，把吊床挂上去，就可以露天睡觉，价格比房间还要便宜。倘若哪家的花园里没有蚊子，也肯定是个不错的选择。

我和菲力第一晚找了一个吊床铺，半夜爬起来点上了蚊香。耳边"嗡嗡"的，一直能听到两三只蚊子在叫，它们吸起血来毫不留情。下船后，还想继续睡吊床的话，我暂时没有摸到门道。

第二天，我们搭了公交到了码头，赶十点的船去贝伦。河上的日子，今天就是最后一程了。从圣塔伦再漂两天到达亚马逊下游的贝伦。有"河海"之称的世界上水流量最大的亚马逊河，在帕拉州的首府贝伦这里汇入大西洋。

亚马逊的船票一直都像是一个谜。没人能解释，为什么官方的报价要比小商贩卖的更贵。小商贩手里卖的，也都是能上船的真票。就在船码头对面的旅行社里，我挨家挨户问了价格，票价在 150 ～ 180 里尔之间。砍了半天价，最后给了 110 里尔。拿到票后还是一样得赶在村民前上船找位。在漂了那么多天亚马逊河后，我完全把"礼让"抛在了脑后，在巴西入乡随俗，我的改变之一是开始当仁不让地抢起了吊床位。

这是在亚马逊河上坐的第三艘船了，现在有了"一分钟挂吊床"的技能在身，我已经可以秒杀很多当地人。扫视了一下准备登船的游客，有两张不常见的亚洲面孔，在售票处又看到两本红

本护照，原来是一对北京的小夫妻，出门环球半年，在圣塔伦刚拉了肚子。能在亚马逊的船上遇到中国人，还真有点意外。开船前过去跟他们聊了聊，又消磨掉了延误的两小时。

船的三层有很多内舱包厢，人民币 700 元一间，自带洗手间，北京夫妻住的就是小包厢。走上三层，大多是看到河边原住民村子就要拍照的"没见过亚马逊"的外国人。空闲时间，除了刷他们的手机外，年纪大一点的就看看书，年轻的就弹弹吉他。也有一些巴西的家庭住在内舱房，看起来应该都是小康。

这艘船的二楼吊床铺不再是敞开式的设计。整个二楼舱内都开上了空调，由于人多，并没有起到降温的作用，反而还让室内的空气变得有点浑浊。在二楼吊床铺位里，除了我和一对委内瑞拉的情侣，其他清一色亚马逊流域的巴西人。当地人通常都是一大家子旅行，大包小包，拖着几个不穿上衣、爱哭爱闹的娃。很多家庭他们自带午饭、晚饭，闲暇时间就窝在吊床里放大嗓门聊天，接着继续放大嗓门狂笑。笑的时候像在故意使劲儿，要别人听见。大白天就这么躺一天，什么事也不干。

早晨五点十八分，还在睡梦中的我被一阵音乐吵醒，仔细听好像是亚马逊地区的乡村小调，"叮叮哐哐"地天还没亮就开始叫早。我起身走去厕所，回来后找了半天竟找不到声源，心里直恨哪个大叔大妈在放音乐扰民。环顾周围，大家都睡得酣，隔壁大妈还打着呼噜。无奈之下，只能塞上耳机，放一点悦耳的音乐再努力睡下去。尽管被吵醒了，温暖的亚马逊湿度和气温，还是瞬间将我抚平。等再次醒来时，已经是上午十一点。

快接近贝伦的下游河段，热闹了很多。船在入海三角洲处拐了个弯，从干流驶到了一条支流。于是汪洋一样宽阔的亚马逊河转眼之间又变回了上游索里莫斯河那宁静的样子。河宽从几百米缩小到了几十米，两边都是村民住家的江南水乡般的景色。仿佛收起了河海般壮阔的大气女子，摇身一变又变回了可亲的邻家小姐姐。

河流最窄的地方大约 20 米。站在甲板上，偶尔会被两旁的树枝打到头。船长关小了发动机，"隆隆"的马达声渐渐消失。两岸的树木几乎触手可及，种类也多了起来，我看到了椰子树和很多红色的奇异果子。河边，零零星星地开始有了一些简易的木屋，还有自己荡着双桨，从家里划小船出来"遛弯"的孩子们。

在河边长大的孩子生来就是亲水的，每一个人都是小船长。见我们的客船经过家门，一些孩子立马加足了船发动机的马力，几人一条小船紧追着我们的大船跑。等快要接近大船的时候，年龄略大的孩子眼疾手快甩出一根绳索，拴住了大船的栏杆。靠着手臂的力量，把自己的小船一点一点拉往大船。待小船靠上了大船的底层围栏处，其中一个孩子保持在原地不动，负责把小船固定在大船边。剩下的孩子一跃跳到大船上来，开始兜售自家种的椰子。

亚马逊流域的孩子都长得黑瘦黑瘦。好多留着一头及肩长的头发，微微带卷。一些甚至分不出是男是女。这些孩子的平均年龄大概也就八岁。

北京小夫妻一下买了四个椰子，觉得他们赚钱不易，2 里尔一个椰子也算便宜。我也跟着买了一个，喝完之后，要他们替我切开椰壳吃椰肉。孩子们的服务挺不错，光这爬上爬下跳船的功夫，都值 2 里尔了。

在我们的船上待了半小时后，河对面反方向驶来另一艘大船。于是娃娃们立马收货，训练有素地跳回了自己的小船。解开扣在我们船上的绳索，加速猛追那艘船瞬间弃我们而去。因为，顺道那是回家的方向。孩子们向我们挥手道别。此时，船上的很多外国游客都趴在甲板上，目送他们走远。

站在甲板上，目睹这样高效率的扒船、跳船、作买卖，还真的是第一次，感觉挺有意思。想起了几年前在东非旅行时，铁路沿路的那些山区的孩子们，远远地看见一周两次的坦赞铁路火车驶过，就从家里跑出来，使劲地追，使劲地跑，就是想跑在火车前面。即使没能保持几秒就被火车赶超，他们也从不停息。直到我能看见他们的最后一秒，那孩子还是在跑着。阳光下小小的身影，笑得那么灿烂。后来回看视频，我才发现他们没有穿鞋。

旅途中总有很多不如意的时刻，吃坏东西拉肚子、几天洗不上澡、停电、断水、坐夜间大巴等等。脑海中还能回想起的那些画面，都是我们，作为人类，在这个星球上为了更好的生活而努力的各种瞬间。这些瞬间之所以让人印象深刻，是因为他们有两个共同之处：一是纯正，二是当下。此时此刻其他什么都不去想，一心一意做眼前这件事，并且执意把它做好。乐在其中，不管是追火车还是追船卖椰子。

这种专注的、当下的快乐，很容易就能感染到镜头背后的我。于是，前一秒我还嫌拿着椰肉的黏糊糊的手碰不了相机，后一秒马上在裤子上擦了一擦，放下椰子，对着向我们挥手远去的那些河边长大的孩子们按下快门，挥手再见。希望他们快乐并且富有。

日落前又突然下起了暴雨。我在一个小时内看了一场变天的大戏，彩虹、蘑菇黑云、闪电、晚霞一一登场。亚马逊河也终于撕开了自己"火爆拉丁女郎"的那一面。漂了七天六夜，这最后一晚实在太让人惊喜。晚上九点开始，二层通铺安静下来，大家都早早睡去。这不熄灯的吊床大通铺，我这辈子应该不会再来睡了。尽管心里有着一些对空调密闭空间异味感的嫌弃，但更多的还是不舍。

等待又一个日出时分。明早，便要和你说再见。

巴西：东北的人，东北的景

从亚马逊流域赶到巴西东北部，风土人情在过了一夜之后马上就翻了篇。

这里是整个巴西的"撒哈拉"。

老贝去年一直给我洗脑，告诉我巴西的东北部和游客熟悉的里约、圣保罗那些南部城市有多不一样；不止人文、风景独特，饮食和文化上也自成一派。这一次漂完亚马逊后，我预留两周的时间，打算在东北海岸逛一逛，再一路南下去里约找老贝。

在帕拉州的首府贝伦，我找到一个大学生宿主海克收留我。船在贝伦的码头刚停稳，海克已经等在码头了。一见面，看我背着半人高的大包，前胸挂了一小背包，手里还提着无法打包压缩的吊床，他立马伸出了援助之手，招呼了一辆出租车领我回家，让我免受腰背之苦。

作为一个州的首府，贝伦算不上一座摩登的城市。尽管贝伦的人们也习惯了在高温天时，躲去新造的高级商场里"孵空调"，但殖民时期留下的那些建筑都带着些斑驳，街上刻写着历史感。走去老码头一带，更是有点脏得出乎我意料。成群的乌鸦和一种叫不上名字的黑色大鸟，"嘎嘎"地在天空盘旋。水果摊和海鲜市场周边，散发着一股酸臭腐化的味道。

在玛瑙斯看到过类似的街头景象后，我对巴西的城市也有了更直观的认识。

海克带着我和他的大学生朋友去蹭了几个热闹的派对。每周末下午约四点开始，成群结队的年轻人一起涌向海边的酒吧区，早早预热起来，把自己灌醉。那些热门的酒吧建在木头高脚楼里边，沿着亚马逊河边往外伸展出去。这类年轻人聚集的酒吧大多在非高档区，治安不好，很多时候喝完一出酒吧便会遭劫。年轻姑娘大多爱涂抹紫色或紫偏玫红系的口红，浓艳得在日光的照射下有点反光，放眼望去，像极了一场荧光棒的聚会。

贝伦地区的巴西人玩的是雷鬼音乐，跳的是 Forró（一种活泼的、有切分音的东北部音乐，混合了非洲鼓和手风琴的声音）。提到巴西，很多人自然会联想到"桑巴"。老贝作为一个十足的音乐爱好者，在我踏上巴西的热土之前，就画了一幅巴西音乐地图给我，让我必须了解"桑巴"其实只是里约州的骄傲。巴西音乐的多元化，只有在我沿着东北海岸走完那些东北的州，到了相对富裕的西南部后，才弄清楚了差别。

在海克家看完了电影《精英部队》两部，剧中刻画的里约跟我现实中接触到的巴西东北部城市，有着很大的不同。和海克一起走在贝伦的街头，虽然也经常看见他不时回头张望，以防被人突袭偷抢，但还不至于像里约的贫民窟那样让人心生恐惧，压根无法进入。

离开贝伦前我问老贝："巴西的大巴准点吗？我只有四十分钟换车时间，如果晚点，下一班又要等六小时。"老贝简短地发来几个字："只能说 good luck。"从这一天起，我慢慢接受了巴西大巴基本不会准点的事实，也逐渐适应南美人生来就喜欢享受生活的特性。

到了中转城市圣路易斯，最终还是晚点没能接上后一班巴士。这样一折腾，又得在车站等上六个小时。老贝好心地提醒我："六个小时空余时间还是不要进城了，冒着被抢和误车的风险，圣路易斯治安出了名得不好。"于是我找了个地方躺下睡了一会儿，天黑之前终于赶到了巴雷里尼亚斯（Barreirinhas）——巴西东北地区最有名的白色沙漠公园倚靠着的小镇。

巴雷里尼亚斯是进入东北海岸的起点，气氛一点不商业化，还相当美。镇中心被一条通向大西洋的小河贯穿。在风沙化日益严重的巴西东北海岸一带，不管走去哪儿都非常干燥。同时又因为它靠近赤道，太阳烤晒得厉害，中午时段在镇上几乎看不到有行走的村民。

气候炎热和可耕地面积小，是巴西东北部不能像巴西南部一样发展起来的重要原因。东北部的马拉尼昂（Maranhão）、皮奥伊（Piauí）、塞阿拉（Ceará）这三个州的旅游资源，除了长长的大西洋海岸线和一些大沙丘之外，并无太多亮点。所以，但凡有点能力的年轻人，大多跑去巴西南方求学或工作。留守在镇上的，除了土著居民，很多是没有劳动能力的老人。

伦索伊斯·马拉赫塞斯（Lencois Maranhense）国家公园最有特色的莫过于每年 10 月旱季来临前，那一望无际的白色沙丘，中间镶着一潭潭碧绿的潟湖。充沛的降水量让沙丘底部积着的雨水从地底渗透出来，在一高一低的沙丘中间形成了延绵不绝

的一大片潟湖。这种沙中有水、水被沙包围的奇特景象，我不曾在别的地方看到过。尽管去之前已经做足了功课，看够了航拍沙丘的照片，当我真正站在一望无垠的白沙丘上，亲眼看见那片像珍珠般嵌在沙漠里的水潭，我依旧惊叹于大自然的鬼斧神工。

从巴雷里尼亚斯小镇继续沿大西洋岸南下，我跳过了几个治安名声很不好的大城市，落到一座小城索布拉尔（Sobral）歇脚。

这个美丽又干燥的小山城，气候跟科罗拉多极其相似，洗手后不抹手霜立马就能察觉到干燥。索布拉尔是那种"十个巴西人里九个都不会来"的地方，这里是东北的一座大学城，因此聚集了很多的学生。政府为了改变巴西东北的经济萧条状况，在塞阿拉州大力发展教育业，几年做下来成果还不错。不仅带动了年轻的"新鲜血液"从南方各省搬来塞阿拉居住，也带起了其他周边产业。

特意去这种小城市"打卡",是为了看一看巴西最真实的样子。闲在当地人家做顿中餐,拉拉家常,躺一下午吊床,然后跟着宿主进城逛了三所大学。尽管规模很小,有一个护理学院简陋得如工厂一般,但,这就是地大物博的巴西啊,并非所有地方都像里约一样有着上帝眷顾的地貌,也不是所有城市都跟圣保罗一样完全"国际范"。

在这里,若哪家有外国朋友来访,必定会被主人带去轮番和朋友们见面。巴西的东北人比南方诸多发达省份的人更加热情。

我跟着宿主克莱顿一天内见了三波朋友,无一例外地被所有人从头到脚打量了好几番。偶尔在一群人里也许有那么几个学生能说英文,举着巴西的卡夏沙烈酒(国酒),也不问我能不能喝,直接就端上来,要一杯干了。再或者递上一支刚卷好的大麻,问我要不要抽。大麻在南美人心中的地位,就跟香烟在中国的地位差不多。一些露天的公开场合,一不小心就能嗅出这"神草"的味道。很多人特别"友情提示"我,大麻要比香烟对身体更健康,没有尼古丁危害大,而且比酗酒也好,它能完全放松你的大脑,没有其他副作用,关键是它不会让你上瘾,只是一种纯天然植物。但所谓的"不上瘾",大概只是身体上不会使人产生依赖。随便问了几个抽"神草"的巴西男女他们平均几天一抽,得到的回答基本都是一天几抽。这种精神上的依恋,难道就不算是上瘾吗?

在哥伦比亚和巴西的街头,闻到大麻的味道就跟闻到烤羊肉那种烟味差不多。久而久之,我灵敏的鼻子终于在南美洲学到了一项全新的技能:在烟味中分辨出大麻的味道。这是一抹淡淡的香草清香味，不呛鼻，反而还有些好闻。以后无论在哪儿跟它偶遇，我一定能回想起在南美洲有大麻味相伴的这些日子。

索布拉尔就像是巴西东北的一面镜子。住在这里的居民可能一辈子也不会去别的州。除了夏天的几个月热一点外，气候还算温和。鲜有外国游客到访，每到一处，大家都众星拱月一般欢迎，招待你。巴西特有的热情，在这里表现得淋漓尽致。

这里也是我最喜欢的巴西。

"非主流巴西"的巴西利亚

东北部之后，要去的是巴西首都巴西利亚。

在公共交通方面，巴西不得不说是一个神奇的国家。这个面积是印度两倍的国家，竟然没有一条火车线。巴西的北部被亚马逊流域覆盖，出行的交通工具主要是船。待我走完巴西东北沿岸一带准备往南方和内陆地区挺进时，才发现一个幅员辽阔的国家，如果没有铁路那简直是一场灾难。

从索布拉尔坐大巴去下一个大城市萨尔瓦多 (Salvador) 要 19 个小时，去巴西利亚则要 35 小时。虽然没有火车，但巴西的公路交通倒是非常发达。只要不是陆路不能到达之地，必定有长途大巴，就算开上四五十个小时也能把你送到。

巴西利亚是上世纪 50 年代新建起来的首都。巴西政府选择了定都在国土地理位置的最中心，理论上讲有助于全方位管理整个国家，方便带动经济相对落后的亚马逊地区的建设。

巴西利亚是一座在海拔一千多米的小高原上建立起的城市。我问当地人，为什么要花那些钱把首都从海边（里约）搬到一个气候极其干燥又不宜居的内陆城市。很多巴西人告诉我，新首都的建成，一方面的确可以带动经济落后的北方地区，一方面则方便政客们躲避经济发达的西南地区的风声浪潮。

路上遇到很多外国游客，都赞美巴西利亚有着很神奇的现代风建筑。"它是一个以未来生活构想而建的独一无二的城市，你一定要去看。"给出这个建议的是一位生活在加拿大的香港女士。我习惯性地以为，从香港这么绚丽的钢筋水泥之都出来的人都能如此赞美这座"水泥丛林"，那肯定是有它的特色，所以我在巴西利亚多预留了 12 天。后来知道完全没有必要。

首都的机场是每个国家的"面子工程"，巴西利亚也不例外，非常现代、高效和繁忙。从与世隔绝的亚马逊和闲散的东北海岸来到这里，满眼都是在"务正业"的人。西装笔挺拿着公文包的商旅人士，踩着"小高跷"曲线丰盈的巴西女郎，这里的巴西人装扮都跟北方不一样，扑面而来的是一股巴西主流的都市气息。每每在乡下混了个把月之后，再见到这股流动的文明，心里还是会激动上一阵子。更方便的是，更多的人能说英文了，问路或者聊天得到的回应再也不是北方统一的"Voce fala Portugese（你会说葡语吗）"。

巴西利亚是完全按照人为规划从零建起的城市，从空中看，它呈现出一个飞机的造型。可惜巴西利亚不是一个为行人而建的城市。住在这里如果没有私家车，仅靠步行和公共交通，要走很多路，不算方便。像很多美国的二线城市一样，除了政府办公的中心区域比较集中之外，人们居住的区域被规划好了只卖特定的东西。比如一些街区走两条街，全是卖建材的店，再过几个街区，全是餐厅。每几个街区自带一个学校和医院。

我在巴西利亚的几天，天空始终没有放晴。由于干燥，每年的这个时候常会有森林大火。周边浓浓的烟雾飘散过来，遮住了巴西人骨子里就有的阳光。

在巴西，一路上听了很多年轻人抱怨政府和总统。到了巴西利亚，更是强烈地感受到了巴西人对政治的关注。不管是在餐馆、酒吧还是街边，都能见到一些媒体上活跃的政治人物、大学生示威组织的"领头羊"和拿着高薪的政府官员。

首都的总体消费水平，让从东北部赶来的我还不能完全适应。尤其是人们离不开的酒吧，转眼就变成了数一数二的高消费。东北地区平均价格 10 ～ 15 里尔一杯的酒，在巴西利亚要卖到 35 ～ 50 里尔。那些直接开在总统府旁边的酒吧，环境优雅得没话说：被一大片幽静的草地包围，临着湖。在这里出来社交一下，立马觉得政治气息好浓，三句话不离政治。要知道，在别处，巴西人最爱八卦的从来不是这些。

在餐厅，我和旁边的一个巴西公务员聊起来。

小哥今年 34 岁，在国家法院上班。我想南美人应该不会有欧

美人那样忌讳被问收入。聊上几个回合之后，我说："你这工作挺好呀，我想了解一下像你这种公务员工资有多少？"

他哈哈大笑起来，毫不回避我的问题："我可以告诉你，反正你也不认识这里的其他人。我们公务员是铁饭碗，年假45天（巴西法定年假30天）。工资的话今年就不好了，出国度假的钱都缩水了，大概每个月能赚10000里尔吧。"

按照上一年的汇率，他的月薪是2.7万人民币。只是这一年巴西的经济非常不景气，里尔持续贬值已经让巴西人有点无奈。10000里尔放在今年的话只有1.7万人民币了。

"原来你是一个高工资金领，我知道巴西大城市人均工资也就人民币5000元吧。"我把之前道听途说来的人均收入说了出来，想让小哥顺便证实这消息的可靠性。

小哥继续说下去："跟巴西大城市的人均收入，或者全国平均收入比起来，在巴西利亚做公务员收入是不错的。"

"所以你喜欢巴西利亚吗？"

"我就是土生土长的巴西利亚人，基本上选择留在这里生活的人，都跟政治沾点边。你一个人来巴西旅行么，感觉首都怎么样？"

我如实说："巴西利亚真是有点无聊。这么一个地大物博、美丽富饶、生活悠闲的巴西，居然有这么多人搬来巴西利亚这种远离大自然的内陆城市，为工作而生活，也真是太不'巴西'了。

不过唯一感觉好的，就是这里可以背上相机在路上走，警察很多，非常安全。虽然还没去里约，但可以看出来，这里抢劫相对较少。"

小哥大笑，夸我总结得不错。说如果有兴趣，第二天可以开车带我去逛城。于是，在巴西利亚待的五天时间里，翻来覆去把总统府、议会大厦、教堂、人工湖都逛烂了，也没看出些什么名堂，留下多少回忆。

"狂欢节之都"：里约热内卢

巴西利亚往南去里约，会穿过米纳斯吉拉斯（Minas Gerais）州。Minas 相对应英文里的 mines，这个面积很大的内陆州是巴西数一数二的矿产中心。在欧鲁普雷图（Ouro Preto）如画一样的小山城逛了两天，天气始终没有放晴。阴雨蒙蒙的天气，此行八个月来也是没有遇见过，稍微带来一点小不同。走在很有年代感的石板路上，气喘吁吁地爬上好几个 45 度的大坡。在山顶俯视这个小镇，仿佛没有一点生气，反而有种中世纪的安逸感，时间在此地凝固。欧鲁普雷图也是巴西众多小镇里很有特色的一个，此起彼伏的山峦上布满了不多见的巴洛克式大教堂。

一早背上 20 公斤的行李爬坡，走到一半有种受虐的感觉。想到这是背着我的吊床最后一次走了，到了里约就要转手送给老贝，顿时如释重负。沿着郁郁葱葱的山路几多弯，进到里约后，老贝开了白色的小车来车站接我。在遥远的南美大陆第一次见到熟人，把一路从亚马逊背了两周的吊床卸在车里时，别提有多高兴了。

"上帝青睐的环境"

Rio de Janeiro（里约热内卢），葡语直译是"一月的河流"。这里的自然环境的确好得没话说。南区是有名的伊帕内马和 Cobacobana 沙滩（又称"可怕可怕啊沙滩"，因为一直有抢劫发生），海景公寓直接面向大海。往内陆方向便是一片山坡和湖。要真说里约南部富人区的海滩有多美，文化多丰富，巴西地大物博，多的是比里约更美更安全的地方。里约的特色之处在于城市很大，又非常巧妙地把周边的山山水水都做了进去。

开车从市中心出去，马上就进到了森林。从人头攒动的商业街切换到伴着鸟叫有禅意的绿色林海，前后也不过 20 分钟光景。走上几条步道，徒步一个小时便能登上里约的最高点，俯视面包山、海湾和基督像，将全景画卷一样的美景尽收眼底。在这片上帝青睐的土地上，我看到的是钢筋水泥点缀在绿野仙踪里，而不是绿野配钢筋。这个名气比"南美第一魔都"圣保罗大很多的地方是巴西的第二大城市。

只是它没有想象中那么高度摩登。一小块中心商务区在一大片破旧的房子里显得微不足道。

老贝来接我的时候刚参加完一个面试。开着车的间隙和他聊起来，觉得他有些精神恍惚，没有在中国时那样高昂的兴致。从里约州立大学和上海交大的合作硕士项目毕业后，3 月回的巴西，到现在也有八个月了，工作依旧没有着落，每天闲在家里。

来之前我问老贝，最近是否很忙，能带我逛里约吗？他的回答让我一听便大致了解了如今的巴西就业市场的萧条。

"每天都是时间，但每天也都忙着投无数份简历。"

和很多无业的巴西年轻人一样，一直面试，一直待业。或者说比有些游手好闲的巴西人稍微进取一点。

和老贝在云南旅行的时候，他是那个每天在宿舍都会哼着小曲的能感染周围人的阳光青年，中文也学得很快。今天再见，却有一种隔着时空说不上来的停滞感。他变得木讷了，沉闷了，没有以前那么活泼了。不知道是不是因为待业了太久的缘故，在经济不景气的巴西，那个在中国快乐的巴西小哥变得让我感到有点陌生。

北方和东北的巴西人一直说，去里约后一定要去南部富人区沙滩走一走，那里的人完全不是沙发土豆一样的"巴西身材"，能看到全国最靓最时髦的帅哥美女。里约市区特别旧，甚至有点像哈瓦那的危房，零零散散地堆在那里，到处画满了涂鸦。来之前听了太多游客和很多北方巴西人对里约的吹捧，然而却不是我幻想的那样，什么高楼边就是沙滩，工作和生活完美结合，人人都是小麦色人鱼线和马甲线，下了班脱掉西装就能拿冲浪板去冲浪了……一大部分看来不过是别人对这座城市的一种赞美和情怀。

大巴站在城市的西北，那里交通一团糟。接上我后，老贝开车去了市中心的电视台，等女友 K 下班。在国内的时候见过她一次，这几天在里约就要借宿在她家里。

老贝的家在圣保罗，因为内心对里约文化和生活的热爱，自打大学时代就搬过来加入了"约漂一族"。我了解到的很多巴西人，提起里约都会两眼发光非常向往地说，一定要去那里玩，自己也想去里约找工作。里约就是对他们充满了魔力。

问他们为什么要去犯罪率高、偷抢如此频繁的城市居住，很多人给不出一个特定理由，只是概括为："那里不一样，那里是里约！"我不太能理解这些想做"里约人"的想法是怎么来的，对里约的认识起先都是老贝告诉我的，在我还没来巴西之前。

老贝在里约生活的这几年里前后被抢过五次。最严重的一次他开摩托车等红灯，停在十字路口时，被一个人拿着枪顶住他胸口，让他下车后，转眼把车开走了。还有经常看到的电视台记者在路边报道实况新闻，瞬间跑过来一个小偷一把扯下记者脖子上的项链，逃之夭夭。

最近的一次我还在中美洲，他发了一个视频给我。从他女朋友家窗口往外拍，一架直升机盘旋在不远处的贫民窟上空。他说："来看，我给你直播警察抓小偷（毒贩）了，这就是你来了后要住的地方，准备好了吗？"我在亚马逊的时候，看新闻里说一个妇女因为 GPS 导航错误，开进了一个贫民窟，毒贩子以为是便衣警察，一枪把她打死。船上遇到的北京人也告诉我，里约南部的海滩周末又发生有五十多个未成年人的团伙抢劫大众的事件。只要是在沙滩上休息的人，都未能幸免。

想象中的里约很美好，现实却很混乱。接下来的几天里，我再也没有背我的相机出门，只是很轻便地把手机塞进了口袋，没有带任何包。按照老贝告诉我的，这样出行相对来说，不容易被抢。

接到 K 下班后，我们去吃披萨。然后回到 K 家住下。因为暂时没有工作，囊中羞涩的老贝就一直窝在女友家和女友妈妈一起住。后来我发现"寄人篱下"在当下的巴西并不罕见，很大一个原因就是居高不下的失业率。

回家时遇到楼里停电，背着行李爬上了九楼。望着远处我在视频里见过的贫民窟，晚上隐约听到了一声枪击，好像一切都那么熟悉。

能扎营的里约州联邦大学

第二天一早和老贝还有女友妈妈一起用了早餐。K 是上班一族，留我们两个无业人员白天去市中心闲逛。

老贝还算是一个不错的导游，在手绘了地图给我讲解今天要去的地方后，开着摩托车带我出门了。这是除了东南亚和孟买之外，又一个我坐过摩托车逛城的旅游城市。里约的公共交通（公交车）完全没有效率。从南区坐公交车到北部居民区需要 1.5 到 2 个小时，上下班高峰时堵车尤其严重。虽然 20 年前就已经建好了两条地铁，可是直到现在依旧是那两条。很多居民区并不在这两条地铁覆盖的范围以内。如果没有住在游客云集的 Botafago 区域和南部沿海富人区，靠公共交通出门不仅费时，也费钱。

可是有了"私家摩的"后就完全不一样了。我们可以飞奔在拥堵的高架上，随便插队往前移，可以不用等免费的有轨电车去山头，上山后也可以随地泊车。探访里约的第一站，贝哥安排了我去登里约市的最高点 Pico da Tijuca。这一条步道的攀爬难度不算大，从停车点到最后的登顶，5 公里的路爬升 700 米的海拔，最后可以在海拔 1021 米的小山头看到里约市的全景。

中午过后，立马就变了天。上到山顶后起了雾，看不到蔚蓝色的大海，一片白茫茫的景。我们决定转向去参观贝哥毕业的大学。

里约州联邦大学 (Federal University of Rio de Janeiro) 坐落在里约市东北面的一个延伸出去的小岛上。校园的地理位置特别独特，面积也很大。前后在巴西参观了好几所学校，从不发达州的州立护理学校参观到不发达州的公立大学，从发达州的私立大学参观到发达州的全国数一数二的名府，印象最深刻的还属大名鼎鼎的圣保罗大学。

尽管里约联邦大学也算是里约州最顶尖的学府，历史上曾一度被冠名为"巴西大学"，但走在校园内的学术氛围和感染力较之圣保罗大学还略有差距。圣保罗大学本身就是圣保罗占地最大的一个绿色氧吧。校区环境好到让人瞬间忘记自己是在一个人口 2000 万的"南美大魔都"。圣保罗大学随处可见上自习的学生和绿地上彩排舞蹈的团队，还有几幢颇有特色的教学楼。而里约州联邦大学最让人印象深刻的却是宿舍。

巴西的在校大学生很多都不住校。多数学校的校园设施有限，学校宿舍楼无法保证所有的学生在校内的住宿，因此很多人选择在学校周边租房。校内宿舍的管理非常随意。我们走到一幢陈旧的大楼前，老贝走上去问一个老伯，然后说我们上楼看一下吧。进楼后他告诉我：我带你来参观男生宿舍了。

"就这样进来了？那个老伯是门卫吗，为什么让外国女人随便进？"我问道。一楼宽敞的走廊里，摆放着一些极其破旧的健身器材，有小哥在拉肌肉。若不是他提醒，我还以为进了某个关犯人的场所。

"没事，我跟老伯打过招呼了。你要知道巴西人都挺喜欢老外的！"

9月初我刚入巴西的时候，全国上下发生了大规模的大学老师罢工（要求提高待遇）事件。整整四个月的时间里，公立大学的学生都没有课上。在北边，我住过的好几个大学生宿主家，他们都停课在家无所事事。也不能离家走远，因为这样的罢工经常发生，一旦结束恢复上课，学生第二天必须马上去学校报到。

刚开始我不相信全体老师罢工事件会发生得如此频繁，质疑是不是宿主的英文水平有限没解释清楚。后来了解到巴西的公立大学大都这样，四年本科基本上会遇到一次或几次大罢工。罢工过后，之前落掉的课都得再延期补回来。所以一旦遇到罢工，四年内就毕不了业，课时无期限往后延。巴西的有钱人于是送孩子上私立学校，先不论其教育质量如何，起码在毕业时间上是有保障的。

里约州联邦大学的宿舍楼里最有意思的不是房门顶上放满的啤酒瓶（这在巴西太正常了），而是在顶楼一块有遮挡的空地上，平排扎着好几顶帐篷。老贝介绍说这些帐篷是部分学生的安居地，因为一些学生支付不起学生宿舍房间的费用，大学允许各个阶层的学生，在校内拥有自己的一席睡觉之地。这简直就是天方夜谭！在校内宿舍楼顶楼扎营，一住一学期甚至一年。我再次确认了一下自己没有听错，完完全全被巴西人的这种随性的生活方式惊到了。

说着说着，帐篷里传来了声响。接着看到一个哥们不紧不慢地爬了出来，整理了一下衬衣，淡然地拿着书本出去上课了。

夜游桑巴学校

每年 2 月的巴西嘉年华让里约、圣保罗和奥林达（Olinda）市成了巴西人民和世界人民共舞的狂欢节中心。到了里约州开始，桑巴才代替了北部的 Forró 舞，成为这里的主角。

今晚的安排是和老贝还有女友一起去附近的桑巴学校玩。美其名曰桑巴学校，其实更恰当的形容应该是里约版的广场舞。各个街区的大妈、大叔和年轻人饭后自发聚集在一起，进行一场有组织有编排的里约随性舞蹈集会。

里约有很多桑巴学校，每年会从这些桑巴学校里选派出最强的12 支队伍，参加一年一度的嘉年华盛世（Carnival），在体育场里面走秀。这些学校全部建立在社区自发组织的基础上，每年编排不同的舞蹈，演奏不同的曲目。除了最强的 12 个学校（甲级）可以在正式的嘉年华里走秀，余下的乙级类学校也有自己的盛会。甲级盛会最末尾的两支学校于次年降级去乙级，乙级的前两名则自然晋升到甲级。

来之前就听说每年 2 月的嘉年华门票不便宜，届时里约的住宿也会爆满，出行不便。因此我没打算要留到 2 月观看嘉年华。从嘉年华前一年的 9 月开始，每个学校的参赛曲目基本已经创作成型。所以每个周末人们（每个学校的粉丝和拥护者）都会在这些学校的场地里集会。集会的内容从演奏开始，全民自由舞蹈，直到后半场的专业舞者出现，开始带领群众把气氛推向高潮。这样的桑巴聚会给千里迢迢来到巴西却不能参加嘉年华的游客，提供了一个很好的了解里约桑巴文化的机会。

我跟 K 还有老贝一起，都换上了蓝色的衣服。不同的桑巴学校都有自己专属的着装颜色，今天要去看的老贝支持的这家雄鹰桑巴学校，蓝色是他们的主色。到场的人大多自发穿戴同色系的衣服。入场费 15 里尔每人，不含任何酒水饮料。

晚上 11 点，我们到场后还没什么人。直到半夜 1 点开始，人越聚越多，气氛逐渐被掀起了一个小高潮。开始有一群身着闪亮短裙背着巨型羽毛翅膀的辣妹出现。贝哥说这只是开场，每个周末社区的大妈大叔都要待到早上 5 点才走。他们不只是待着，而是伴着那些震耳欲聋的音乐扭动着，还不时喊起自己的口号，为自己支持的学校打气。

"5 点？ Seriously ？可那些都是老头子老太婆啊，精神这么好啊！"我惊呼，此时半夜一点过半，我打起了退堂鼓。也许是对桑巴还没摸到门道，只觉得鼓膜被震得有点痛。

"这很正常呀，这里就是我们里约人的文化中心啊。你有在北面看到过吗？没有！别的地方也很少有。桑巴学校是里约的灵魂，跳舞自嗨是每个里约人的特质。不管男女老少，我们里约人的生活就是这样和桑巴密不可分。欢迎来到里约，这里才是真正的巴西！"

贝哥和女友 K 跳得很起劲，我一个人在那里默默地喝了好几杯。乐队的敲锣击鼓声已经让我感到烦躁。整个场地是半封闭式的，在如此巨大的声音前站上两小时，对于不热衷那种重金属音效的人来说有点不太享受。

再转身看看周围的大妈们，个个精神抖擞，斗志昂扬。比起中国的那些广场舞团，有过之而无不及。我两点就退场了，在里约做了一名不折不扣的"老年人"。

里约的社区文化，的确让这座城市变得可爱了一点。

贫民窟寻找里约"大哥"

别人眼中的"上帝之城"却好像故意在刁难我。10 月的里约天公的确不作美，除了一天半的晴天之外，剩下的十天全是乌糟糟的下雨天。

最后几天我们去了贫民窟。跟《精英部队》（Tropa de Elite）里刻画的一样，大部分的贫民窟都是毒贩子的地盘。不要说外人，就连披甲戴盔的警察平时也不敢去。但里约还是有那么几个没有"大哥"的贫民窟，供游客参观。

贫民窟一般都是建在山坡上，这跟发达国家有钱人住在郊外山区田野里是两码事。里约热内卢是一座丘陵之城，远离沙滩的地方有很多小山坡。这些山坡的斜度通常都有 40 度以上，光是爬坡回家就相当费力。里约的有钱人占据了地理位置最优越的沿海平地，次有钱的人占领了不沿海的平地，剩下的条件一般的人就被迫挪到了小山头，越往上安家越便宜。

跟老贝坐小巴上到维基加贫民窟（Vidigal Favela）的半山腰，从那里徒步了二十分钟上到山顶。

很多住在贫民窟的居民其实并非没有钱，有些家庭也拥有两辆私家车。老贝说因为贫民窟的水电费便宜，而且管理混乱。只要你愿意，就可以从街道的电线杆上偷一点电回家，完全不用交钱。偷水也容易得很，这些都没有人管。生活成本的低廉，让很多在贫民窟偶然小康起来的家庭依旧选择留在这里。

在这里倒是没有见到"大哥"，但被一个"黑珍珠"小妹跟上了。

小妹是训练有素的"专业导游"，只要见到外国游客在贫民窟自己游走，便主动上来搭讪，介绍这里的一些景点。老贝给了 3 里尔把她打发走了，跟着实在是有点麻烦。走前我要求跟"黑珍珠"合影，可小妹带着笑容的脸庞始终都不肯正面面对镜头。

我问老贝：这算是他们行业内的规定吗？"黑珍珠"用甜美的童声回了老贝：是大人吩咐的，不管跟谁都不能让他们拍到正面照片。

不过钱还是照拿走。我瞥了一眼她脚上最新款的哈瓦那

（Havaianas，巴西第一拖鞋品牌），是最当季的一款设计。看来小孩生意还是不错的。

原来"大哥"不是没有，只是"大哥"平时不轻易出面，在背后操纵着一切！

在第十一天的时候，秘鲁的签证终于拿到。当天下午我就心急如焚地赶去圣保罗。

传说中的"上帝之城"，直到离开那一天我都没有发现，究竟里约热内卢这算是一种怎样的魔力。

圣保罗：有一种"魔都"，像巧克力一样甜

圣保罗有着巴西最酷的年轻人，这个人口 2000 万的大商圈聚集着巴西最优秀最有才华的精英。从外表看来，圣保罗绝对不是一个能吸引人的地方。灰灰的钢筋丛林和密集的人流，跟纽约、上海很像，让人感觉疲劳。可这群引领巴西潮流的青年人，他们让圣保罗变成了一个软件和氛围都很容易融入的地方。作为一个不说葡语的外国人，站在保利斯塔（Paulista）中央大街上能用英文问到路，在华人超市能买到粽子和饺子，标识清晰又四通八达的地铁网络，选择多样又丰富的餐饮和娱乐，足以让它像巧克力一样，看起来好像昏沉暗淡，享用起来却甜蜜温馨。

从里约到圣保罗大约六个小时的大巴。在里约的青年旅社里非常巧地遇到一位湖南妹子，之前在去古巴的飞机上已打过照面。于是我们搭伙从秘鲁使馆取了签证后，一起坐过夜大巴去圣保罗。

早晨五点半，我坐在圣保罗的巴士站里，等着地铁开始运营。跟湖南妹分开几天各自行事，如果时间一致没准还会在阿根廷见。

圣保罗的上班高峰从早六点开始，比预想的还要拥挤很多。听说七点前坐地铁有折扣，很多上班族选择提前出行避开早高峰，同时省下半杯啤酒的钱可以下班后喝。头一回在巴西这样的国

家，看到这么多正儿八经上班又努力想在大城市站稳脚跟的巴西人。手里夹着有质感的真皮公文包的上班族，低头刷着头条财经类新闻；衣冠随意背着大麻袋的外来务工者（秘鲁、玻利维亚人居多），和我一样目不转睛地在闪烁的路线板上找路。在挤满了人的"地铁罐头"里，居然一片安静，秩序井然。

我换线找到了民宿宿主家。不算是市区最豪华的富人区，但也算一个小资云集的地段，Vila Madelena，位于圣保罗市中心偏西。宿主小法是巴西电视剧的演员，是红遍巴西的情景喜剧 *Hermes e Renato* 中的四个男主角之一。

巴西是南美洲，也是世界上种族多样化的代表，其"民族大熔炉"的程度丝毫不亚于美国。南部主要散布着很多欧洲后裔，其中意大利裔占到相当大的比重。小法是意裔巴西人，握有巴西和意大利双国籍。尽管他从来没有在欧洲本土生活过，借着爷爷是意大利国籍的光，绞尽脑汁申请到了意大利国籍。

他告诉我："屎一样的意大利移民官在审核国籍申请的时候，翻来覆去调查了五年，终于给了我护照。"

我问他以后是否有意向搬去意大利常住，他表示现阶段不会考虑，只是觉得巴西的经济不太稳定，政府随时会垮台，多一本欧盟护照在手，留一条退路日后好有福利吃。这跟我认识的其他两个意裔巴西人的想法惊人的相似。三个人都在巴西有不错的工作和收入，都去过意大利旅行和见他们的亲戚，之后都不约而同地留在巴西，因为归根结底，"还是喜欢巴西的生活方式——不光气候好，而且这里很包容"。

我不止一次听巴西人民跟我说"Anyone could be a Brazilian（任何长相的人都可能是一个巴西人）"，像我这样的亚洲面孔也可以。圣保罗有两百多万的日本移民，是日本本土以外最大的日本人聚集地。在南美洲的黑市办假护照，属巴西护照价格最贵，为什么？因为"Brazilians look like everyone（巴西人里各种长相的都有）"。尽管在以前的我看来，神秘的南美洲就是一片白人后裔和土著混住的大陆，"包容"是老生常谈了，但是在走完南美洲七个国家后，回头看看，还是不能不被"南美洲老大哥"的巴西文化给吸引。也确实，住了那么多宿主家，又跟宿主出去吃了很多饭、结交了很多当地人，也只有在巴西才能参加到一场非裔、混血、土著、白人的联合聚会。用"南美小联合国"来形容这里的种族分布，恰到好处。

"大熔炉"的感觉在圣保罗的亚洲城一带尤为明显。我去中国超市买了一点原料，请小法一起在家体验自己做的中餐。我做了水饺、煎饺、韭菜（国外不常有）炒蛋和鱼豆腐，还买到了老干妈辣酱！

要打开一个陌生人的心扉，拉近距离，最管用的一招就是先打开他的胃。品尝了来自亚洲的美味后，小法一点点和我聊起了他搬来圣保罗生活的故事，比起他出演的电视剧，那更像是一部戏。

小法的老家在彼得罗波利斯（Petropolis），距离里约热内卢不远的一个小城，曾经是欧洲殖民者的一个夏宫所在地。他也是巴西众多"约漂一族"里的一个，之前一直在里约市担当 *Hermes e Renato* 这部情景喜剧的编剧。"漂"在里约十多年，他的编剧事业蒸蒸日上。这部搞笑又带有讽刺的戏在电视上足足火了十年。我问了很多巴西人，十个中有九个都看过这部剧。我一个个告诉他们，你知道吗，我找的民宿的房东就是里面的主演。

一个好的编剧本身就应该是一个有故事的人，而人生故事的转折却并非都在编剧的构想之中。

除了这部戏的名气和热播，每一个看过这部戏的人都会再追问我一句："你听说那个主演自杀了吗？"

小法的哥哥就是那个从人生的舞台选择提前谢幕的主演。曾经他们是荧幕前后最佳的拍档，弟弟写剧本，哥哥负责搞笑。弟弟在里约，因为喜欢靠海的生活；哥哥在圣保罗打拼，出镜可以赚多一点钱。

在我住的那间客房里，挂了很多哥俩的合影。我到的第一天，在给我介绍完房间后，小法就拉我去看了那些照片，冷不丁来了一句："我哥哥得了抑郁症，轻生了。我搬来圣保罗从幕后换到幕前，只是为了把我哥哥的角色延续下去。我真的不喜欢表演，尤其是做喜剧演员，压力特别大。不过有这样的使命感也挺好的，哥哥去世的这一年里我尝试做了很多以前不曾涉足的事。新一季的电视剧这周就要上映了，所以会很忙，有很多采访，但我恨这些没水准的巴西媒体，每次都拿我哥为什么选择自杀这个话题来向我开炮！"

才认识两天，我看到这个三十刚出头的小伙坐在我面前，静静地跟我分享他的故事，眼里透着一种无奈，也有几分坚定。

那一周小法真的很忙，但他还是挤出闲暇时间，带我去逛了圣保罗。

圣保罗有点像纽约，保利斯塔（Paulista）中央大街上的一座座商务楼虽比不上华尔街，在南美洲也算是一个规模不小的经济中心了。市中心也有圣保罗的"中央公园"，在"魔都"里看见这么一大片绿，格外的赏心。周末主街上不让行机动车。在很多拉美国家都实行周末半天停机动车的规定，方便休息的人上街锻炼。小法带我去吃了秘鲁菜，说真的，圣保罗的ceviche（生鱼色拉）居然比秘鲁本国调的料还美味。小法借了滑板给我玩儿，指点我在一个微斜的坡上走出了一个"S"形；我还吃了漂洋过海来的正宗葡式蛋挞，逛了每周三圣保罗的农贸集市。

编剧的本能让他对身边的一事一物格外细心观察。有一天他问我："你觉得如果要用一个词来形容中国人的话，是什么？"一路上遇到过很多宿主、游客、陌生人，没有人这么直截了当地问过我这问题，多数人其实根本没兴趣了解。我想了下说："其实你知道，中国很大的……"

我还没说完后半句，他接着问："你看到圣保罗开超市的都是中国人吗？我对亚洲文化特别感兴趣，在自学日语以后也想去中国看看。我觉得中国人是很神秘的群体，在巴西开店的中国人，每次我想跟他们搭讪，他们根本不搭理我，当作没看见，我说的是脸上都没有表情的样子。可为什么你跟他们好像很不同？"

"因为我沾染了巴西人喜欢聊八卦的特质！"玩笑说完，我解释给他听，"13 亿的人很难用一个词去概括。"

"那些开店的人在巴西混到站稳脚跟，中间也被巴西（腐败的）警察找过无数次麻烦，'黑'过无数笔罚款。他们不是为了要留在巴西而留，哪里有商机他们都能去。我在坦桑尼亚的破山村里都看到过一个中国大妈独自开了家药店，居然一个人在店里读着当地斯瓦西里语的报纸。在中美洲那种穷山沟里也有我们中国人开的超市。要真说中国人跟你们巴西人有什么不一样，我想应该能用三个字来概括吧 ——能吃苦。"

小法若有所思，对于我解释的"能吃苦"三个字，好像有点摸不到边。英文里我没有找到这么一个形容词，只能解释为"they can tolerant anything/everything and work insanely hard without any enjoyment to achieve their goals"。巴西人的字典里从来没有缺失过"享乐（enjoyment）"，这是一个相当乐天的民族，有着上帝青睐的得天独厚的自然环境——沙滩、湿地、山丘、矿产、水果、雨林、沃土，加上四季长春的宜居气温，一个土生土长的巴西人从一出生好像就学会了往吊床上一躺，吃吃烤肉跳跳舞，尽可能地绽放他们的生命。为生计到处奔波，这种处世之道对巴西人来说一定是陌生的。

隔了几天，小法问我要不要去电视台做客，他有一个采访，主持人是巴西鼎鼎有名的 Danielo Gentili。这是私人电视台的一个脱口秀节目。跟中国不一样的是，在巴西收视率高的都是私人电视台，还有一个宗教团体投资建的电视台也很火。有幸遇上这样的好机会，我自然不能错过。

于是我跟着他去到电视台里面晃了一个下午。见到了 *Hermes y Renato* 这个节目的其他三位主演，和随从的两位美女化妆师。

这样一个红了十年的情景喜剧，主创人员都不是什么帅哥，三个滑稽又不年轻的自由演员是小法的搭档。统筹、编剧、化妆、拍摄、后期和制作，都是这个几人团队搞定，最后卖给电视台。大多数人都是自由职业，同时搞好几个项目。小法平时除了编剧、主演，也给其他杂志写葡语稿。因为他英文流利，还发表过一本英文诗歌集。

晚上在其中一位主演的家里，他的老婆给我手绘了一件白 T 恤。拿闪粉画上了葡语"巴西"这个词。回到家后，小法不屑地质疑：难道他老婆很喜欢你么？平时我们去他家，他老婆都不招呼我们的，今天什么风吹来她家了。

我遇到过的大多数巴西人，都是很好客的主人。即便是住在高楼林立的圣保罗，他们的善意把一座"魔都"融化成了入口即化巧克力般诱人的国际都市。相比处处是景的巴西沿海城市，环境上不占优的内陆城市圣保罗，也从来没有让我觉得无聊。

阿根廷：搭车 3 号公路

在阿根廷半个月，不知不觉生活习惯从"巴西模式"中慢慢转
变过来。最明显的就是吃饭时间，从正点变成了不正点。随着
纬度越高，白天也变得越来越长。

在布宜诺斯艾利斯，我和之前在圣保罗遇到的湖南妹又重逢了。
商量过后，我俩一拍即合，决定结伴去高速路边搭顺风车，沿
着东海岸的 3 号公路一路南下搭到火地岛。阿根廷的大巴票实
在是贵，飞机票也给外国游客设定了高于本国人一倍的价格。

巴西和阿根廷分别是南美大陆第一大和第二大的国家，但我们
出发前对巴西大致有了解，对阿根廷却知之甚少，来之前也不
认识任何阿根廷人。除了阿根廷的自然风光和红酒，像我这种
对于"欧洲风"不感冒的人来说，对南美洲的这个"小欧洲"
有点冷淡。

旅行路上如果遇到一个来自南美洲的长线背包客，多半会是阿
根廷人；还有街边梳着脏兮兮的嬉皮辫子，摆地摊卖手工项链

的人，很多也来自阿根廷。他们背着帐篷和睡袋，一路露营搭车，靠卖手工艺品维持生计。这些人出来旅行并没有归期，问他们几时回去，通常得到的回复是"为什么要回去，回去也没工作，活得还累"。经济环境的萧条，让这个国家的年青一代就这样一直闲荡着。

贯穿阿根廷境内的有两条主干高速公路——3号高速公路和40号高速公路。我们由布宜诺斯艾利斯出发，走了沿海的3号公路，目的地是南美大陆最南端的火地岛。

阿根廷大西洋沿岸的海滩基本不能游泳。不光因为偏低的水温，有些地方靠近工业城市，海水甚至有些污染。3号公路不挨靠任何山脉，因此3000公里的路完全见不到安第斯的雪山。但同时，走3号公路其实也是很有效率的一段搭车体验。

大部分的货运卡车但凡要南下，跑的都是3号公路。一个大卡司机没日没夜每天开16到18小时，四天可以从布市跑到乌斯怀亚。在我搭过车的这些国家里，阿根廷的小轿车司机相对冷漠。在没有大卡车的路段，等一辆小轿车停下来带你走，耗时是等一辆大卡车的4到5倍。

我们南下的这一路80%靠的都是大卡司机的热情相助。有一次司机师傅拿出自己随身携带的火炉和冰冻的鸡，在野外，挨着大卡车，请我们一起做了晚餐。夜幕降临后，卡车司机回到自己的车头内，翻下床铺，躺着休息。湖南妹子也扎起了自带的帐篷，在加油站外面的碎石地上，就地而睡。我受不了帕塔哥尼亚地区晚上的寒气，即便已是一年中最温暖的夏季，温度降到只有 5 摄氏度了。我跑进加油站内，随便找一个沙发座，蜷起腿在暖气里凑合上一晚。

从布宜诺斯艾利斯出发，我们一口气在路上跑了四天，总共2200 公里。接连三个晚上都在高速旁的加油站过夜，不仅节约掉了进城要花的住宿费，更重要的是一早起来，就能直接跟着前一天的司机师傅不间断地赶路。

走到第四天傍晚，我们搭上了一辆去圣胡利安港的卡车。距离我们要去的火地岛还差了半天的路程。因此那天晚上，不得不又在加油站打发。

连续三个晚上趴在加油站的餐桌休息，我感觉自己快要变成"行尸走肉"了。到了圣胡利安港城外的加油站后，湖南妹还是坚持第二天就要上火地岛。我们当即决定就此道别，我一个人进城去找酒店睡，接着也许在圣胡利安港再待上几天，调整一下。

搭顺风车的日子，完全就是看天吃饭。有时候苦等几小时也没人接应，有时候又随时"喜从天降"。

晚上八点钟的光景，圣胡利安港的街上已经空无一人。站在小镇的一头，笔直又空荡荡的马路直指远处的海边，隐约可以见那是小镇的另一头。我走了十分钟，只看到了一家酒店，问了价格，人民币 220 元，完全超过我的预算。打开沙发客的网站，我搜索起在圣胡利安港的宿主。尽管不报什么希望会有人回复，我还是有一搭没一搭地试试，不然也没有别的出路。

过了五分钟，居然奇迹般地收到其中一个宿主发过来的消息，确定今晚可以收留我。宿主的名字很有意思，就叫胡利安。他的资料不全，也没有几个客人给他留下评价。三天没有平躺下来，我的后背实在是又酸又痛。这时也顾不得多想，只想要一张床，多大都可以，只要表面是平整的。

没出十分钟，我在加油站等到了阿德里亚小哥——宿主胡利安派来接我的专职"小司机"。

除去胡利安家门口的那一条河，圣胡利安港城市中心和周边其实没有太多可看之处。早在大航海时代，麦哲伦曾选择留在这里过冬。河边停着的一艘大帆船，走进去就是改造过后的麦哲伦博物馆。圣胡利安港也是最靠近福克兰群岛的城镇。上世纪80年代，在对抗英国军队要抢回马尔维纳斯群岛（即福克兰群岛，阿根廷一边的叫法）的战役中，这里一度是阿根廷的空军基地。空旷又宁静的小镇主街上，直到现在还摆放着几架从战场上退役下来的战斗机。和周围的一片死寂相比，有些格格不入。

胡利安大哥在镇上开了一个酒吧，在主街靠海边位置最好的地段。这里是一个只有6000人口的小镇，夏季的温度在5～20摄氏度。一年中大部分的时间，圣胡利安港只能用一个词来形容——冷清。不管是人气，还是气温，这里都高不起来。宿主的酒吧也可能就是镇上唯一的酒吧呢。

阿德里亚开着一辆脚下堆满了垃圾的老爷车，把我从镇的一头拉到了另一头。正当我研究着车里堆积的垃圾为什么从啤酒空瓶、打火机、剩饭盒到袜子都有时，这个西班牙人马上用英文解释起来：

"这车是胡利安的，是他要接待你。我和你一样，寄人篱下也是个住客。他这车引擎有问题，开不远，每五分钟就会熄火一次。他开得猛，如果他开每三分钟就会熄火。所以远路他就派我来接你了。"

阿德里亚已经给我打了预防针：熄火的一瞬间，坐在车内将会感到 8 级地震。我们一路行驶在每小时 25 公里的速度上，横穿圣胡利安港的主街回到胡利安的家，的确用不了五分钟。车子很幸运地没有熄火。我对这个宿主更是起了好奇心，心想，留着这辆只能开三分钟的破车又不去换的人，一定也是一个好玩的人物。

一下车就感觉挨冻了，室外呼呼的冷风，胡利安的酒吧里却是一片热气腾腾。从穿着夏裙的布市走到了披上大棉袄的南部，居然没有被这寒冷浇灭了对小镇的爱。

吧台上坐着四五个大叔，和胡利安一起边喝边聊。

见我进来后，胡大哥并没有急着来跟我打招呼，只是稍微示意了阿德里亚，让他招呼我。阿德里亚说胡利安是个好人，只是他每天都喝酒。后来我慢慢意识到，胡利安岂止是每天喝，完全就是以酒代水。餐桌上慢慢地堆满了十多个空酒瓶。住在那里的五天，我一直没有见他喝过水，脸上一直泛着微醺的"假腮红"模样。阿德里亚说这就是胡利安的生活。

胡利安开酒吧的目的纯粹是为了打发自己的时间。把酒吧选址在河边，正向东方，这样可以看到每天的第一缕阳光。日出时分便是他收工回家睡觉之时。胡利安不喜欢过白天，在太阳落山后才起床，带着一张从来没有醒过酒的 happy face（笑脸），开着那三分钟就要熄火的老爷车，去酒吧上班。从家到酒吧，走路就 100 米，但胡利安就是不喜欢步行。而且，也没有要换新车的打算。

阿德里亚是我和胡利安之间的翻译，因为胡利安不会什么英文。除了能懂我要给他做一次 comida China（中国菜），很多次说到兴头上，他都非常懊恼地巴不得自己能开口吐出几个英文单词。而我也在心里抓狂，恨自己不会西班牙语。

阿根廷人民跟巴西人民最大的不同就是不自然熟，不太主动聊天。在巴西常见的男人滔滔不绝嘘寒问暖聊八卦联络感情，在阿根廷这里架势减半。见面还是照样亲脸，但是客套过后，相比巴西人，阿根廷人不太有浓厚的兴趣继续跟你聊个人生活，最多会问一下走了哪些地方，在阿根廷还会待多久。很少有人问我觉得阿根廷怎么样，阿根廷人怎么样。他们不在意。可以说阿根廷人很酷，很给客人自由空间，leave you alone，不来介入你的计划。很多阿根廷人表面很浪荡不羁，其实内心跟巴西人一样很热情很好客。

在这里，年轻人吸大麻、弹吉他、半夜吃肉吃烧烤都来不及，几乎不会有人主动提起政治话题，我也天天泡在山清水秀的乡下，时间长了，全然忘记在巴西时看到的那些年轻人的愤慨，好像在阿根廷就只有美景和美酒，这个世上没有纷争。过着这样神仙般的日子，就算经济再低谷，还是天天有肉吃（世界上最好的牛肉羊肉），有酒喝。

阿根廷式的过日子，我在胡利安身上也看到了点影子。

有时候阿根廷人的时间观念有点差，约好的时间人家依旧不紧不慢完全没当回事。最典型的是吃晚饭，从 10 点开始准备，有时候半夜 12 点才开始吃，可以吃到早上 2 点，这都不是个例。

我买好了原料准备给胡利安和阿德里亚做中餐的那一天，胡利安大哥提前叫上了十多个朋友，人家提着牛肉、羊肉和红酒就过来了。其中一位还是专业大厨。晚上八点在吃过我的中国（开胃）菜后，大厨接着"还"了我一顿大半夜才做好的 asado（烤肉）。这急迫的"礼尚往来"的架势，让我觉得很有意思。

后来阿德里亚告诉我，在阿根廷，尤其是在寒冷的帕塔哥尼亚地区，聚餐已经不是为了吃而吃。人们凑在一起，点上家里开放式的火炉，一来是图个暖和。做一道火地岛最有名的烤全羊（cordero），从用支架架起小羊，多次翻面，刷油，刷调料，小火慢烤，要五六个小时才能烤成全熟。在等候的过程中，就可以拿出一瓶好酒和亲友小酌两杯。二来在等待阿根廷的"不正点晚餐"开饭的同时，也让人与人之间多了一份交情。

我一个接受不了羊膻味的人，竟然在胡利安的推荐下，吃了一口火地岛的羊肉。被大哥描绘成不带一点腥味，细滑娇嫩程度堪比鸡肉的火地岛小羊的肉，无愧于"世界上最好的羊肉"称号！咬在嘴里，除了一股碳烤的余香，真的不带一丝膻味。这其中的秘密在于火地岛小羊吃的草。处在温带高纬度地区的火地岛，草是常年长不绿的。小羊羔吃了火地岛微枯的草后，肉质也变得和其他地区的羊不一样。

在圣胡利安港的日子，最终变成了一段奇幻的回忆留在我的心里。

胡利安大哥的家门口有一条河。原本以为企鹅在帕塔哥尼亚地区也是受人们"看护"的珍贵动物，只有交钱参加的观光团才会带你去和它们亲密接触。起先我并不知道，在距离小镇五公里外的地方，还有一个隐秘的企鹅岛，上面住满了麦哲伦企鹅。镇上的人们都知道它的存在，只是通常不愿意开船过去打扰它们的生活。

有时候，胡利安大哥家门口的河里也会冒出几只企鹅"长跑冠军"。这些脱离了大部队的小家伙们，竟一路偷偷游到了这么远的镇上。在窗口张望时，我看到河里有几个黑点在挪动，于是一把抓起相机直奔河岸。胡利安家的三条大狗在这个时候也跟着我冲出了家门。突然间，统统扑进河里，对着企鹅宝宝一阵吼，好像自己的领地不容侵犯那样。这些小家伙就这样被大狗吓跑了。

每天还有一件事，是晚上 11 点去看火烧晚霞，等日落。夏天的极昼现象，让夜晚变成了短短的五个小时。大自然的鬼斧神工在阿根廷南部被渲染得美轮美奂。三条大狗围在我的前后，保驾护航。在圣胡利安港，治安不是问题。镇上平时几乎看不到人，因此陌生人之间相遇更多的是一种愉悦之情。阿德里亚小哥也说这是他长待在这里的原因，如世外桃源一般。半年前他也是搭顺风车路过这里，胡利安大哥收留了他。原本是计划停留一天，这一待就是六个月。原来人以类聚，不过如此。

旅行中那些激动人心的时刻，是每一次接近一个目的地前的期待。圣胡利安港就像我在帕塔哥尼亚地区，刮开的一张中大奖的彩票。

后来，胡利安大哥特地安排了私人小船，带我和阿德里亚上企鹅岛待了十分钟。我被那群矮小又呆萌的麦哲伦企鹅包围着，四周除了海鸥滑过天际的声音，只能听到企鹅微弱的挪动声。我们试图再靠近一些，它们像裹着包脚布走不快那样，一摇一摆"扑通扑通"地跳进河里，躲得远远的。

我和阿德里亚停止了进一步靠近。身处地球上如此遥远又纯净的无人角落，遵守大自然的条规，不人为破坏动物的生活习性，才是最好的、最有意义的"到过"。

圣地亚哥：大漠里的流浪

在安第斯山脉靠着太平洋的一边，有这么一座城市，它是整个拉丁美洲地区最发达国家的首府；从名字上来看，它很朴实无华甚至没特色，你可能以为它是南加州那个排名美国前十的最宜居城市；它四正四方，留着殖民时期的建筑，和拉丁美洲所有国家的首都高度相似；市区以土黄色和咖啡色为基调的建筑群，在安第斯山脉的衬托下并没有显得有多摩登；在智利南部，你跟别人提起它，人们总是皱着眉头告诉你——"哎呀，那里简直太忙太乱了，根本不是人能待的地方。瘫痪的交通，高速的节奏，我们都选择搬家来到南部的湖区生活……"

这座城市，就是圣地亚哥。

于是我带着这样道听途说来的印象，坐着火车来到了圣地亚哥——拉丁美洲最发达的经济体的重中之重，窥探一下这个城市到底有多好，或者如他们所说——有多不好。

智利是我去到的第五个南美洲国家。本来以为巴西会毫无悬念地成为我最爱的南美洲国家，来了智利才发现，这个世界上最狭长的国家造得简直太"投我所好"。和巴西、阿根廷一起，人们通常把这三个发展程度相对较高的国家合称为"ABC"（取自三个国家名的开头字母）。我对于智利的了解，仅限于发生过观测史上规模最大的地震，拥有被称为"世界旱极"的阿塔卡玛沙漠，并不知道它已经跃入发达国家的行列（经济发展水平排世界第37位，护照免签欧美等150多个国家）。

圣地亚哥的精英生活

晚上下了火车，我打了一个出租车，找去了今晚要住的地方——宿主维克的家。

维克租的公寓地理位置很黄金。若是放在上海，类似于在静安公园对面。圣地亚哥中心地段的一房一厅高层公寓房（月租人民币 2000 元），出门可以步行到城市大部分的景点，这对我来说方便了不少。

想了解一个国家最前沿的生活，就得到这个国家最大的城市认识一个土生土长的当地人。维克就是一个不折不扣的圣地亚哥人，毕业于智利一所顶尖的私立大学，是别人眼中赚着大钱的建筑设计师，也是能代表智利年青一代热爱生活、积极奋斗的楷模。

维克在晚上八点前后给我发了一条消息，交代了一下大门的密码，让我找保安拿钥匙后，自己先上楼，"就当自己家一样，随便一点，我要加一会班。"我有点纳闷。这可是在南美洲呢，还从来没听说南美洲人的字典里有"加班"这个词。心里想，可能人家有私事想随便打发我吧。

上楼后，一股扑面而来的温暖一下把我融化。那是一套不算很大却十分温馨的公寓。厨房里已经有一个韩国"驴友"在做拉面，今晚我就要跟这个妹子一起分享他的卧室。维克已经分配好了，自己会睡在客厅的沙发上，把房间让给我们。

十点的时候，他推着一辆山地自行车回来了。一进门先摘下了头盔。如果不是看到了他那写满倦意的脸，我可能以为这是一个刚做完运动从健身房回来的智利小伙。他一下坐倒在沙发上疲软无力，同时又带着重获自由的笑容开始跟我们打招呼。

我好奇地问他，像这样骑着运动型山地自行车上班而且不带包的造型，能代表圣地亚哥的白领阶层吗？维克便开门见山地向我介绍起他平时的生活轨迹。

他的生活，只能用"很亚洲人"来形容。周一到周五，家里和办公室两点一线。周末，家里和自己开的小公司，两点一线。在剩下的碎片化的周末时间里，他回父母家吃晚饭，然后抽空去爬个山，攀个岩。

智利的工作一族可以说是南美洲最"卖命"的上班族。相比巴西和阿根廷人均 30 天年假（巴西公务员 45 天），在智利上班，只有 15 天的年假。公立高等教育质量平平，私立学校非常昂贵。智利不是我想象中南美洲的样子。不是巴西人那样载歌载舞，也不是阿根廷人那样散漫悠闲。维克的生活模式在智利也许代表不了所有的青年一代，但这样一种忙碌和拼搏的状态，却是我在南美洲待了近半年从来没见过的，着实让我吃惊。

第二天，维克早早醒来，说好要带我们去市中心晨走，领略一下上班高峰前圣地亚哥的宁静。

离开圣保罗，慢慢下到巴塔哥尼亚（Patagonia）高原、火地岛，再一路搭了 8000 公里的车穿越了阿根廷的大草原，翻山来到这里，圣地亚哥给我的感觉是——一个城市人远离了都市的烦躁和条规，回归大自然后，重返摩登世界的现实感。换言之，一下子就接上了正常生活的地气。

耳边传来车流呼啸而过的鸣笛声，也看到圣地亚哥最中心地段的公立医院门口，很多无家可归的人扎着帐篷睡在那里等待就医，而另一些人等着领取每个月初政府发放的免费食物。虽然这里有着"拉美领头羊"的称号，享受着到哪儿都可以刷国际信用卡的便利，但在整座城市即将醒来前，我还是看到了它的短板。

圣地亚哥和圣保罗，两者都是以上班族为主流居民的居住型城市。作为南美最大的"魔都"，2000万人的圣保罗在规模上完胜700万人的圣地亚哥。从舒适度上来说，圣地亚哥虽然被山区包围时常有小雾霾，天空灰白，但是由于人口总数少，还算是个宜居的首都。圣保罗的街头文化充满着"小纽约"的朝气和活力，年轻人频繁聚会、抱团，周末晚上喜欢在大街上拿着酒瓶不醉不归；而圣地亚哥有点殖民时代遗留下来的"小欧洲"范，冷艳而优雅。在圣地亚哥CBD周边随便一逛，都能看到一些精品服饰的私家定制店和画廊。

圣地亚哥的地铁上，老阿姨经常一上车就毫不客气地跟你抢座位。在智利，尊重老人是要付诸实际行动的一件事。有几次下车前，我都试图拦住身后的阿姨抢在前面要先走，最后都被块头不小冲力很大的阿姨突破了重围，先我一步跳下车，还回头狠狠地瞪我一眼。

维克虽然每天的工作都排得满满当当，但还是推荐了我们一条圣地亚哥市内一日游的路线，留给我们自己去摸索。他的工作是设计楼房。智利地处板块交界地带，长久以来地震像是家常便饭，所以房屋结构在设计时都比一般的楼房更需要抗震。防震建筑构造设计师，在智利一直都是很抢手的。他毕业的智利天主教大学土木工程专业是整个智利土木工程最好的研究生项目，每年只招收 15 到 20 个学生。

作为我眼中智利的精英一族，他并没有觉得自己在经济上特别富余，肩上还扛着私立大学昂贵的学费贷款，这几年的青春全都要付还给政府。每天回家基本就是睡个觉。和朋友合办的小公司接的周末私活，去年一年才赚了人民币一万元，实在是不能指望私活代替主业。

就在两个月前他才开始现在这份工作，前老板看不惯他在工作上只专注于自己分内的事，对于公司其他事不管不问。2016 年智利经济下滑，多处裁员，他被"请"回家了。走前领到了三个月的报酬，作为补偿。那晚，他发了消息来说要十一点回家，又是回家直接睡觉的一天。维克说比起上一份被"炒鱿鱼"的工作，已经少了很多工作量啦。

维克是我在整个南美洲遇到过的上班最卖力的南美洲人。即便忙成这样，很多智利人也充分利用空闲的时间尽可能地多做运动。年轻人都是户外运动爱好者，热衷于攀岩、爬山、滑雪和骑自行车。

智利受欧美的影响不像阿根廷那样，分明地刻画在城市规划和城市绿化建设上，更多的是体现在人民的精神状态和生活方式上。

土豪矿工哥的淘金故事

看过了圣地亚哥精英阶层维克的生活，又慢慢走到了铜矿遍地的智利北部，我才发现，原来在智利，赚大钱并不需要走名校毕业的套路，也可以不用自己创业，最赚钱的职业竟然是——矿工。

提到矿工，不免想起 2010 年发生在智利科皮亚波 (Copiapo) 省圣何塞铜矿的坍塌事件。33 名矿工在地下 700 米的地方，等了69 天被全部解救。科皮亚波和很多智利北方城市一样，都是靠着矿业建立起来的城市，曾经一度在地震中被毁，之后又发现了几个矿源，再次拔地而起。搭车经过这里的时候，我决定在这儿停留两天，于是找了一个宿主，是个铜矿从业者。这不算巧合，常住科皮亚波的家庭，多半都跟矿业有千丝万缕的联系。

宿主卢卡斯和女友住在郊外的一栋二层小别墅里。我到的那天，正好他弟弟和女友也在他家度假。科皮亚波全然是一个灰头土脸的小镇模样，除了镇上纪念圣何塞铜矿坍塌事故的一家博物馆和大型超市外，平日里安静得让人完全不想出门。当地的水质也因为挨近矿源，异常不好，洗完头发明显感觉到发丝变硬了。从这里往北，大多数城镇都是依矿而建，没有制造业。食物和日用品都从圣地亚哥运来，物价也开始慢慢上涨。

智利是一个"铜矿王国"，铜产量和出口量都当仁不让地排在世界第一。可以说，铜矿是北部沙漠地带中蕴藏着的"天然宝藏"。智利最大的几家铜矿公司都属于国营企业。矿工在智利是一个高收入群体，一名普通矿工的收入可以达到 2000 至

3000 美金一个月（还有年底分红）。入行多年，卢卡斯从最开始的采矿工人做到了现在的项目负责人。比起以前每天待在地下工作 12 到 14 个小时，"做七休七"制的苦力生活，现在坐在办公室吹空调的日子简直就是在另一个世界。

因为工作的需要，他经常是在科皮亚波待上半个月，再去南边城市康塞普西翁 (西班牙语: Concepción) 的公司总部干上一阵。这种候鸟般的日子，一过就是十年。前几年，他还被公派去刚果金工作了两年，管理一个项目。卢卡斯拿出自己拍摄的刚果村民影集给我看，一下勾起了我在非洲的回忆。

影集里有一位是他在当地的私人司机，这个高大的男人手里抱着一个刚出生的娃。司机每天都要载他在矿区和家两点之间奔波，同时也身兼保镖的职责。在他结束了刚果的工作后，有一天得知司机突然死了，在去机场接人的上班路上被当地的武装部队打死了。

从一个下地洞采矿的"土豪"矿工，变成一名被派到刚果金冒着生命危险去工作的包工头，再转变成留在智利本土办公室里拨弄几下键盘就完事的"超级土豪"铜矿管理者，这条升职之路布满了荆棘。回忆起"漂"在刚果金的两年，卢卡斯眼里充满了一言难尽的艰辛。

好在，曲折的经历换来了如今的小别墅和好日子。相较南美洲其他国家一些"不勤劳，只要享受生活"的人来讲，智利的小康离不开一个清廉的智利政府，同时也归功于甘愿付出汗水的智利人民。

沙漠房车主的浪子情怀

5 号公路是贯穿智利全国南北的主干道，往北去阿塔卡玛沙漠走这条高速是最快的选择。另外一条沿着太平洋的 1 号公路，不仅路窄，很多路段因为地震不时引起山体塌方，经常维修。

距离科皮亚波不远的维根海滩（Playa de Viegen）是传说中全国 4300 公里海岸线里最美的沙滩，长度只有不到 70 米。它是悬崖下面的一段月亮湾，海水呈碧蓝色。然而这里吸引到我的却不是海，是那一段长长的，长得像我想象中月亮表面一样的无人公路。放眼望去，除了仙人掌和黄土，这里寸草不生。远处的群山微微带着些红土，日落时分夕阳打在山上就像是扑翻的胭脂水，给眼前这片空旷的土地洒上了一层粉色光晕。一排排的白色"大风车"，日复一日地屹立在极端条件的荒漠地带，孤独地向我招手。

我沿着 1 号公路一路找顺风车北上，要去看科学家说的"最像月球表面"的阿塔卡玛沙漠地带。右边是七色山体的矿山，左边是太平洋，汽车时不时会因为修路被迫停上几个小时。但是智利的司机都特别热心肠，早已让我忘了半路被拦截下来的不便。在智利搭车经常是随叫随停，并且司机会送你到家，真是个让人越待越不想离开的国家。

我的最后一个目的地是坐落在阿塔卡玛沙漠里的 San Pedro 小镇。

司机大哥看了一眼我要去的具体住址，告诉我他的车没法开沙路，便把我放在小镇的中心。我要住的地方在镇外 3 公里处。一出 San Pedro 镇就只有沙漠了，不是四驱的车寸步难行。

我背着沉甸甸的行李，照着导航去找我的新住处。出了镇子，只看见零零星星的一些树木，少到不足以形成一个可以遮阳的树荫，骄阳把人烤得快要蜕皮。在沙漠的绿洲里居住，条件可能会有些艰苦。我对晚上的住处充满了猜疑，一路琢磨着会是在一座沙漠宫殿里看银河，还是会落魄到在一个漏风的屋檐下洗冷水澡。

跟着地图指示，我在一辆停在沙丘边的公交车前看见了我的名字，感觉应该是找到地方了。

车头挂了一块牌子，上面写着：

"欢迎 Master Jin 来我家。钥匙在邻居家里，你可以先进去。"

仔细打量，这是一辆废弃了的校车。铁锈斑驳的外表看起来像一个没用的垃圾空壳，搁置在那里应该有好久了，轮子肯定转不动了。车子的侧边明显是改装过的，开了两扇大窗，窗的上方撑出来一个遮阳棚，地下放着一块脏床垫。校车旁边扎了一个帐篷，里面也有床垫和被子。还有一个大冰箱，坏了，就搁在车边，里面没有食物。

我仔细打量了一番眼前的这个"怪物"——这居然是一辆自己改造的房车！这可是我有生以来住过的最酷的地方了。宿主丹下班回来，领我进了房车内，等我确认了晚上有热水澡可洗，才抑制不住自己的惊喜，立马决定要多待上几天。

丹辞去了运动私教的工作，一年前买了这辆校车，徒手把它改造成了自己想要的样子。San Pedro 小镇是一个旅游发展得很成熟的地方，挤满了南美洲的"嬉皮党"和世界各地的游客。他看中了这里的商机，便和两个朋友一起在当地合开了一个旅游公司。面对未来很多不确定因素和资金的紧缺，突发奇想把自己所有的当家物品都压缩设计在这个房车里，于是过起了风吹到哪里就睡在哪的逍遥日子。在天高任鸟飞的阿塔卡玛星空下，从此就多了这么一个从大城市搬来沙漠守望小镇的创业党。

房车的内部装修完全超乎我的想象，和外面租来的那种厢式房车不相上下。里边的设备齐全，从冰箱到小酒柜，从床到煤气灶，从淋浴到马桶，完全满足最基本的生活需求。同时还通了电和热水，一应俱全。听说他搬家来了沙漠，经常有一些朋友慕名来探望他，于是外面的那顶帐篷，就成了他们的"收容所"。

阿塔卡玛沙漠的气候有一点极端。白天正当午时极其暴晒，到了晚上，又跌回 10 摄氏度，需要加上一层棉衣棉被。晚上在房车的里面倒不冷，白天日照的积温好似一层隐形的保护膜，把寒意阻挡在了室外。丹打开煤气，拿出刚买的蔬菜和意大利面，和他的几个朋友一起，我们自给自足，在房车内做了一顿很丰盛的晚餐。

大家围坐在房车的地毯上用餐，透过窗户可以看到 San Pedro 星星点点的夜空。丹告诉我，晚点时候用肉眼就可以看到银河。阿塔卡玛是世界上最干旱的地方，这里的天空几乎每天都万里无云。

正当我品尝着智利的美酒佳肴，滔滔不绝地表达着对沙漠野营生活的惊喜时，身体一晃，手里的酒不小心洒了出来。

我愣了一秒，分明感觉到了地面的抖动。在下一秒微弱的左摇右摆之间，我大叫起来："哎呀，地震了！快逃！"

大伙吃得正香，这句话犹如一个玩笑，让有些人笑得喷出了饭。我看见丹跟着大家一起乐，没人有要逃出去的意思。可此时，地面确实还在颤抖。

丹走过来安抚了我，教我要像智利人一样从容地面对地震。

"智利人不会叫 7 级以下的地壳运动为地震，人们通常只用'颤抖'一词。像这样的颤抖基本是一周一次，可能你第一次经历有点惊魂。你在智利待了超过一个月居然才感觉到一次地壳运动！"

"所以，真的不用逃吗？"我心里又闪过了"余震"两个字。地理书上说的，人类有记录的最强地震是 8.9 级，就发生在智利，此时这个知识点很调皮地冒了出来，在我脑海中挥之不去。

这时，丹站了起来，从冰箱里拿出一盒冰激凌和一瓶智利产的烈酒（Pipeño），想给我调制一杯特别的鸡尾酒来压惊。我知道他要做的是 terremoto 鸡尾酒，还需要加一点草莓果酱，把酒合成红色。Terremoto 在西班牙语里就是"地震"的意思。因为酒精含量高，喝完后给人脚底发软、地面在颤抖的幻觉。

丹的朋友们把音响又调高了几度，大声叫着要丹多做几杯这么应景的酒给他们，晚些时候他们要去派对，可以先"预热"起来。

San Pedro 小镇背后的大沙丘上，每周末都偷偷聚了很多夜猫子，点着篝火在月光下"开闷欢"。和南美洲一些国家不同，大麻在智利并没有被公开合法化。你可以召集三五好友，聚在家里小抽一支，但在公开的场合却是被禁止的。年轻人还是抵挡不住"群抽"的那种快感，所以"山高皇帝远"，自然风景又惹人醉的阿塔卡玛就成了绝佳地点。很多人来就为了参加晚上不点灯的沙漠抽"神草"（大麻）聚会，坐在银河下流放自我。

早晨醒来，我做了一份煎蛋。坐在昨晚感受到地震的位子上，一边望着无际的沙漠发呆，一边享用着现代生活的便捷。连接上网络后，我发了一条状态更新：

人生的第一次，睡在房车里。360度前后无敌沙漠景的大窗，看日出照亮了阿塔卡玛，转身180度，再看日落映红了天涯。虽然在房车里打着地铺，盖着棉被，I feel like a Queen！没有别的南美洲国家能让我感觉这么惊艳！

智利人努力工作，也努力享受生活，对本国文化有着深深的民族自豪感。很多宿主几次三番告诉我皮斯科酒（Pisco）原产国是智利不是秘鲁（更多地方说秘鲁是原产国）。同时，他们也对外国文化很有兴趣，想要了解更多。这样一种积极向上的氛围，作为一个外来游客，特别容易就被他们感染了。

Hitchhiking
Around
the World

搭车上路，一个人的八万公里

African continent

穿越非洲大陆

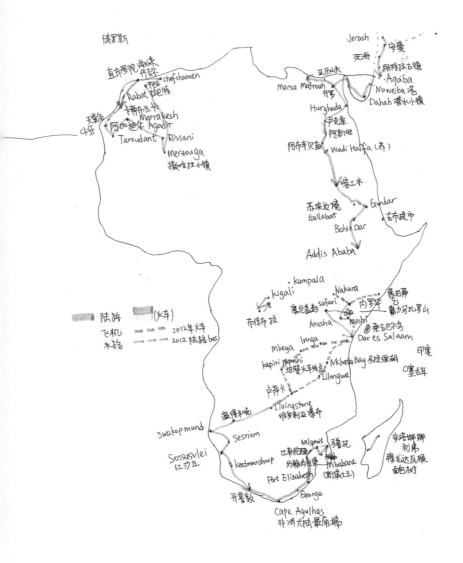

俄罗斯

Jerash

亚历山大

死海

约旦

直布罗陀海峡 丹吉尔

Fes chefchaouen

佩特拉古镇

Marsa Matrouh

Aqaba

Rabat 拉巴特

开罗

Nuweiba 努

卡萨布兰卡

Hurghada

Dahab 潜水小镇

Marrakesh

天崖 阿加迪尔 Agadir

卢克索

Cliff Taroudant Rissani

阿斯旺

Merzouga

阿布辛贝庙 Wadi Halfa (苏)

撒哈拉小镇

喀土木

苏埃边境 Gmdar

Gallabat 古布提市

Bahir Dar

Addis Ababa

陆路 (火车)

kampala Nakura 蒙巴萨

飞机 2012年火车

kigali 塞伦盖蒂 safari 内罗毕 勒力马扎罗山

水路 2012 陆路 bus

布塔布拉 Arusha Moshi 桑吉巴尔岛

Dar es Salaam

Mbeya Iringa 印度

kapiri Mposhi Mkhata Bay 马拉维湖

坦赞火车终点 O塞舌耳

Lilongwe

卢萨卡

Livingstone 安塔娜娜

温得和克 维多利亚瀑布 利冯

穆龙达瓦猴

Swakopmund Sesriem Nelspruit 驼峰苑 面包树

比车陀蛤

Sossusvlei keetmanshoop 约翰内斯堡 Mbabane

红沙丘 Port Elizabeth (斯威士兰)

开普敦 George

Cape Agulhas

非洲大陆最角端

提到非洲，大多数想环球的旅行者，似乎有一种天然的误解，会把非洲归为只适合资深背包客的目的地。"Africa overland"（陆路穿越非洲大陆）这个词也因此一直充满着神秘的魅力。

2012 年结束了毛里求斯五个月的工作后，我花了两个月的时间，从还算适合游客"入手"的"东非小巴黎"——内罗毕，一路坐着大巴和坦赞铁路走到了赞比亚和津巴布韦交界处的维多利亚瀑布，之后沿着马拉维湖返回内罗毕。

第一次独自走了两个月，初步领教了非洲人的随性和行程上"计划永远赶不上变化"的数不清的变数。时隔四年，我带着更多的准备和比第一次去非洲前更务实的预期，从摩洛哥到了西奈半岛，然后进入埃及。沿着非洲东线南下，在非洲大陆最南端的厄加勒斯角（Cape Agulhas）顺利完成了这一次壮丽的穿越。

比起在美洲走过的一万公里的山和路，同样约一万公里的路途，在这块人类起源的古老大陆上，却走得一波三折。

摩洛哥：现代版的《一千零一夜》

坐落在西北非的摩洛哥，因为得天独厚的地理位置和全民的双语（阿拉伯语和法语）教育，对外来文化有着很高的接纳度，号称"欧洲的后花园"。从俄罗斯坐了三周的西伯利亚火车横穿欧亚大陆桥后，我飞来了摩洛哥，踩踩非洲大陆的气息，顺便也看一看黄金遍地的海湾阿拉伯国家外的阿拉伯世界，到底是什么样子。

卡萨布兰卡的海蒂

堆满了小山丘一样的行李的卡萨布兰卡机场，让我顿时失去了方向。传送带边屏幕上并没任何航班信息的提示，广播里也尽是听不懂的阿拉伯语。在传送带边来回走了几圈，我终于"挖"到了自己的行李。一把背起我的背包，和身边穿着阿拉伯长袍的大叔、卷着几个大包裹的"翘臀大妈"一起，一头扎进出关的人流里，走向夜色星光下的卡萨布兰卡机场的停车坪。

非洲的夜空依旧是那样无云、透彻。卡萨布兰卡机场外的停车场上，停满了各种新旧不一的出租车。在北非各种小麦色、凹凸有致的面孔里，我的"亚洲脸"毫不意外地成了焦点。一脚迈出机场，我就被天生能说会道的阿拉伯司机给缠住了。

"姑娘，要去哪里？"

"你是一个人来旅行吗？我给你友情价。"

"哟，你，ching chang chong！哈喽！喂！"

听到熟悉的"ching chang chong"，我忍不住笑了出来。从印度到伊朗，从土耳其到埃及，不懂中文的当地人，竟无一例外地抓住了这三个他们耳中最明显的中文发音，用来指代"中国人"。现在，这个词竟然完好无损地漂来了摩洛哥。

每当听到人们试图用这三个音来向我求证我从哪儿来，我都会依样画葫芦地回他们一句："ching chang chong! All good ?!"

我在卡萨布兰卡找了一个当地的宿主，是一个在校高中生，叫阿卜杜。阿卜杜和妹妹还有妈妈同住，家在卡萨布兰卡的市郊。

摩洛哥人初接触给人的印象都很热情，这和我去过的其他伊斯兰国家基本相同。去当地人家做客，一般都会端上热茶热饭不断地"喂"客人。他们比较自负，不同的人介绍不同的清真寺或者商场，都会闭着眼睛说"这个是全摩洛哥最大的"。介绍其他东西时，还经常加上一句，"这也是整个非洲最大的"。也许有时候他们说得没错，可大多数时候都是在说大话。

我还经常被司机和服务生问到会不会法语，知道我不说之后就很阴阳怪气地问我一句：为什么你不说？有些服务人员还因为我不说法语，直接不给点单。法式的傲慢全都学会了，同时也没脱掉非洲人的懒散。很多摩洛哥人去过欧洲，可真的没多少摩洛哥人了解非洲其他国家。对于年轻人来说，能交上一个白人女（男）朋友，都是非常值得向别人炫耀的事。

摩洛哥小哥自负的同时，又不太为自己的文化感到骄傲。有点海外关系、依旧拿着摩洛哥护照的人，一般都说自己是外国人，可能他只是在欧洲上了一个短期的语言学校，或者家里有海外亲戚。在平均有三到五个兄弟姐妹的、几代同堂的大家庭里，超过半数的房东或者宿主都跟我说自己在海外有亲戚。详细一问，那些亲戚可能一辈子就见过一次。

还好，阿卜杜是我慧眼相中的"异类"。这个从小看着卫星美剧长大，说着一口美式英语，身材也和美国小孩一样壮实的宿主，是摩洛哥给我的惊喜。

走出到达大厅，迎面扑来大西洋的海风。环望四周，似乎没有什么高层建筑。默罕默德五世机场就好像是在一片荒地上堆砌起来的一个中转站。跟着阿卜杜上了一辆出租车，还要开 40 公里才能到家。一起来接我的还有阿卜杜的表哥，一个一路都在讲笑话想逗我笑的摩洛哥大哥。只是他的那些阿拉伯语笑话，更像是在自娱自乐。

老爷车慢吞吞地行驶在卡萨布兰卡郊外的高速上，像怀旧电影里的场景，配着耳边响起的中东音乐那些拉得很长的慢调子。在摩洛哥，当地女子虽然还是裹着严实的长袍，沙滩上的比基尼女郎却也不少见。在这里，西方世界的影响留在每一个现代摩洛哥人的身上，连一个海边卖鸡蛋的小贩都可以用英语交流；而规划整齐的城市建设和配套设施，又让不懂阿拉伯语的游客当即感受到摩洛哥式的热情。这是一个很适合旅游的非洲国家。

比起上一次来非洲时让人印象深刻的破大巴和无底线的"赖皮"生意人，文明之风隔着直布罗陀海峡吹拂过来，留下一片欣欣向荣的商业气息，热闹又异域。

阿卜杜的妈妈和妹妹准备了一桌子的菜，在家里等着为我接风。我兴奋地放下包，迫不及待地想垫垫肚子，才发现餐桌上的食物居然是清一色的土黄色。那天晚上我吃了有七八道菜，分量十足，但其实用两个字就可以归纳——"饼"和"干"。

不同的饼有三种，都是不带馅儿的，干裂干裂的；坚果有两种，均为土黄色；小甜点三道，裹着棕褐色的糖浆，在土色调的色卡里属于偏深的一端，而且，还的确有饼干。台面上的食物，单个看都非常诱人。我坐了一天飞机没有吃到任何绿叶菜，所以当我面对这一大桌土色调的"沙漠全席"干饼宴时，只能偷偷在脑海里想象着梅子的模样，试图止渴。

"这是我们摩洛哥的酥饼，这是油饼，这是大枣，这是油炸甜甜圈，这是糖浆裹着的腰果……"

阿卜杜一道一道地向我介绍着摩洛哥的家庭美食，却不知我的心里只留有一个疑问：这就是经典的撒哈拉"沙漠餐"吗？难道摩洛哥真的没有绿叶菜吗？

我一边嚼着干到卡喉咙的饼，一边被墙壁上那些彩色、精美的几何图案给惊艳到了。客厅的四周都是沙发，可以同时接待至少三十个客人。阿卜杜家虽是一套两房一厅的中型户型公寓，但从这沙发来推断，便可知这是一个"普通的大家庭"。"普通的大家庭"在摩洛哥差不多是指三代同堂，里里外外少说四十个家庭成员，过个节差不多能来上百口人。于是第二天，和预想的一样，我被带去了阿卜杜的外婆家走亲戚。

外婆家的房子在卡萨布拉卡的东区 Ain Sebaa。听说家里来了客人，小表妹海蒂早早便跑来家里要一窥究竟。

当地女孩大多都生得一副玲珑有致的好身材。海蒂是个不折不扣的美人胚子，虽然才十一岁，却已留得一头及腰的鬈发，轻拍在凹凸有致的身体上。从见到她的第一眼起，我无法忘记小姑娘那双水灵灵的眼睛，和我们之间跨越了语言障碍的心灵相通。

我坐在沙发上用早餐，起初并没有察觉到海蒂悄悄地坐在我旁边，在我的盘子里放上了一块奶酪。早餐和前一晚吃的没什么两样，依旧是各种干饼。其他人已经嚼完一张饼，而我依旧慢条斯理地啃着我那剩下的半张饼，干到难以下咽。

大概是看出了我对饼的一点小态度，海蒂拿起小刀挑了一点奶酪，接过我手中剩下的半张饼，替我把奶酪抹上。再用刀子把它们涂抹均匀，卷起来，递回给我，示意我可以尝试一下新的吃法。

丝滑的白色乳酪夹在卷饼里，入口时竟也产生了要融化掉的口感。海蒂见我面露喜色，接着便默默地又拿过一张饼，替我把奶酪涂上，卷得整整齐齐地放在我的盘里。一边还望着我，像是在叫我再多吃几张。一边又跑回厨房，端来了摩洛哥的薄荷茶，倒了一杯放在一边让我喝。

"她说她很喜欢你，今天想跟我们一起去海边。"

阿卜杜告诉我海蒂想要加入我们去海边的行程。

"可是我告诉她我们会很晚回家，这样就没人送她回家了，她得在外婆家过夜。"

外婆家是一栋宽敞的大房子。上下四层，里外大大小小套着起码二十间客房和五六个客厅，外加若干个储藏室。如果不是有人带着走，还真可能找不到大门出口。

给我介绍着房子时，阿卜杜问我是否今天想在这里过夜，体验一下摩洛哥的豪宅。

面对这从天而降做一回摩洛哥"土豪太太"的机会，我有点儿犹豫："这房子太没人气了，要不咱们还是带上海蒂晚上住回你家吧。你家客厅里不都是沙发，可以睡人？"

海蒂听懂了我的意思，便顺势向阿卜杜撒娇，要求今晚和我们一起回家过夜。

"那好，可是你得睡沙发，海蒂。房间要留给客人住的。"

得到表哥的"恩准"，小姑娘立刻笑开了花。倒向我身边，给了我一个大大的拥抱。

有时候陌生人之间的亲近感和合拍程度，用他们说的词来解释再恰当不过了：

"一切都是神的旨意。"

我和眼前的这个摩洛哥小姑娘没有一句对话，只是靠着单向的交流和眼神，竟完全对上了眼。海蒂和一名宝莱坞女星很神似，标准的鹅蛋脸上镶嵌着精致的五官；天然卷翘的浓密睫毛和上扬又嘟嘟的小嘴唇，让她浑身散发着一种属于少女的性感。

我忍不住拿出了自己的化妆包，想在出门前给她打扮一番。

"要不我给你化个妆吧，我们再出门？虽然你不化妆就已经很美了，但我觉得你简直就是摩洛哥版的 Shraddha Kapoor（印度当红女星）。"

海蒂和我一样，也是一个印度电影迷。以 Shah Rukh Khan（沙鲁克·汗，印度著名影星）为代表的宝莱坞电影在摩洛哥一直都有着稳定的市场。每年在摩洛哥最红的旅游城市马拉喀什电影节上，都会聚集一群印度的电影界大咖。还有摩洛哥本土的歌手把印地语的歌曲改编成阿拉伯语，唱响整个撒哈拉沙漠。

阿卜杜让海蒂唱一支当下最红的歌《fan》给我听，是由印地语改编而来。小表妹便大大方方地站起来跟着歌曲扭动了好一阵。舞完，居然还用印地语清唱了一曲。甜美的声线配合上动情的神态，一下把我拉进一个万花筒般的音乐黑洞。想着从中亚到南亚，再从西亚到北非的这一路，都离不开"异域风情""香料"

和"听天书"这些冥冥中融会贯通的体验。

我给海蒂画了一张红唇，顺便指导着她摆了几个大明星常摆的姿势，在家为她拍了一套写真。其实更像是为我自己的私心，为心中摩洛哥版的小公主拍了一套"皇室留影"。

临出门时，海蒂不舍得卸掉口红。

"那不行，女孩子这样上街别人会觉得你太不正经。你还是未成年，只能素颜出门。"

阿卜杜立马扼杀了海蒂心中刚刚萌芽的美少女梦。阿拉伯人家族观念强，不管摩洛哥的年青一代有多西化，听从长辈的意见始终是一道难以违背的指令。

海蒂恋恋不舍地抹去了口红，安静地坐在门口等着我们。

这姑娘可真乖巧听话，还是天生的自来熟，年纪轻轻就已经学会待人接物之道。我在心里默赞着海蒂的懂事，能在摩洛哥"捡"到这么一个小女儿，真是上辈子修来的福气。

卡萨布兰卡的公共交通看似四通八达，但真的要从外婆家去到海边却几经折腾。我跟着阿卜杜换了两次公车到了一个更偏僻的城区，接着在路边等开去沙滩的出租车。在卡萨布兰卡打一个自己独用的出租车并不便宜，到达的那天晚上从机场回到家就花了 200 元人民币。这里的居民出行一般都优先选择公车，实在是公车到不了的地方，也有专门跑特定路线的共享出租车。

阿卜杜的家人，除了妈妈早出晚归挣钱养家，其他的亲戚似乎都闲在家。"时间"似乎不是一个很要紧的概念。在摩洛哥的每一天，清真寺里的唱经声取代了手机的报时，大部分的时间我都闲着，像当地人一般过着清闲的日子。

跟着阿卜杜和海蒂，我跳上了一辆接地气的公车，掏出手机在窗口录影。车行不出五分钟，突然间阿卜杜一把抢过我的手机，弄了我个措手不及。

"你看到了吗，刚才车外两个小孩跳起来抢走了前面那个老爷爷的手机，他们正跑向你这边的窗口，如果我不拿走，可能 10 秒内你就'中枪'了。所以在卡萨布兰卡的公车上，千万不要玩手机，一定要眼观六路留个心呀！"

我虽没有看见那潜在的危险，但马上乖乖将手机收入包里。当地人给的 tips 一定管用，经验来源于生活。想起在巴西时被当地朋友打过的各种预防针，为了降低可能的损失和惊吓，有必要听话照办。

整个下午，我们找了一块空地，坐在 Ain Sebaa 挤满了人的沙滩上，和海蒂一起打三毛球。

六年前第一次踏上非洲大陆，我"打卡"了东南部几个"黑非洲"国家。下过一些村寨，也上过地坑一样的无遮挡茅厕。这一次带着想一窥阿拉伯国家的愿望来到了摩洛哥，发现迎接我的却是摩洛哥摩登的新城、法式林荫大道和街心花园。点缀在一片现代建筑中的，还有精美的雕花拱门、老城区的 Medina（麦地那，阿拉伯人聚集区）和整洁度堪比欧洲的拉巴特地上轻轨。这个国家实在是受了很多欧洲的影响，旅游业蓬勃发展。在一些便宜又充满阿拉伯风情的民宿里住着，有种穿越时空的感觉。

原来，非洲真的不是"一块大陆一个概念"。

星空下的撒哈拉沙漠

离开卡萨布兰卡后，我搭乘了火车南下去阿加迪尔，投靠在那里工作的朋友家，小住了几天。卡萨布兰卡到阿加迪尔没有直达的火车，要途经最热门的旅游城市马拉喀什，再换乘大巴。马拉喀什是摩洛哥的"四大皇城"之一，也是聚集了最多游客和"坑"的地方。摩洛哥生意人那套忽悠人的把戏，在另一座皇城非斯（Fes）体现得最淋漓尽致。

在这几个"网红"皇城，我没有做太长时间的停留。想起来要进到撒哈拉的腹地梅尔祖卡（Merzouga）小镇看看时，大巴票已售罄。于是，不得不又走上了拼人品、看天吃饭的路——搭顺风车。

阿加迪尔通往东部撒哈拉的沙漠公路上，想要找一辆顺风车，说容易很容易，说难也难。从 26 摄氏度的港口城市阿加迪尔进到大漠边缘的梅尔祖卡镇，每往东部挪一点，往沙漠靠近一点，等车就会变得更煎熬一点。

30 度……35 度……40 度……45 度……

车呢？怎么还没来！

人呢？连个影子都见不着！

树呢？拜托老天快送我一片好遮阳的绿荫！

水呢？喂，你不知道这里是撒哈拉吗！

有时候，越是在无人的地区，司机越能感同身受，只要有车辆经过，司机都会"秒停"。终于，我被一个开皮卡的柏柏尔司机"捡"走了，还来不及在心里感叹"还是摩洛哥的少数民族更热情啊"，司机大哥就非常豪爽地跟我拉起了家常。

"这么热天，你怎么在沙漠里等车呢？这边都没人居住的啊！"

"大巴没票了，一天只有一班车去梅尔祖卡呀，还真谢谢你愿意捎上我。"

"我开着窗给你吹吹风，没事吧。今天不是很热，吹着风比开空调要舒服！"

"好呀，开空调还容易晕车呢。吹自然风再好不过啦！"

五分钟后，我为自己的无知买了单。

昏黄的天际线像一大块布一样席卷过来，带起了一阵阵小型的龙卷风旋涡，把原本已寸草不生的荒漠地带，硬是搅和得垃圾和泥沙满天飞。坐在副驾驶的位置上，我隐隐感觉到一点旋风的威力。车身开始有些小幅度的摇摆，柏柏尔司机也适当地降低了行驶速度。迎面吹来的呼呼热风，大约逼近46摄氏度。烫得我以为头发都能被定型了，吹成了自然卷。

"哦，这是沙漠里经常见到的沙尘暴，没事的，不是什么世界末日。"天色瞬间由昏黄转为灰暗。

"我们柏柏尔人是撒哈拉的原住民，可能跟你打过交道的那些阿拉伯人不太一样，那些做生意的阿拉伯人……"

"我懂，阿拉伯人嘛！"我表示不能赞同更多。

吹着扑面而来已超过我极限的热风，和司机大哥聊了起来。代价就是每多说一句话就吃进一口沙。我试着用双手轻柔地在脸上搓了搓，玩起了大自然赐予我的"撒哈拉磨砂面膜"。

即便我以前在沙漠地区待过几天，温度也直逼50摄氏度，可要论撒哈拉的威力，估计还是天下无二的体验。只感觉到自己整个人快融化了，或者一会儿鼻孔会被黄沙填满，要投降了。

我婉转地想让大哥关上车窗开空调，可热情又强势的柏柏尔大哥一个劲地向我推销起柏柏尔人的文化和习俗。还告诉我自己开了一家沙漠游猎的公司，专做撒哈拉露营的项目，落日时带人骑骆驼，晚上在大漠星空下扎营。

柏柏尔人最引以为傲的一点是，不管居住条件有多热，对他们来说似乎 30 摄氏度和 50 摄氏度是没有体感区别的。

一般折腾了大老远的路来到梅尔祖卡的游客，少有像我一样，为了要不要去沙漠过夜而纠结。撒哈拉的骆驼骑行通常是两日游，毕竟沙漠里又热又没有地儿洗澡，睡一晚估计也会脱水。

"其实我去过很多地方的沙漠，也骑过骆驼。这次一个人出行，我也不想花那钱去睡最豪华的沙漠帐篷，那种最便宜的我感觉也没什么吸引力。要是能在当地人家体验一下村里的生活，那可比骑骆驼睡沙漠更有意思呢。"

说者无意，听者有心。柏柏尔大哥二话不说，当即盛情邀请我这个路边捡来的不速之客去他家过夜。

"都来到撒哈拉的边缘了，不去看一眼，那我们柏柏尔人可都看不过去了。今晚就跟我回家住，明天日落后我带你去沙漠里小走一圈。这个月（2016 年 7 月）开始摩洛哥对中国游客免签了，以后也会有更多的客人来。不用觉得欠我人情，就算帮我做个口碑传播的广告。走吧！"

长途旅行的路上（尤其是在伊斯兰国家），时不时会遇到这样没聊几句就想把你请回家的好客的主人。这样的好事经常发生在一些政治条件不开放或是地理位置远离主流城市区的村寨。

梅尔祖卡距离摩洛哥其他的城市不远，这里已靠近阿尔及利亚边境，在沙漠里往前再行 50 公里，便是国境线。身处世界上最大沙漠的腹地，"国境"变成了一个很模糊的概念。

我跟着柏柏尔司机顶着骄阳爬上沙丘最高处，环望四周，这个小村子几乎被一片红沙环抱。过往的经历告诉我，越是人口稀少之地，人与人之间的距离会愈加近。陌生人传递过来的好意无需过多的猜测，因为人们真的只是"想对你好，你从远方来"罢了。

走进柏柏尔司机的家里，约摸有 10 个小孩立马一下拥了上来。稍大的女孩子给我沏了一壶摩洛哥经典的薄荷茶，滚烫的，在 46 摄氏度的高温天，室内没有空调，并且我还裹着长裤的情况下，加了足足四勺糖，端来招待我。不满六岁的几个小孩毫不怯场地把我扑倒在地毯上，一拥而上，要向我示好。

那一晚，柏柏尔大哥邀请我去顶楼无遮挡的天台，和他们一大家子一起睡。我自作聪明：要去露天的阳台喂蚊子，我可不去。执着地一个人留在了大房子的底层卧室里，浸在被满身汗水打湿的床单里，翻来覆去瞎闹腾。

早晨醒来，我像刚从泳池爬起来一样，把带进屋的 1 升饮用水，一饮而尽。真实睡了一个比不睡还要累的觉。

第二天，我挪去了顶楼的天台，按照大哥的指示睡在撒哈拉的星空和银河下。风还是热的，冷水是烫的，包里摸出的乳液瓶因为高温全炸开了，流得满包都是油。

那晚，我看到了贯穿天际的银河和闪亮的群星。躺在大哥给我扛上来的床垫子上，伴着依旧呼呼的热浪，一觉睡到朝阳撕破了黑夜，直到那一束温暖的晨光打在了我的脸颊。

"柏柏尔人的耐热能力，果然世界第一。"

撒哈拉这座火焰山，一边是自然界的暴力，一边，是魅力。

尼罗河边沉睡的埃及

一

再一次踏上非洲大陆并没有太大的激动。对于到过非洲的人来讲，要用"非洲"这两个字涵盖文化多元、语言完全不同、有着数不清部落的这块大陆，有点过于笼统。大多数人并不了解非洲五十多个国家的差异性，把它简单地理解为"一个国家"的概念。在没有来过非洲的人眼里，"非洲"这两个字是落后和贫穷的代名词，他们觉得"非洲"等同于野性、荒蛮、欠发展，以及为了温饱而挣扎的人。

非洲大陆的面积仅次于亚洲，是全世界人类的故乡。北非地中海沿岸的那些阿拉伯国家，和撒哈拉以南的"黑非洲"，无论从人种还是宗教上来讲，都是两个截然不同的世界。这一次陆路穿越非洲大陆（到南非）的计划，第一站就是埃及。

从约旦坐着过夜的客船摆渡到西奈半岛，这个连接非洲及亚洲的三角形半岛，位于埃及的东北端。西奈半岛西滨著名的苏伊士运河，这是埃及同西亚国家和海湾国家进行贸易和文化交流的重要通道，是尼罗河文明与幼发拉底和底格里斯两河文明等的交汇点。

入境埃及两周，我在达哈布（Dahab）参加了潜水课程拿到了潜水证。每天泡在红海里捧着不蜇人的透明小海蜇，背着钢铁一般重的氧气瓶从水里爬回潜店。在辛苦饥饿之余，总是能遥望红海对岸的沙特阿拉伯，看一场日落余晖金光洒满群山的大戏。在还没有真正踏上（地理上的）非洲的那一刻，两周吃、喝、潜水、不伤脑细胞的日子似乎预示着非洲行一个美好的开端。

直到抵达开罗的那一天，我才明白，原来西奈半岛只是为嬉皮士和西方客而造。埃及人的埃及，从来都是在另一个"魔都"——开罗。开罗的魔性好似一股无形又强大的力量，我几次遇到不顺想要快点走完，却始终很难逃出它的"魔爪"。

从西奈半岛搭了过夜大巴抵达首都开罗的一大早，整个城静悄悄地被一层乌云笼罩。纵横交错的立交桥虽不如国内的"魔都"那样建得繁杂，但开车行驶在开罗市中心的老城区，仿佛伸手便能触及两边的楼。建筑物之间的距离实在有点近，也难怪开罗是一座拥有千年历史的古都，老城区的格局大部分还是保留了原有的样貌。市内现有八百多座清真寺，建于不同时期和年代。

除去那些醒目的宣礼塔尖，剩下的大批楼房很多盖得像是烂尾楼。深褐色和土黄色的主色调，让这座城市显得有些沉闷。小高层居民楼上总是东拉着一根卫星天线，西挂着一堆被子和衣物，远望过去呈现出一片凌乱。楼顶更是堆满了建材垃圾和各种废品，时不时冲出一根长长的木棒横在楼顶，划破天际。其中总能找到那么几栋，裸露着红色的砖瓦，未完工一样地屹立在中间。我以为这些是还在建造中的新楼，却分明看到了窗口站着两个住户，手里拿着果皮在空中画出一条完美的抛物线。

开罗很多马路压根儿不标分道线。开车行驶在大道上，司机像是一个在隐形的五线谱上随心所欲跳跃的快乐音符。前一秒还在最右道匀速前行，后一秒一脚油门直接跳到最左道，一跨五个音阶。城市交通散漫而混乱，极其考验人们的耐心。老城区狭窄的街道上，大部分时候总是挤满人和车。在老城区，坐在车里的速度，一般不会比步行快多少。

我拿着埃及朋友瑞哈珀写给我的提示，从市中心换了两次公交，坐到十月六日城（6th of October City）和他碰面。

和世界上其他人口暴涨的巨型城市一样，开罗城外的四面八方陆续建起了一座座卫星城，各自负担起了缓解"埃及魔都"人口压力的重任。十月六日城便是其中的一座，在开罗市区往西30公里的新开发区。因为紧挨着多所高等学府，所以这里大部分居民都是大学生。

瑞哈珀和他的几个同学合租了一套四室两厅的公寓。我睡在他的房间，把他"赶"到了客厅的沙发上。面对伊斯兰国家的待

搭车上路，

一个人的八万公里

148

客之道，不管是难辨真假的客套，还是主人发自内心的热情，欣然接受便是最好的回敬。

在埃及，久别重逢的人们拥抱行贴面礼（同性之间）。男人和男人之间会贴一次或多次，接着还会连珠炮似的发出一串问候：

"你好吧？"

"你怎么样？"

"身体怎么样？"

"家人怎么样？"

"真主保佑你！"

"我也过得很好，托真主的福。"

"愿一切太平，真主安拉在上。"

"谢谢，安拉也会保佑你的。"

"真主的旨意。"

"你也是，谢谢。"

每一次和瑞哈珀一起出门，我都一头雾水地跟在他身后，以为他总有很多事要跟在半路撞上的朋友交代。后来一问，原来这是埃及人"重感情"的一种表达方式，渐渐就演化成了一种民族特性。

古埃及人创造了人类历史上最早的太阳历。公元前四千年时，他们就已经把一年确定为365天，全年分成12个月，每月30天，余下的5天作为节日。这是古代人类最精准的历法。然而斗转星移几千载后，我所处的现代埃及，竟然很难再找到一个精准的时间概念。

我要来开罗申请埃塞俄比亚签证。瑞哈珀担心我迷失在熙熙攘攘的开罗街头，或者被小贩缠住无法脱身，非要尽地主之谊，陪我一道去使馆。

第一天早上，瑞哈珀照着镜子抓好了头发，再换了几套衣服，终于找到了一套和他手提包颜色相配的上衣。等我们坐着公交小面包车在路上堵了两小时后，自然在使馆吃了闭门羹。

第二天出门前瑞哈珀又精心打扮了一番，临走发现没有足够的现金，不得不先去银行排队取现。结果"屋漏偏逢连夜雨"，遇到公交车半路抛锚，最后依旧没赶上。

"三顾茅庐"这样的精诚，在埃及还是打破不了法老的诅咒。我们赶在宰牲节的国定假日前见到了签证官，却被告知节前两天开始便不再接受签证申请。

"宰牲节放假十七天，加上这两天，你二十天以后来吧。保险一点，过三周再来。"

我只好忍着气，跑去亚历山大和马特鲁待了二十天。混在亚历山大的基督徒社群里，感受了一下黎凡特文化（法国、希腊、土耳其和叙利亚文化的综合体）在埃及地中海沿岸产生的影响。

三周后，我无奈地从北边回到开罗。再一次站在埃塞俄比亚使馆门口，不出所料又被当头打击了一棒：签证官未归，要再等一周。

瑞哈珀听到这个消息后，一点也不意外。这样的办事效率，在埃及都算是正常的。他反而向我推荐起埃及的其他海滨圣地，让我在埃及多住住，甚至提议要带我回他老家的村里住上一阵。想到传统的埃及家庭可能有两三个老婆、十几个孩子，外加三姑六婆几十号亲戚都住在一起，每天光打招呼可能都要花掉半天时间。还有，表兄妹之间的近亲婚姻，让大家族成员之间的关系变得层层叠叠，要在短时间内做个能记住人物关系的合格客人，也不容易。我决定直接南下。

我离开开罗，准备去苏丹的埃塞俄比亚使馆再碰碰签证的运气。从开罗去卢克索有火车。谢天谢地，总算不用弓着背弯着腰，腿上抱着自己的大行李去赶挤爆的小巴。在宰牲节假期，大巴被订售一空。我在永远伸不直腿的各种坐姿里，每五分钟要换一种完全不比上一坐姿更舒服的方式，飞奔在这片不可思议的土地上。

二

流经十个国家的世界第一长河尼罗河，浸灌了两岸干旱的土地。含有大量矿物质和腐殖质的泥沙随流而下，在岸边沉积下来。埃及肥沃的黑土地，是尼罗河的恩赐，带动了农业发展。

尼罗河流域曾经创造了那么辉煌的文明，留下众多精美、色彩依旧的壁画，聪明的古埃及人发明了那么高超的金字塔巨石建筑术和放射性物质保护木乃伊的工序，河边夕阳西下映成一片金色的天……可是，用不了多久，一切都会被埃及"给游客挖好的一个个坑"给打破。

第 43 天了，我居然还在埃及。

我的耐心被无限地考验着。每一天的计划，被慢慢拖着，被忽悠，被放鸽子，被耍无赖赖掉……在这种人为的不可控制的外力影响下，"计划"这两个字，一个月来已经淡出了我的生活。除了拿到一张潜水证书，看了金字塔，我什么也没有等到。

渐渐的，我的日常都变成了这样：起床后磨蹭，洗衣服，出门过河直接吃午饭；跑去代理那里问卢克索豪华游轮的信息，听完各种乱吹觉得没有一个靠谱；找了宿主推荐的船长，敲定了法鲁卡（felucca，传统的埃及白色帆船）沿河漂流去阿斯旺两天的行程；待我啃完汉堡，纠结了一下，我变卦了，五分钟内毁约船长，买了火车票去阿斯旺先办苏丹签证……货比三家，不断斟酌了大半天的工夫，最后都变成了无用功。

船长生气了吗？他并没有。

接连几年萧条的经济，埃及旅游业一蹶不振好多年，要找到外国游客都特别难。除了在卢克索神庙里遇到过中国旅游团，浩浩荡荡七十余人，就连大名鼎鼎的吉萨金字塔都门可罗雀。所以，只要是一个外国游客，埃及生意人就会对你表现出极大的耐心。

法鲁卡是尼罗河沿岸埃及人常用的传统木质帆船。借助风力，扬起一个高耸入云的大帆，尤其在上埃及的卢克索和阿斯旺河段，它依旧是当地人有效的交通工具。船长的私人帆船 100 元人民币包船一天，只为我一个人服务，包含船宿和餐饮。如果怕冷，他还会负责在沿河的村落里给我搞定免费的房宿。

2016 年的埃及，去吃路边小店的晚市套餐——"1/4 只烤鸡，米饭，色拉，蔬菜一碟，汤，两张饼，黄豆酱"，200 元人民币差不多可以吃上 10 份。在麦当劳买一个鱼肉汉堡加鸡肉凯撒色拉，人民币 20 元。甘蔗汁和公交车是 1.5 元，优步出租车 5 公里 6 元。带空调的集体宿舍床位 25 元，4 小时的长途大巴也是这个价。

在这样的消费水准里，我每天都吃得欢，也完全不考虑要去高速边搭车，体验什么风土人情。在这个不靠谱又没时间观念的国家，花钱买服务才是行走埃及的正确方式。还有埃及的人情，你也一定能在和埃及商贩打交道的过程中慢慢读懂。

在被我毁约了之后，船长不紧不慢地买了去阿斯旺的车票，先我一步在阿斯旺等我。让我办完签证后从阿斯旺按原计划反向漂回卢克索，还是希望可以做成这笔生意。到了阿斯旺，刚迈出火车车厢，便看见了远远向我挥着手的船长，还"好心"地要帮我提行李。船长在火车站的突兀现身，让我对埃及小贩的耐心又多了几分佩服。

我遇到的很多埃及商贩实在是把"变脸"这个本事玩得很在行。不管面相看上去多和善的路人，甚至是老人，只要是跟着你推销，都会在推销不成的瞬间变成龇牙咧嘴的模样，然后骂骂咧咧地说一些自认为很聪明的难听话。"就知道你们中国人没钱，连一块钱找零都要，我们最喜欢还是美国人，有钱的国家和人民！"

船长穿着一身雪白的阿拉伯长袍，在我未登船前每天打十个电话对我嘘寒问暖，说：你要来看船呀，你想吃什么我去买，你没旅社住可以来我亲戚家住，我开车带你去使馆办签证；我们是（上埃及地区）努比亚人，不是阿拉伯人，你可以相信我们的。

然而，不管是阿拉伯人，还是努比亚人，一旦跟这些小商贩敲定了日期，要出海了，所有东西就变成了另一套说法。

伙食上把鸡肉砍掉变成了全素宴，路程说好一天行驶 50 公里变成了 5 公里，看日落、看繁星变成了日落前就停在了港湾，准点赶人下船。船长的解释非常合乎情理，让我都不好意思再去争辩："埃及政府为了保证客人的安全，规定日落（天黑）前所有客人必须都上岸。"

我站在阿斯旺的尼罗河一边，看着太阳一点一点落到西边的撒哈拉沙漠里。可此时最美的，却是尼罗河上层层叠叠的法鲁卡剪影，别人的帆船都还浩浩荡荡地漂着呢！

还有出发前谈好的骆驼市场和神庙项目，那都太远啦，去不了，你没见我们的人工帆船靠的是风吗，跑不了这么远；至于价格，请原价买单，我是船长我说了算！老船长唯一让我满意的"服务"是，在我提出想在尼罗河里游泳时，他毫不犹豫地把船靠在岸边，自己趁机休息了一会儿，也圆了我想体验一下有"下沉"感觉的重重的尼罗河的梦。

在埃及遇到的各种撒泼的把戏，让在印度都如鱼得水的我有点招架不住。而且，从基础设施来讲，埃及与印度也很相似。开罗的地下铁每天都是摩肩接踵，红线车厢里面完全没有空调。

走在路上，外国人受到的关注度和骚扰不比在德里的月光市场少。

在阿拉伯世界里，人们看的都是埃及的电影，能听懂的都是埃及的口音。不管是摩洛哥、黎巴嫩还是伊拉克，出名的艺人大多都是从埃及的娱乐圈先混出名堂，再单飞回国开拓自己的一片天地。甚至在饮食方面，在非洲西北部的摩洛哥，吃的都是埃及的 koshari（番茄酱爆洋葱拌米饭和通心粉）。

三

这个 9400 万人的阿拉伯世界第一人口大国，不仅拥有最辉煌的古代文明，还有迷人的红海和撒哈拉沙漠。从资源上讲，埃及毋庸置疑是个旅游大国。开罗博物馆里收藏着十二万件旷世珍品，随便拿一件出来都有上千年的历史。

也许"一千年"，拿到埃及来说事，都太不起眼了。博物馆一楼的展馆，摆放着不同年代的木乃伊，没有钢化玻璃罩，没有围栏。大厅里还有几尊座像，使展馆显得很拥挤。走在大厅露天展出的木乃伊和座像里，随意得如同在逛周末市场。

瑞哈珀领我去了博物馆二楼，在特殊展区里看那尊大名鼎鼎的图坦卡门黄金面具。这位九岁登基、十八岁就夭折的法老，他的密室一直未曾遭遇盗窃。直到 1922 年被考古学家发现，随着进过墓室的专家们接二连三地神秘死去，"法老的诅咒"也跟着图坦卡门在现代世界里又火了一把。

博物馆的整个二楼，陈列的几乎都是法老图坦卡门的陪葬品。走廊里和展厅内，却是像装修到一半的工地模样。空荡荡的架子和地面上，积满了灰，看着已经有一阵子没人打理。前一秒感觉还在逛菜市场，一下子就升级到了逛黄金珠宝店。文物的保护在埃及似乎没有被怎么重视过，很多露天神庙里完全不禁止游客触摸壁画，或者是攀爬石像。更有工作人员悄悄走近你，询问你是否愿意给一点小费，他可以带你去看一些不对外开放的维修中的景点。一些遗址甚至还因为人工湖和阿斯旺大坝的建造，被全线湮没，从此退出了历史的舞台。

瑞哈珀站在面具前凝视了一会儿，自言自语道：

"每次我带外国朋友来这里，都要来看一眼这个黄金面具。它的做工真的是太精美了！你看它的色泽，依旧这么光亮，好像放在这边才没几天的样子。我们祖先留下这么多让后人惊叹不已并且无法破解的人类奇迹，那是我们埃及人的骄傲。再看看现在的埃及，发展得有点跟不上世界的浪潮。"

我和他一样在心里希望，埃及这条沉睡的巨龙可以雄风再现，那可是人类文明史上曾经的第一高度。

从埃及启程，陆路横穿非洲大陆，真是漫长又遥远。

穿越"世界火炉"

在上埃及地区的阿斯旺坐了大巴，再从大巴换船在纳赛尔湖
（Nasser Lake，世界第一大人工湖）上漂了一段，倒腾了一天
的行李，我到了瓦迪哈尔法（Wadi Halfa）——苏丹靠近埃及
的边境城市。

很多从埃及往南非走的背包客，如果像我一样计划要陆路穿越
非洲大陆，苏丹是必经的一站。说起来，苏丹的地位就好比是
非洲取经路上的火焰山。苏丹北部的撒哈拉沙漠地带，甚至是
首都喀土穆，年平均气温超过 30 摄氏度。如果遇上夏天，极
有可能会遭遇 50 摄氏度的极端高温天。所以路过北部苏丹的
游客们，通常都不会选择停留在这个"世界火炉"太久。

从一早五点离开阿斯旺，经过足足 17 小时的颠簸，到了瓦迪
哈尔法后，天已经黑了。我与同车的日本人太郎君结伴，想一
起在沙漠里找个过夜的地方，再去买明天一早五点的车票，继
续往喀土穆赶。

这样颠簸的非洲长途大巴，是我熟悉又厌恶的经历。当地人带着
活鸡活鸭、家具电器和三五个小孩上车，脱掉鞋子散布脚臭的男
人，屁股占掉你半个座位的大妈，从来都不准点但又随时可能抛
锚的发达国家淘汰下来的二手大巴……所有这些在苏丹火辣辣的
太阳底下一晒，变本加厉。我选择了靠窗的位置，让空调对着自
己使劲地吹。外面沙漠火炉的威力，让空调显得有点微不足道。

瓦迪哈尔法充其量就是一个沙漠中几个族群聚居的小村庄。有时候我甚至觉得，非洲这种小规模的村子看起来有点像是在施工工地外围，就地搭建起来的临时住宿楼。哪天撒哈拉卷起一阵沙尘暴，这孤零零的一片土房可能瞬间就会被黄沙埋没，甚至都看不出曾经有人居住过的痕迹。

城市的中心倒是比我想得要热闹许多。夜间温度还直逼 40 摄氏度的瓦迪哈尔法，此时正是当地人走出家门来纳凉的好时机。我和日本人一起，点了两份炸鸡和薯条（非洲的标准餐），恰巧看见旁边有一桌在苏丹工作的中国人。可能是很少在这里遇到亚洲脸，中国大哥非常大方地请我们吃了冰激凌。在真的一丝风都没有的瓦迪哈尔法，冰激凌入口即化的口感是再好不过的恩赐了。

从聊天中得知，这一队中国人是来苏丹挖矿的，来了已有半年多，好多人都待不下去，巴望着要赶快回国。在语言不通且基础设施简陋的苏丹上班，除了每天八小时的工作外，驻扎在沙漠中心地带没有任何娱乐可言。

"我想不明白居然还有人来苏丹旅游！这种地方给再多钱，我也不会再来了！"

为了配合凌晨五点出发的大巴，车站附近有一些临时的"酒店"可以睡。这也是我不远千里，慕名来苏丹点名要睡的世界上最便宜的"浪漫七星酒店"。它们的特色是"保证客人在足不出户、躺在床上的情况下，270 度无遮挡可以从酒店里看到满天繁星和银河"。

我们问了几家这样的"七星酒店"，都已经客满。可见苏丹人对于"七星酒店"的热衷程度，丝毫不亚于我这个外来客。终于，找了一圈后，发现有一家店还有空位。

店老板把我和日本人从前台往后院里带。走过露天的大庭院，有几个大伯已经躺在床上睡着了。借着明亮的月光，我看到院子里还有好多张空床，露天而放。它们之间间隔不算太近，大概有三个床位的宽度。我心想自己睡惯了多人间宿舍，这"七星酒店"的条件是完全可以接受的。相距三个床位的距离，也不至于会被隔壁床的打鼾声吵到。日本人身上背了很多电子装备，因此有些疑心重重，看他的表情是不太想睡大通铺。

老板接着又带我们去了一间"里屋"，推开一扇铁门往左一拐，便看见两张棕绷床已经在那儿等着我们。床的中间是悬丝镂空的设计，和小时候我熟悉的老上海棕绷床几乎一模一样。我上去坐了一下，绷得特别紧，在没有提供任何床垫和枕头的情况下，后背也能平躺得很舒服。

在非洲旅行经常能看到很多上世纪八九十年代的中国"复古品"，不知道通过什么渠道漂洋过海到了非洲，并且还在这里继续发挥余热。如果说这床也是从中国弄过来的二手货，我也丝毫不会感到奇怪。

床安放的位置是"里屋"门口的一个走道式的小院子，条件比刚才一览无余的大院子的确好了很多。因为带了铁门，算得上是"私人"配置了。我们拿下了这间"里屋"后，日本人最终还是把他的床挪到了屋檐底下真正的"房间"里，怕院子里有人翻墙进来把他的包偷走。

我一个人占着整个小院，顶着头上"银河 + 繁星"的高清巨幕，盖着撒哈拉晚上暖暖的"棉被"——40 摄氏度的无风高温，全身放松地倒在床上。从西哈撒拉的小镇梅尔祖卡，一路露天裸睡到了东撒哈拉的瓦迪哈尔法。睡觉不用枕头，不用棉被，就是直直地往床上一躺，回归到了一种朴素的原始状态。那些对席梦思床垫的迷恋，对贴合颈部构造设计的记忆枕的追捧，和对桑蚕空调被功能性的美化，在撒哈拉的星空下，瞬间化为虚有。只要一张床，其他什么都不要，"天人合一"的全新睡觉体验，只要你来到苏丹，它一定能治愈很多人的失眠。

这个限量版的"以天为盖地为庐"的沙漠七星酒店，只花了我两美金。初到苏丹，我不得不称赞苏丹人民不对老外抬价的淳朴民风。

苏丹是非洲面积第三大的国家，也是中东至北非一片伊斯兰国家里比较另类的一个。一跨过埃及的国界，这里很多人的长相就变成了完完全全的（撒哈拉以南）非洲人的长相。在苏丹，时常看见一个一米九或者更高的男人走在街上。在男性平均身高不算高的非洲大陆，一米九像是一道分水岭，把苏丹和撒哈拉以南的其他非洲国家区分开来。

喀土穆（Khartoum），苏丹首都，青白尼罗河在这里交汇。城市就建在这条世界第一长河的两岸，在支流交汇点可以看到两条河明显的色差。这里一年四季都是闷热，让人烦躁的高温天。拿非洲的标准来讲，喀土穆还算是不错，虽然市中心的阿夫拉（Afra）和阿尔瓦哈（Al Waha）两个现代购物商场和开罗的比起来，规模相差甚远。这里最有特色的是"非洲的狂野"与"阿拉伯口味"的混搭，让你一时半会儿忘记自己究竟走到了哪里。

我在喀土穆停留了三天，办妥了埃塞俄比亚的签证。

在喀土穆宿主娜姆的帮助下，粗略地逛了喀土穆的一些景点。白天气温过高，不宜出门。于是白天几乎一半的时间，我都窝在娜姆的家里，和娜姆还有她三个妹妹一起闹腾。

娜姆是一个学习中文的大学生，一家六口住在喀土穆尼罗河北岸的大房子里。娜姆的母亲在苏丹国家农业局上班。房子是农业局分的，坐落在农业局大厦主路的正对面，干净整洁又宽敞。这样的条件放在苏丹应该算是中上等了。娜姆家里有两个大花园，父亲是一个承包制农业项目的负责人，在家种了很多菜和植物，俨然一个私人有机农场。平时家里做饭用到的蔬菜，基本都可以自给自足。让我惊讶的是，娜姆全家上下竟都说着一口流利的英文。

我可以直接跟娜姆的父母交流，姐妹们更是精通各种跳舞、绘画。知道我对各地民族服饰感兴趣，妹妹们二话不说拿出自家的传统苏丹裙，一边替我化了一个巧克力唇色的非洲妆，一边把我的头发在头顶的位置绑成了一个非洲髻，瞬间就把我打造成了一个十足的苏丹姑娘。

在很多中国人的印象中，苏丹一直脱不掉"落后"的那顶帽子。每一次出现在新闻里，苏丹不是和"联合国救助"挂上钩，便是因"和周边国家的边界冲突"惹人注目。全国人口的 41% 为文盲，25% 的学龄儿童不能入学。而娜姆和她的三个妹妹，完全颠覆了我想象中苏丹女孩的"弱势"模样。

娜姆在喀土穆大学环境工程读研究生，本科的时候因为选修了中文课，去江西九江学院交换过半年。她很喜欢中国，毕业后决定要申请中国大学的博士项目。三个妹妹中两个本科在读，一个研究生在读。我跟着娜姆去了一次她的大学，发现在苏丹的校园里女学生的数量占到将近一半。

每次出门看到娜姆和朋友打招呼，三分钟的对话里我大概能听到超过十次的"Al Salam Aleykom（安拉保佑你平安）"，"Inshallah（真主之意）"和"Hamdullah（谢真主保佑）"。尽管说的是阿拉伯语，但是姐妹们在家看的却都是印度电视剧和宝莱坞电影，只看少部分的土耳其片和埃及片。

我跟着娜姆去见了一些她的朋友，参观了她平时兼职教英文的课外英语学校。没有人在学校里说阿拉伯语，整体英文水平还算不错，口音不重。虽然学校没有英语为母语的外教在授课，但英语学习的氛围在喀土穆十分浓烈。当娜姆的学生看到我去参观时，一些害羞的学生躲了起来，也有几个特别喜欢表现的特地走过来，张口就问我有没有苏丹名字。

娜姆想了一下，觉得这不失为一个很好的提议。在一番商量后，给我起了个阿拉伯语的苏丹名——Jannet（阿拉伯语中"天堂"的意思）。回家后，娜姆的父母和妹妹们便一致改口叫我Jannet。对他们来说，一个远方来的朋友叫了个苏丹名字，距离一下就拉近了很多。

家中有四个女儿，娜姆的母亲和我在别处看到的非洲妇女不同，她很少亲自下厨或者收拾房间。家里给四姐妹排好了一张家务分工表，到了规定的时间，大家都自觉地去厨房洗碗、去客厅扫地或者在院子里帮父亲一起种菜。还有，即便是在这样的苏丹小康之家，有一件事情也要做——手洗衣服，家里不用洗衣机。

我在娜姆的家里住了三天，给姐妹们做了一次中餐。她们怕我吃不惯苏丹的家常菜炖牛肉，第一天还特地给我叫了一个披萨。娜姆最小的妹妹从外面买了一瓶骆驼奶给我，告诉我骆驼奶的营养价值很高，和牛奶相比它更接近人的母乳。在花园里凉棚底下的餐桌上，我和他们一家人共进午餐。每天吃完午餐，我就躺到凉棚下专为我准备的床铺上躺上一个下午，等待日落时分的来临，避一避太阳。

在喀土穆，太阳下山后，人们的社交生活才刚刚开始。晚上，尼罗河边总是聚集了一簇簇的年轻人。每次和娜姆去河边散步，总会有人好奇地看着我这个游客，主动上来打招呼，然后带着友善问东问西。

离开前，娜姆拿出自己衣柜里的一件白汗衫，让我带走留个纪念。我也翻出一件自己的衣服，作为礼物交换给她。在苏丹买东西实在不是很方便，苏丹最大的阿夫拉购物中心里的服装店，卖的也大多数是从中国批发过去的货，价格却比中国贵了一倍。

我告诉娜姆，希望能在中国的大学里再次看到她的身影。相信一个愿意为自己"充电"的民族，总是会慢慢后来居上，有所作为。

苏丹的姑娘们，让我看到了这个国家未来的希望。

（两年后，2018 年 9 月，娜姆如愿申请到了中国政府的奖学金。目前在浙江大学环境工程学院攻读博士学位。）

搭车上路，

一个人的八万公里

卢旺达的宁静

如果非洲是一家酒吧，那些国家都在喝什么、干什么？

卢旺达是一个来的时候一穷二白的女孩，她在酒吧度过了一段美好的时光，走的时候又开心又有钱，还微微喝醉了。

1994 年卢旺达种族大屠杀让这个非洲小国成了一个人尽皆知的地方。从坦桑尼亚打了一个"飞的"到了卢旺达首都基加利（Kigali），前后在这个绿油油的山丘之国停留了五天，对这个国家的印象是出奇的好。重建后的卢旺达，青葱、整洁又有规划。

从机场出来，要找个出租车去民宿。所有官方的出租去基加利的任何地方标价都是 10 美元，因为已经是半夜，摩的也没了。我想了想，回过头去找那个租车公司的"小黑哥"，问他有没有认识的朋友可以过来，用私家车给我打个折。其实在这种被官方出租车垄断的情况下，我也没报什么希望。可是，小哥居然二话没说就把他朋友叫来，说给我打折到 8 美元没问题。司机还帮我把大包放到了车后座，居然这么有服务意识！

这就是卢旺达人的不同，这里的"小黑哥"一点都不缠人。遇到讨价还价这种事，在卢旺达如果谈不拢价，出租司机都是笑着直接走开了，从来不会有唾沫乱喷、骂"中国人穷死"的那种情况。去汽车总站坐小巴，也不会担心胳膊被某家巴士公司的司机拽断，非要拖你上他们家的车。打摩的，司机带错地方再送你去目的地后，不会看你是外国人就故意多要点钱。

民宿的主人 Jatin 是一个印度人，拖家带口在卢旺达的教育部上班。和大部分勤劳又愿意苦干的印度人一样，在全职工作以外，Jatin 包下了山头上的一座老房子，把它打造成了一个带按摩、印度餐厅、酒吧和游乐场的"masala guest house"！（masala 是印度菜的做法，形容什么东西都可以往里添加的那种印度式大杂烩。）

宿主开的这家 Colors Club & SPA 大白天非常冷清。院子里有三五个装修工人在砌砖弄瓦，厨房里另外还有两个员工在准备午餐。整个民宿上上下下一共雇了 15 个员工。说是 SPA，其实没有一个按摩技师，老板自己在印度学过一阵按摩，在这里挂牌只是想把自己的那一点点手法传给他的员工。因为在卢旺达，暂时还没有别的按摩店。

中午时分，我点的咖喱鸡肉上来了，配着饼吃，味道极其正宗。

"你家的 masala 是你妻子做的吗？为什么这么好吃？" 我问老板。

"是我那个员工做的，他跟了我们五年了，几乎会做所有的印度菜，都是我老婆教他的，他很有天赋。"

那个瘦瘦小小的卢旺达男人，我猜不出他几岁。通常我们看"小黑哥"，就跟欧美人看亚裔一样，都觉得特别年轻或者根本看不出年龄。

种族大屠杀过去 23 年了，也就是说现在的卢旺达人中，年龄大于 23 岁的都经历过那一场惨绝人寰的屠杀事件。他们中的很多都是失去了亲人和朋友的幸存者。民宿中的多数员工，看上去都风华正茂。走在街上，也很少看到高龄的老人。除了非洲的人均寿命本身就不长外，大屠杀也是一个重要原因。

我悄悄地问 Jatin："你的这些员工里面，有几个胡图族、几个图西族呀？你能从长相上分辨出来吗？"

Jatin 说："我完全不知道。因为现在在卢旺达，想必你也听说了，大家都是卢旺达人，没人再分种族了，他们也从来不说，所以我不懂。跟印度小工比起来，非洲人还是有点……懒！"

下午，我打了一个摩的去参观大屠杀纪念馆。

摩的在卢旺达是很方便的交通工具。基加利的小山坡延绵不断，都是蜿蜒的盘山小道，很难分辨方向，要找到固定的巴士路线并不是很容易。砍价后，通常只要一美元，摩的就可以带你去基加利所有的地方。司机也会非常负责地让你戴上头盔，开起来很稳，不飙车，不抢道，不插队。马路上的交通看起来井井有条。

基加利的市中心是有高楼大厦的！虽然 GDP 还是排在世界的末梢，卢旺达的基础建设却是小有规划。从大屠杀博物馆的小山头望去，可以看见基加利的 CBD 那几栋银行大楼。市中心也有几家大型购物超市，虽然物价没有肯尼亚和坦桑尼亚便宜，硬件跟周围的布隆迪、乌干达相比，还算是不错。

回程的时候，一路靠路人指点，我找到了小巴路线。两块人民币，可以坐到民宿边的那个菜市场。

在非洲，买菜做饭是每天的必修课，因为多数非洲国家吃得实在是太单调啦，好吃的餐厅又都是"宰客"价。卢旺达的菜有多便宜，之前我并没有料到。花十块人民币，我买了两个洋葱、一堆豆角、三个番茄、两个茄子、两个大蒜和一个小辣椒。

宿主家是印度教吃素的，这么点原料被我挑挑弄弄，最后做出了三道菜——干煸豆角、红烧茄子和番茄色拉，配上宿主太太做的咖喱饭，喂饱了三个大人和两个小孩。换取免费住宿这样的好事，只要你愿意出力，成本其实也就十块钱。

卢旺达的菜市场给的都是纸袋，全国上下禁止用塑料袋。如果走陆路入境，一般边境人员都会扔掉你的塑料袋。很少有看到非洲国家如此讲究环保的。

第二天，我又被邀请去了厨房。宿主花言巧语地让我把干煸豆角和红烧茄子的做法传授给了他家的厨子。我以为宿主和他太太是真的喜欢吃中餐，后来知道，他是想把他家的印度餐厅扩展成 "Indo-China（中印）餐厅"，一举打入卢旺达的华人餐饮市场。印度人边做梦边吹牛的本事，我已经见怪不怪。

那天民宿里又来了一个客人，是个日本女人。晚上下班后，餐厅里用餐的当地人渐渐多了起来。为了让我们一起帮忙烘托出餐厅的热闹气氛，宿主安排了我和日本女人坐到一起。

"你俩是邻居，应该多说说话啊！"宿主说。

"是的呀，就跟巴基斯坦和印度是邻居一样。"我回道。

宿主大笑，接着问："你们关系不好吗？"

日本女人打哈哈，说没有的事。

"Japan hamaari dushman hai." 我很聪明地扔了一句印地语出去，心想这下省事了，日本人听不懂，只有我和宿主知道。

结果最囧的一幕出现了，宿主笑完后，扭头就翻译给了日本女人听："她说，你们是敌人。"

我居然在卢旺达败给了一个印度大哥！

周末的时候，宿主的餐厅又被打造成了一个适合亲子活动的游乐场。基加利的很多小孩都会聚在这里。门票 10 美元，这个价格包含了泳池、小组活动、自助午餐（一个大人和一个小孩）和两杯饮料。就提供的印度菜的品种和花色来看，我觉得 10 美金的价格放在卢旺达不算便宜。

可卢旺达的家庭都很愿意来参加这样的活动。经历过流血的人们，方知和平的可贵。他们当中，很多都是在大屠杀过后重建起来的新家庭。如今卢旺达 43% 的人都是 15 岁以下的孩子，这是一个非常年轻的国家。

我问过一个在屠杀事件里被迫逃去乌干达的卢旺达人，他的父母分别来自胡图族和图西族。1994 年的那年春天，当卢旺达血流成河，大家都要追杀有图西族血统（混血也不放过）的人时，妈妈把他藏在家里的阁楼上，躲过一劫，而妈妈自己却惨遭杀害。

在逃去乌干达的路上，他被士兵拦下。惨剧发生的那几个月里，全国上下都在封路抓图西族人。如果从一个人的长相上分辨不出他的种族，这个人就需要走过一个特定高度的门框。身高低于这个门框，可以毫不费劲地穿过的，说明你是胡图人，可以放你走。反之，就要被杀。最后，这个哥们凭借着身高可以穿过拱门的优势，很幸运地逃到了乌干达，捡回一条命。

我在这个国家待的时间很短，带着对"现在真的只有卢旺达人"这一说法的疑问，我一直想在那里挖掘点什么"种族分帮结派"的迹象。但是，在大屠杀博物馆里，我看到了这样一幅照片——

那是卢旺达一个小学的教室，里面空无一人。这个恐怖事件发生在 1994 年大屠杀过后的几年里。有几个武装人员冲进那间教室，举着枪问里面的孩子：胡图族的出来，不杀你们，我们要的是图西族的命！教室里所有的 18 个孩子，此时都齐刷刷地站了起来。出乎那些歹徒的意料，他们异口同声地说："我们都是卢旺达人，这里只有卢旺达人！"结果，那 18 个孩子，没有一个活下来。

卢旺达这个国家，在经历了一系列毁灭性的重创后，它重生了。

战争的痕迹 —— 布隆迪

在我"刷"过的非洲国家里，不少属于没什么东西看的那种"打卡类"国家，但布隆迪（Burundi）却有那么一点点小特别。布隆迪的地理位置，躲在东非大裂谷的深山老林之处。它被夹在卢旺达和刚果金、坦桑尼亚之间，本身也是一个多山地的内陆国家。布隆迪带着 1050 万这么大的人口基数，在这一片小小的土地上，发展相当困难。

我在卢旺达的首都基加利坐了四小时的小巴，到了布隆迪的边境。2005 年布隆迪才结束内战，2015 年又是政治（选举）动乱，导致很多本国公民都逃去邻国做难民。去之前就听说了布隆迪的各种血泪史，也大概知道它的经济在"非洲标准"里都排在末尾，是垫底的。

想想一个人去两天足够了，就去一个首都布琼布拉（Bujumbura）。下车后，我在边境的小屋花 40 美元办了签证，到了这个东非的弹丸小国。

边境的人员很友好，大概是一年也等不到几个外国游客来这里。换钱处的小哥却咄咄逼人，来者不善。我拿出 20 美金换了一点布隆迪法郎，心里有点担心，因为那天晚上还没有找到住处。网上最便宜的酒店都要 45 美金一晚，我想来了再碰碰运气吧，没准有办法。

通常，好运和坏运是能量守恒的，在非洲你无法知道下一秒会发生什么，相信自己的"karma"变成了一种必须具备的能力，或者说是强加给自己的信念。因为即使你预订了酒店，安排好了所有事情，很多时候还是会出问题。

卢旺达的一边安静而有序，一到布隆迪的那边，简直就像是落进了另一个世界。同样是小巴，同样是开小巴做生意的司机，在卢旺达没有小巴是超载的，司机会非常耐心友好地点完数，然后发车，开得很稳，不骂人，不大声吼，不拽乘客胳膊抢生意，统一票价不骗老外。但是，过了边境后，我往前走了大约二十米，就看到一大群人围住了一个小巴。村民见我一个外国人走过来，齐刷刷地都盯着我看，眼神凶煞得有点要把我吃掉的意思。那群人都是孩子和年轻人，叽叽喳喳地炸开了锅。

我扛着包，看到还有空位，走上前去问司机："你这车是去首都布琼布拉的吗？几点发车？"

司机很无奈地朝着我微笑，我不明白这是什么意思。一般情况下，这种私营的小巴，每个司机都是抢客人的主。我准备好，可能车上会突然跳下一个"外挂"的售票员，一把把我拉进车里，丢到座位上。当我准备去拉滑门自己上车，却发现有两个男人，高举着双臂紧紧地扒着门。他们的眼神告诉我——你不能上车。

"给我让开，我要上车！"我生气地说。

男人不让，并朝我吼回来："这车满了，你必须坐下一辆车！他这车不允许载你！"

我这才发现，原来他们是竞争对手公司的司机。我在大巴站见过很多次，A 公司的司机拉着乘客的右臂把乘客拉上自己的车，这时候 B 公司的司机就一把抢过乘客左手的行李，扣住行李不让乘客走。这种情况胶着起来可以磨上很久，可强霸车门的做法我也是第一次见。

就在这时，飘起了雨，而且越下越大。我到布隆迪还没到 10 分钟，就已经开始不喜欢这里。没带伞没住处，我开始打起了走回卢旺达的退堂鼓。

这时，副驾驶的一个男人摇下了车窗，他戴着一副小小的却很黑的墨镜，好像要帮我的样子。我跟他说："让司机把车往前开，不要开得太快。我就跟着你这车一路小跑，把其他公司的司机甩掉，然后我再上车。你必须帮我啊，下这么大雨，我没地方去！"

墨镜大哥当即跟司机道明了意思，于是下一秒，小巴像离弦的箭一般飞离了另外两个男人的双臂，在前方几米的地方接上了我。还未等我坐稳，司机又急急地开走了。

回头望去，那两个司机骂骂咧咧的，还跟着车在跑，心里一阵累。在非洲旅行，拼的不光是体力，更是忍耐力和脑力啊。

这一下午，我就蜷缩在拥挤的小巴内，一路经过很多村庄，奔向首都布琼布拉。在走了二十多个非洲国家后，我能一眼分辨出布隆迪的穷荒跟其他非洲国家还是有差别的，是特别底层的样子。多年的战乱使得布隆迪民不聊生，国内政局一直动荡不安。车里和我同行的，都是一些跑去卢旺达躲避动乱的人们，看上去他们穿着整洁，举止也都得体。

沿路经过一些村庄，当地的菜农会蜂拥而上，强行拉开车窗玻璃，硬是要把那些巨型的蔬菜塞到车里，让乘客买。直到开车后，能跑的人就跟着小车继续跑着，等着客人付钱。

一个小伙子突然发现我这个"白人"夹在里面，问别人我是不是得了白化病，病得这么厉害。从卢旺达回来的女人翻译给我说道："这边大多数人就是这样，他们没机会看电视，更不可能走出去，没有见过外国人。"

另外一些在战争中落下跛脚的人，就只能等在原地，寄希望于下一辆过路车里的客人能买走一些什么。而这种小巴，一个下午可能就只有一班，来布隆迪的游客真的是太少太少。我心里一阵担心，此行只是看到了更多的"贫乱差"，我怕走的时候，这个国家除了出入境章，什么都没给我留下。

车里一遍又一遍地播放着那几首宗教歌曲，车外一会是瓢泼大雨，一会是烟雾蒙蒙。在九十九道弯的山路上绕了四个多小时后，终于到了布琼布拉。

雨还没有停，可是已经到站，所有人都得在这里下车。我没有带伞，也没有定位，没有地图，也不知道今晚要住哪。银行下班了，我就只有等值 15 美元的布隆迪法郎。看着一片狼藉的车站周围城区，我连想看一看布隆迪的念头都打消了。我只能安慰着自己说，就背着包玩两个小时，然后回卢旺达过夜。可是，就这两个小时，我也不知道要去哪里。

墨镜大哥下车后，看出了我的难处，主动来问我需不需要帮忙。我顺口说："我只想找个地方躲雨，然后今晚回卢旺达。"

"哈哈，你不是刚从卢旺达过来吗，又要回去？！"大哥笑道。

"可是……我没地方可去。要是能找到 10 美元一晚的酒店，也许我可以住一晚再走。"

墨镜大哥家里的佣人开着车过来迎接他和弟弟，跟着一起来的，还有新婚不久的妻子和他的大胖儿子。妻子是卢旺达人，虽然从长相上，我完全分辨不出这两个国家的人有什么区别，但是凭借她风韵的身段和完美的曲线，我知道这一定是个非洲人眼中的超级大美女。尤其是这标志性的翘臀，难怪生了这么一个胖乎乎可爱的儿子。

墨镜大哥的弟弟刚从卢旺达读了半年书回国，兴师动众地劳烦大哥去边境亲自护送。和好多去卢旺达"避难"的人一样，那里虽然也不是什么大富大贵的天堂，但是比起布隆迪的惨淡，人们都认为在卢旺达可以混得安稳一点。政局稳定对这个国家的人而言，是比柴米油盐还需要优先考虑的因素。

佣人把墨镜大哥的行李安放好，示意可以回家了。不容我做决定，大哥和妻子便一起把我请到他们家做客，说先吃点东西再替我出去找个 10 美元的住宿。我欣然答应。这一去，才发现原来在布隆迪这样的地方，我居然走大运，撞到一个有钱又好心的"大佬"。

大哥的"洋房"在美国使馆区的旁边，走两条街即到。虽然在非洲的首都，那些高档的使馆区有时也是抢劫多发的地段（因为有钱人出入嘛），并不安全。布琼布拉的美国使馆区，都是一条条石子路，汽车开过的时候会有碎石弹上挡风玻璃，所以要开得格外慢。路上没有指示牌，天黑了后也没有路灯。

大哥的家装修得很新。结婚才一年多，柜子上还摆放着婚礼的照片，新人穿的都是西式的黑白礼服，并没有看到传统的布隆迪服装。

饭饱后，我就坐在客厅里跟大哥一家在一起瞎聊。从家里的条件来看，他在当地应该是个有头有脸的人物。我问他从事什么工作，他笑笑并没有正面回答，只用了最常见的一句"I do business"来搪塞我。

什么样的生意？进出口生意？武器生意？还是军火生意？留我一个人在那里猜。

大哥替我在他们家周围找了一间很平价的酒店，大床房 10 美元一个晚上。入住前他们反复告诉我，这个地方很安全，晚上大门是关起来的，不会有外人进来。虽然我心里想的是"呵呵，就怕内贼"，但还是住了下来。没有别的选择，最起码挨着他们家近一点也好。

晚饭前，大哥带着一家人和我去布琼布拉湖边的高档酒店吃了一点小食。我这才在布隆迪看到几个白人，原来他们都躲在度假村里消遣。在湖边喂饱了蚊子后，我们又换场去了布琼布拉的一个小餐厅，大哥请我吃了布隆迪的特色菜（其实没什么特色）——烤串。晚上十点开始，这个带小舞台的餐厅人越聚越多，音乐也渐渐从风和日丽的小调变成了震耳欲聋的重金属。

大哥的卢旺达妻子以前是大学生，做一名职业妇女曾经是她毕业之后的计划。而如今，生完头胎，按照布隆迪的习俗和婆家的要求，她只能待在家里静养，而且必须要吃得再胖一点，好多生几个健康的娃。布隆迪 15 岁以下的人口占了全国人口总数的 48%。平均一名布隆迪女人，要生 6.3 个孩子，位居世界生育榜单的第 5 名。每逢周末的晚上，大哥才有空带她出来娱乐一下，而且十一点前，一定离席。"养好身体"是她在布隆迪后半辈子的唯一"事业"。

第二天一早，大哥和妻子说好了八点来接我。开车送我去车站，不让我一个人走路，生怕有任何突发情况。我看见满街巡逻的政府皮卡车背后总是背靠背，齐刷刷地坐着六名小兵。每一个人手中都举着一支步枪，眼观六路耳听八方，扫视着街上的每一个路人。一旦被他们看到一点反政府或者抗议示威的火苗，我想他们手中的那些步枪应该会当街走火。

拐弯路过一个岔口，路边堆放着一点鲜花。大哥指着那鲜花，泰然自若地笑着跟我说："哦，就是那个地方，上个月某个政府官员被刺杀了。一早出门就遇到这种事，在布隆迪我们也习惯了。"

带我到车站，给我找好了车。我付掉了 5 美元的车费，身上再没多留一张布隆迪法郎。若不是大哥请我吃了免费晚餐，又得折腾去找银行换钱。待人齐了，大哥确保我的车已经点上了引擎即将发动，这才放心地回去。我留下了他们的联系方式，尽管我知道，将来我是不大可能再会遇见他们。

大哥从始至终都没有摘下他的墨镜。晚上在餐厅用餐时，他仍然戴着。我只记得她的妻子叫安吉拉，他甚至连名字都没有告诉我，只说自己是一个商人。我想他一定是个有来头的人物，或者是反对党的幕后财团。

在布隆迪我前后只待了二十个小时，这二十个小时里经历的种种窘迫和无助，以及感受到的友善和温暖，实在是有一些沉重。

跨过国境回到卢旺达后，回头望着依旧带着一点战争痕迹的布隆迪，那是一种说不清的庆幸。

乞力马扎罗——5895 米的约定

一

很多年前我做过一个梦，直到现在依旧记得。在一栋空空荡荡的大楼里我看到一只蓝鸟，我追着它一直跑到一个无人的教室。蓝鸟飞去了窗外，那有点看不清楚的远方。我问它远方是哪里，它说是一个叫坦桑尼亚的地方。

四年前我在坦桑尼亚大草原游猎，中途停车休息，无意间真的飞来了一只蓝鸟。它和梦里的那只鸟大小一样，只是我记不清它的样子了。

就这样，我被带到了遥远的坦桑尼亚，这个陌生却冥冥之中跟我有联系的地方。这一次，我只为乞力马扎罗山而来。

2016 年 10 月 23 日，在莫西小镇（Moshi，距乞力马扎罗最近的小镇）的第二天，一起爬山的两个小伙伴都到齐了，也终于把旅行社和向导敲定下来。

乞力马扎罗还是像四年前那样，一动不动地巍巍屹立在莫西小镇的背后。我们住在旅社的顶层五楼，风景独好。从窗口望去，夕阳的金光洒在山顶，偶尔云雾缭绕的间隙，露出那一点点依旧被白雪覆盖着的面目。爬山前的两天，就纯粹待在镇上，吃喝养膘，放纵一下自己。每一次下楼找东西吃，再往上爬回房间的时候，心里都有点小担忧："要是爬楼都把力气消耗掉了，山可能爬不动了吧！"

登山本身是一项挑战自我的运动，一个团队的气势和状态在接下来朝夕相处的六天里，会很大程度上影响到彼此的斗志。虽然在出发前大家对于登顶都没有什么把握，但相互鼓励和各自安慰便成了我们之间最有效的定心丸。

一个月前，我在尼罗河边的麦当劳遇到了我的同伴之一小凡，各种机缘巧合和志趣相投，让我们很快就在埃及敲定了要一起去爬乞力马扎罗。另一个同伴峰哥也是在尼罗河边"捡"到的，被我忽悠着就加入了。这样有了三人同行，要找登山公司就方便很多了。

我拉着峰哥去了阿鲁沙（Arusha），见了四年前接待过我的宿主威廉。他是一家游猎公司的老板，同时也做登山的项目。这次我没应邀去他家住，怕拉不下面子不好砍价。威廉请我和峰哥吃了一顿东非烤牛肉（nyama choma），然后不紧不慢地在我的本子上写下了爬山的分账明细，6 天的"威士忌路线"（Machame Route，起始于乞力马扎罗山脚西南方，是深受广大背包客喜欢的一条登山线路），最后算下来每个人要价 1600 美元。

他一直都在强调："我们卖的是服务，想想为什么向导和伙食都一样，我们就是比别人家贵？"

可是威廉的报价和最便宜的团，一个人相差了550美金。在11月雨季来临之前，6天的"威士忌路线"一个人1050美元就可以拿下（不含小费200美元），而5天的"可乐路线"（Maranguroute，另一条登山路线，难度较小）更便宜，850美元就可以搞定。

小凡和峰哥打算走"威士忌路线"。这条路线全程5个晚上露营，风景至胜，有上坡下坡，难度略大。而我看中的是最适合初级者走的"可乐路线"，因为前4个晚上可以睡小木屋，不挨冻；而且没有先上后下适应海拔的时间，总时长少了1天，也更便宜。要是在高寒的地方睡帐篷睡不着，一定会影响到体力，但走"威士忌路线"的登顶率却比简单的"可乐路线"高。一种说法是因为选"可乐路线"的人本身就不够强壮。对于这座我等了四年的非洲最高峰，此刻我能想到的是"要登顶"，沿途景色并不是很看重，所以在选择难易程度还是登顶率上，我一直在纠结。

登山的前一天晚上，三个人去街边吃了烧烤。我买了一个印度卷饼，小凡吃了很多烤串，全肉食的，为了增加点体力。峰哥在他的带动下，吃完烤串又加了一个鸡腿。大家都知道，明天开始爬山后，山上的伙食肯定比不上山下的丰富。

我看峰哥吃得特别香，问他："有多少把握可以登顶？"

峰哥抹掉嘴边鸡腿流出的油，想也不想地回道："这个山应该没问题吧，感觉就是手到擒来啊！"

"这么有把握啊，我都有点不确定呢！" 小凡说。

大家都心照不宣。眼前这个 5895 米的高度，没有人能对登顶打包票，一切都要看上山后的状态。爬山前我问了身边很多来过乞力马扎罗的朋友，他们一半选了"可乐路线"，另一半选了"威士忌路线"。无论选哪条线，在第三天或者是登顶的一刻，都遇到过力竭的情况。除了一个朋友自动放弃外，我问的这些人中，都完成了登顶。所以，乞力马扎罗也的确是一座不需要专业登山技能就能登上的海拔接近 6000 米的山。

此刻，我和小凡相视一笑，对于那一句"手到擒来"，不知道是峰哥的一句玩笑话还是豪情壮志的誓言。后面爬山的 6 天里，这句"手到擒来"一直成了我们之间相互激励的金句。

晚饭后，我决定跟他们一起走 6 天的"威士忌路线"。在这之前，我从来没有上过 5300 米以上的地方，也许在缺氧的山上，有个团队会让我的斗志燃烧得更旺。也许他们能帮我多背两块巧克力上去，精疲力尽的时候让我可以啃。就算"可乐路线"更容易，那也是一个人的挑战，不是吗？

心中有了这样的信念后，我开始坚信："Machame，就是你了！"

二

那天晚上，大家都早早躺下。峰哥一会儿就入眠了，小凡被蚊子叮了，辗转反侧。莫西小镇的夜如此的宁静，白天来赶集的人在此时都回到了各自的村庄。和四年前第一次来的时候一样，这座小镇几乎没怎么变化，我顺着记忆中的路还是找到了以前吃饭的地方。镇上新入驻了一家大型超市，是肯尼亚的纳库马特（Nakumatt，肯尼亚最大的超市），有发展总是好的。

我想着，如果下山后还有时间，我要去马兰谷村（Marangu）里再看看，去找四年前带我逛集市的 Tony，和每周三那个可能是世界上规模最大的香蕉市场。

2012 年的 7 月，我第一次来非洲。在毛里求斯结束了工作，背着包从非洲富有的小岛漂过来看一眼纯正的非洲大陆。一个人慢悠悠地坐着颠簸的非洲大巴和不准点的坦赞铁路，在坦桑尼亚晃了三个礼拜，逛了很多无名的小村庄。乞力马扎罗山脚下的马兰谷村就是我无意中到访的诸多村子之一。在这里你不用爬山，就能看到非洲最高峰。

乞力马扎罗的国家公园也有对外开放的一日游项目，门票是90 美元 / 天。我在莫西小镇主街上随便拉了一个"小黑哥"过来，托他帮我找到一个有导游证的向导，打算去一个一日游项目——从远处一睹赤道上的雪山风采。

到了第二天约好的时间，被"小黑哥"放了两小时的鸽子。小哥上来就说："Sawa sawa dada yangu, don't worry we have enough time.(一切都好，我的姐姐 , 不要着急，今天我们还有时间。)"我跟他理论起来，少了两个小时的时间，就算进公园今天也走不到能看到山顶的地方。我要问他拿回我的 10 美元押金，然后取消行程。但是，最终也没有讨回自己的钱和公道。只好自己去大巴总站找了一个当地小巴，去马兰谷村消磨时间。

乞力马扎罗山脚下的这些村庄都不大，很多房子零零星星地散落在林子里，被密密麻麻的植被遮掩着。车子停在村口的时候，根本看不出那是一个村庄。放眼望去，蜿蜒的水泥路通往山头的另一边，水泥路两边的山坡上也有几条踩踏出来的泥巴路，引领你走向另外一片居民房。

下了车后便有几个闲散的男人过来搭讪，一贯的作风，一上来就对着我叫："Hey mzungo，你来这里干嘛？！"

"Mzungo"是东非斯瓦西里语地区（主要是肯尼亚、坦桑尼亚）称呼老外的一个词。不管是亚洲人、欧洲人还是拉丁美洲人，只要不是"黑非洲"来的，都被冠以"mzungo"的抬头。最有趣的是这个词的由来，据说当时一群黑人小孩在树丛里玩耍，突然树丛里走出来一个白人小伙，小孩们一惊之下以为是一个怪物，于是大喊"ah mzungo（啊，怪物）"，后来就变成了让人忍俊不禁的外国人的代名词。虽然在网络上我没有查到这个出处，但这故事的确让人发笑。

我默默地绕道走到了另一边，甩开这些人，向着水泥路的山头走去。地势略高的山头有一座教堂，东非这一带大多信仰基督教和伊斯兰教。教堂边是一所小学，紧挨着又是一所中学。坦桑尼亚的学校都有自己的校服，很多都是清一色绿，或者清一色蓝。

我看到很多头顶香蕉的妇女都往一个方向走，身后又走来一个推着三轮小木车的年轻男人，瘦瘦的，笑容可掬。我想这种三轮车推起来挺容易，小哥把上坡的路走得轻如飞燕，不一会儿居然抄到了我前面。我跟着他，心里一边纳闷大家这都是要去哪赶集，一边加快了步伐。

这个叫 Tony 的小哥发现我一直跟着他，就主动凑过来告诉我，村民们今天都去赶周三的农贸集市，有各种农产品交易。"离这儿不远。你是过来旅游的吧，要不要我带你去我们村里看看？"

我跟着 Tony 去了那个奇怪的集市。和非洲很多地区一样，干农活的大妈们是这个集市的主角。不要想地上这一堆堆刚从树上砍下来的绿香蕉有多重，也不要问大妈们是怎么从家里用头把它们顶到市场来的，放在我面前的这大捆的生硬到无法下咽的香蕉，是坦桑尼亚当地人每天的主食。

熙熙攘攘的集市里，一个"小黑哥"看到我拿出相机准备拍照，立马冲到我面前要我给钱。Tony 马上挡到我面前，塞给了他几张纸币，把他打发走了。"小黑哥"并没停止一路跟着我们，又指指点点地说了很多："你怎么可以带 mzungo 进我们村里拍照，这个黑色盒子会把我们的魂吸走的！"

在非洲个别地区，有些人确实以为相机就是一台摄魂器。在你"咔嚓"一声收走他们的灵魂后，他们也活不了几天要去天堂了。

Tony 在市场里卖掉了自己家种的粮食后，准备打道回府。这个集市每周两次，分别在周三和周六。他邀请我去他家坐坐，顺便带我去参观一下他家后院的一片咖啡种植地。东非产的咖啡还挺有名的，坦桑尼亚的咖啡在名气上虽然比不上高原的埃塞俄比亚咖啡，但是在乞力马扎罗山脚下的这些村子里咖啡种植还是很普遍。

我自告奋勇去推了推他的木质小三轮。下坡的路，能借到很多力，可实在是太难控制了。刚一上手，就直接砸到地上。

Tony 家住在一个小坡的半山腰。去他家要在松软容易打滑的泥土上走一阵，才能看见家门口的牛棚。围绕在房子周围的，除了牛棚，还有几个养着鸡鸭的茅草屋。哥哥在莫西镇上做挑夫，带人爬乞力马扎罗山。每次出工一个星期登顶，下山后休息一个礼拜，接着再爬。我去的那天，家里只有他妈妈在。

大妈很热情地端出了一碗黄色的汤汁来迎接我。第一口喝下去后，酸酸的，他们说这个是他们自家酿的酒，还让我猜这酒是什么做的。

香蕉！在马兰谷这片村落里，最盛产的自然是香蕉啊！这种叫"Mbege"的香蕉啤酒是当地查加族（Chagga）的一种特色酒饮。

接下来 Tony 告诉我的事，我只是当一个传说来听听罢了。他带我去走了几家亲戚，其中有一家是他爷爷家。他拿出一张爷爷的照片，这位已经过世的老人叫 James Louwe。他非常自豪地告诉我，爷爷是当年爬上乞力马扎罗山的第一人。

"现在大家知道的历史中，第一个成功登顶乞力马扎罗山的是欧洲人，因为 mzungo 不想让我们非洲人也扬名四海。我们家是纯正的查加族，从小就生长在山脚下。爬山对于我们查加人来说，就跟走平路一样简单。当时一个欧洲人要找当地人做向导，于是我爷爷就跟了他一起上山。我们也根本不知道爬乞力马扎罗山现在会变成一个旅游项目。如果是我爷爷自己一个人爬，他只要 11 个小时就上去了。就从马兰谷村这里，爬乞力马扎罗山其实很简单的。欧洲人还要这种、那种装备，对我们来讲，分明就是把事情弄复杂了。"

11 个小时？！走 Marangu 路线 4 天登顶，实际都用在走路的时间差不多是 24 个小时。如果体力好点，也许用时减半不是没可能。

在 Tony 家吃完点心，又翻了翻爷爷留下的各种关于乞力马扎罗的资料后，我就下山回了莫西。走前 Tony 留了一个邮箱地址给我，让我下次来再去找他。

我没有选择去爬山。在那时，我上过的山最高海拔是 3000 米，因此对可能会发生的高原反应和高海拔攀登没有什么把握。 我知道有一天我还是会回来，把埃及到南非的这条横穿非洲大陆的路线走完。攀登乞力马扎罗，就留到那时再来圆梦吧。

想着四年前在马兰谷村的奇遇，再看看现在的我又实实在在地回到了山脚下，躺在能看到乞力马扎罗山顶的温暖的床上，这一切完全在意料之中。

10 月的坦桑尼亚正是春暖花开的季节。 熟悉的蓝花楹（jacaranda）开了紫色小花，铺满了莫西镇的每一条街道，象征着春天的来临。回到我在东非的大本营，感觉就是这么好。一切尽在掌握之中！

四年磨一剑。我想这次，我准备好了。

我的春天来了。

三

第二天一早，我们和山导定了 9 点出发。下楼吃自助早餐时，我藏了几个鸡蛋放在包里。山上的伙食虽然和登山公司的老板谈得不错，但还是担心吃不饱会腿软。说白了，其实是心里没底。

山导是一个 38 岁的坦桑尼亚男人，和 Tony 一样瘦瘦的，很精干。一见面便催着我们上车，带我们去选要带上山的装备和保暖衣物。来接我们的面包车上面，坐了一群当地人。我们选的登山套餐是标配，一个人最少要带 3 个挑夫，每个挑夫可以背 15 公斤的东西。所以车上的这一伙人，就是接下来 6 天要和我们朝夕相处的团队。除了 9 个挑夫和一个主山导外，还有一个副山导和一个厨师。

爬乞力马扎罗其实是一个很"尊贵"的过程，全程 3 个人爬山，12 个人陪同。为了带动当地的就业，这是坦桑尼亚政府规定的标准配置。有一些价格翻倍的豪华团，差不多是 1 个人爬山 6 个人陪同。不管这些挑夫和厨师中途会不会出现身体状况（哪怕被迫提前下山），客人都要按照 6 天的天数给足他们小费。

我挑了一件大棉袄、一个小外套、一条滑雪裤、一条抓绒裤、一条紧身裤（腿部保暖真的很重要），还有手套、头灯、登山杖、水壶和一顶遮脸帽。

小凡和峰哥拿了两个小背包，用来放我们三人随身携带的水和零食。有了他们的"团队精神"，我就可以一身轻松什么都不背上山了。以前的血泪经验告诉我，到了 3000 米以上的地方，一片面包都会变成一块铁皮那样沉。空手上山和背个包上山，差别真的很大。起码在心理上，两手空空的"女王待遇"就先让我踏实了很多。

Day 1

Machame 公园大门（海拔 1828 米）—— Machame 营地（海拔 3020 米）

徒步用时：7 小时 （实际用时：6 小时）

徒步距离：10.8 公里

车子穿过那一条条开满蓝花楹的紫色花廊的路，驶向 Machame 村。窗外一直有孩子向我们挥手。现在正是繁花盛开的好时节，一切都显得特别的美。

车里的挑夫大多是沉默的，一言不发。我想应该是他们不会讲英文的缘故。副山导桑吉（23 岁）比山导年轻很多，是个挺有亲和力的人。在挑选装备的时候，山导一路催着我们，露出了不耐烦的意思，小凡开始对他反感。

小凡跳过了山导，直接去问桑吉："像这样 6 天下来，最后我们每个人要给你们多少小费呢？"

没待桑吉开口，山导就直接插进了他们的谈话，在我们面前算了一笔账："主山导一天 25 美元，副山导 18 美元，大厨 15 美元，挑夫一人 10 美元。还有，如果你们觉得我们服务好的话，理应多给一点。我们不容易的。"

这个报价和威廉给我的小费报价是一样的，所以应该也是"政府价格"。我们每人付给登山公司 1050 美元的团费（门票、食物和租用装备，不包含小费），其中 845 美元是被坦桑尼亚政府抽走的入园 6 天的门票钱。所以登山公司从我们三人身上赚到的利润一共是 615 美元（另加三人共付 600 美金小费），分到这些挑夫和山导身上的，就更少了。

我们的挑夫年龄参差不齐，虽然我看不太出他们的真实年龄，但从他们后来爬山走路的时速来判断，其中有一位可能年过五十，上高原后身体不适提前下了山。等进了 Machame 公园大门口后，挑夫就跟我们分开了。他们抬着 15 公斤的重量，走得还必须比我们快。这样，等我们走完一天的路程下到营地的时候，帐篷和晚餐已经都准备就绪。

"哦，对了，你们最后的小费都是要给我的，我是这个团队的总指挥，然后我再分派给挑夫和厨师他们。"

在非洲和"小黑哥"提钱一点都不伤感情。反倒是如果提感情了，那就伤钱了，可能还会被山导多要走一点。

套上装备后，山导就陪着我们三个人开始了迈向乞力马扎罗顶峰——自由之峰（Uhuru Peak）的行程。

"万事开头难"，这句话完全不能用在爬山这回事上。"威士忌路线"的第一天非常轻松，走的都是森林植被覆盖住的山间小路，不暴晒，不反光，不吃灰，不陡峭，不用上上下下，不伤膝盖，都是缓坡。

从海拔 1828 米的 Machame 公园入口走到当晚要露营的地方，海拔上升 1200 米。这 11 公里的路我们用了差不多 6 小时走完。

193

峰哥租来的登山鞋走到半路就开始磨脚，我挑的登山杖长短也有点不匹配，最后小凡跟我换了一根，才比较上手。

第一天是整个爬山过程中最轻松也最平淡无奇的一天。下到营地后，我们完全有体力跑去看日落。等吃完热腾腾的晚饭，就坐在帐篷外面仰望星空。海拔 3020 米的地方，夜晚气温还能承受，于是搬出相机又拍了几张星空合影，还拿手机灯光在夜幕里写下大家心中的乞力马扎罗，用相机的慢曝光技术拍了下来。

露营的第一晚，我睡得特别得香，没有被冻到，没有被吵醒。我告诉自己：状态不错，明天继续努力。

Day 2

Machame 营地（海拔 3020 米）——Shira 营地（海拔 3847 米）
徒步用时：6 小时（实际用时：4 小时）
徒步距离：5.2 公里

一大早 7 点，桑吉叫醒了还在睡梦中的我。这 18 个月环球旅行以来，我过着每天睡到自然醒的好日子，突然被人叫起来做"早鸟"，本能地开始抵触。

"温水放在门口了，快起来洗脸吧，早饭 5 分钟就好，吃完准点出发。今天计划是 9 点开始爬山，下午都休息。"

登乞力马扎罗的 6 天，每天都有定好的路线和必须完成的公里数。通常每天晚饭时候和一大早，山导和桑吉会轮番过来，将接下来一天的行程告诉我们。我们可以根据路程长短，选择要拿出多少零食放在身边。剩下的和当天无用的物品，都扔给挑夫，尽量减轻自身要背负的重量。

我赖在睡袋里不想起，头一晕又多睡了 15 分钟回笼觉。峰哥是勤劳的小蜜蜂，已经刷完牙去吃早饭了。等我们三人都准备好出发，九点已过五分钟。山导是一个不太有耐心的人，才第二天就已经开始表露出对我们三个人的各种不满。嘱咐了我们出发不能晚点，然后带着一张有点埋怨的脸开始带路。

今天的路不再有树荫遮挡，直接从荒原山谷（moorland）开始，径直向上，一路要翻过很多大石块。上升很急，没有什么缓坡。

第一天和我们一同开始爬山的有一支挪威队、一支法国队，各自差不多有 10 人。零零散散的还有一些欧美的两人小团体，和一个独行的白人小哥。那个白人小哥一看便知是比较专业，体能也好，身边只带了一个山导兼挑夫，自己背了一个 45 升的大包，所有的重量都自己扛。

第二天的前半段，我们和这几支队伍交错着上升。每遇到一处观景，大家都停下来一阵合影，相互鼓劲。躺在山里的巨石上，远远的已经可以看到乞力马扎罗的顶峰了。

原本预计 6 个小时的路程，在我们山导一阵"催命"的节奏下，4 个小时居然就走完了。持续的向上攀登和大步翻跨后，我坐在海拔 3847 米的帐篷里，臀肌阵阵发酸。

下午两点吃完午饭，正是山里面一天中最好的时候。此时风和日丽，外面不冷，帐篷里更是被晒得温暖如春。拉开帐篷的小门，俊秀的乞力马扎罗山谷尽收眼底。伴着山谷里的鸟叫和和风，大家度过了一个悠闲的下午。

午觉醒来，又趁着夕阳落山前拍了点儿大片。我们看到远处有几个挑夫抬着一个担架匆匆忙忙地要赶下山。桑吉走过来，面色凝重地告诉我们，一个美国女孩高原反应严重，必须今晚下山。高原反应这种事情时有发生，及时下山就没事了。之后几天，肯定还会有人被抬下去，或者需要直升机来运走。

这是我们看见的被抬下去的第一个人。

爬乞力马扎罗山就像是一场不记名的淘汰赛，登山的选手在出发前并不能预料到自己的身体在高海拔地带会不会有反应。高原反应对有的人来讲，只是出现一点轻微的头痛，多喝水，平躺下休息，通常过几个小时就能得到控制。对另一些反应比较剧烈的人来说，会呼吸急促，眼冒金星，严重的甚至会抽搐、失忆或者突然休克。

高原反应跟年龄并没有太大关系，接连几个被抬下山的其实都是二十出头的年轻人。法国那支叔叔阿姨队，走得很安稳，无人掉队。仔细看一下他们的身材，个个都线条匀称，应该是经常锻炼的人。另外，他们的平均身高不高，这更有优势。以前在书里看到过，高个子的人更容易有高原反应，因为血液循环一圈所消耗的氧气更多。

大家面面相觑，打趣说："直升机抬下去要 500 美元，我们没钱犯高反哦！"心里自然是想，最好别轮到自己。

睡前，我走出帐篷去找厕所，看到头顶是比昨晚更加繁密的星星点点。今天营地的海拔比昨天上升了 800 米，已经被冻得不愿意出来拍星空了，温暖的睡袋是此时生命中最重要的宝。

Day 3

Shira 营地（海拔 3847 米）——Lava Tower 营地（海拔 4624 米）——Barranco 营地（海拔 3984 米）
徒步用时：7 小时（实际用时：8 小时）
徒步距离：10.7 公里

我又赖床了。每天早上，桑吉端来的那盆热腾腾的洗脸水放在帐篷门口，等我起来用的时候，已经凉了一半。身体的各个部位开始越来越酸痛，躺在垫子上转一个身，都百般的不情愿。

想到今天是"威士忌路线"里"白走"的一天，顿时觉得也许"可乐路线"才是正确的选择啊。今天的任务是适应海拔，出发后我们会上升到 4624 米的营地，用午餐，让身体在 4000 米以上的地方做个调整，然后回撤，下降到 3984 米的营地休息。

Shira 营地的风景，我认为是这一路最美的。在山坡的这一头可以遥遥望见远处的梅鲁火山（Meru）。在 3847 米的高度，虽然晚上的气温已经落到了零度，但太阳升起后，却依旧是暖暖地照在人心。

我们的伙食供应比想象的要好。对于这点，我们三个都表示满意。出发前找的登山公司算是市场上的最低价，我一度怀疑他们会在伙食上缩水，看来并没有。每天的早餐都会有鸡蛋、面包、水果和热汤。桑吉会按时给我们送上一壶热水，配着咖啡、美禄、奶粉、巧克力粉、蜂蜜和茶包，自己也可以调配出几种不同的热饮。

用餐的帐篷、桌子和凳子都是那些挑夫辛辛苦苦抬上来的。可不要小看一个凳子的力量，结束长途跋涉一天，回到帐篷里能躺的只有防潮垫，在这种情况下，一个小小的可以坐直的凳子，和一张可以倚靠着吃饭的桌子，那都是"雪中送炭"。旁边豪华一点的挪威登山团，挑夫给他们带了小躺椅。比起我们这几个没有靠背、需要"正襟危坐"的板凳，舒适度又上了一个档次。而且，挑夫还会在他们的帐篷周围搭一个临时厕所，这样就不用走老远去挤公厕了。有时候帐篷在低处，上个厕所都要再爬坡，有点浪费体力。

山导和桑吉从第一天开始，每天早晚各一次给我们测量心跳、血压和身体含氧量，以防可能会遇到的身体不适，"小黑哥"在这方面还算用心。

"大家状态都挺好的，赶紧吃完饭，一会儿我们准时出发。减缓高原反应的必杀技就是多喝水，今天必须多喝水。"山导叮嘱。

"多喝水"在登山的过程中，其实就是一个万能帖。不管是要鼓励你登顶，还是安慰你降低高原反应发生的可能，或者只是看你步伐沉了，山导都会用这句话来对付我们。的确，除了踏踏实实走好脚下的每一步，爬山并没有捷径。

我想着自己越发沉重的双腿，有点不看好今天要走的这十多公里路。先上后下，仿佛要做很多无用功，这怎么还会有力气再撑到两天后的顶峰呢。

路上，我问他俩的感觉。峰哥保持了一贯轻描淡写的话风："挺好的，现在感觉就是身轻如燕啊！"小凡不语，这两天他替我一路背着水，负担一定比我要重。还没到最艰难的路段，大家都没有倒下。

到了 4000 米以上的山地，就正式进入了半沙漠化的地带。植被逐渐减少，脚下的路慢慢变成了碎石砂路。上了高海拔后就必须放慢脚步，走得更慢一点。

那些挑夫，头顶着巨大的器材，他们不走 Lava Tower，而是抄了旁边一条低海拔的小路，先我们一步去了今晚的营地。

在上到海拔 4624 米的途中，我逐渐走到了我们队的前头。也不知道从哪里来的脚力，可能就像长跑中遇到的耐力瓶颈那样，一旦越了过去，又能激发出很多潜能。

这里的视野又比之前开阔了很多。乞力马扎罗的顶峰已经离我们如此近了，当然，只是"看上去"已经如此近了。这条路线的特点就是，你能很早就看到自由之峰，但你要再多努力三天才能真正摸到它。从 Lava Tower 再往后，接下来就是一系列"捉迷藏的游戏"：自由之峰它"躲"了起来，我们下降，再翻巨石，再上升，又下降，自由之峰被云层遮起来；我们再绕道，穿小溪，再上升，又下降，几经折腾，才能最终摸到它。

在海拔 4626 米吃午饭的时候，小凡着凉了，峰哥也渐渐倦怠下来，巴望着赶快下降到今晚的营地。Lava Tower 的确很冷，带上山的鸡腿都冻硬了，啃下去的面包也不如在 3000 米时那样松软了。陪着我们一起吃午饭的，除了山导和桑吉，还有山间那一只只乌鸦。

吃到一半，山里就起雾了，气温又骤然下降。

上升的这一路，我走得挺轻松，顿时对后面两天的登顶开始有了信心。四千多米不过也就这样，我想。暂时没有出现任何身体反应，呼吸也不喘。下山的过程有一点难，我掌握不好登山杖，没法借到力，中途有一些砂子路段就开始打滑，影响了我下降的速度。一路跟在小凡和峰哥后面，却总是追也追不上。几个大弯的地方，我还直接踩空，坐到了地上。

今天我们走得比预计的慢，多花了 1 个小时才完成 10.7 公里。傍晚落脚到 Barranco 营地后，大家都不想动了。

晚餐时间，我们的聊天内容也从头两天的一起拉家常吐槽山导，转变成了"你心跳多少""缺氧吗""能睡着吗"。

小凡问山导拿了退烧药和抗生素，有点小小的发烧。他自言自语地咕哝："没事的，吃了药明天应该就好了，好了还能爬，今晚要早点睡休息好。"峰哥每日的"豪言壮语"已经从"手到擒来"变成了"走一天看一天吧"。

夜幕降临后，我也不再顶着寒风去找公厕了。走出帐篷，就顺便在不远处浇灌一下高山植被。四千米的夜寒得让人瑟瑟发抖，但是由于疲惫，套上所有的衣帽、裤子、睡袋后，居然一觉睡到天亮。一个好的睡眠帮我补回了不少能量。

Day 4

Barranco 营地（海拔 3984 米）——Barafu 营地（海拔 4681 米）
徒步用时：8 小时（实际用时：8 小时）
徒步距离：9.4 公里

接连三天的早起后，我的生物钟自动叫醒了我。经过一夜的休整，大家状态恢复得都还不错，小凡的烧退了。出发前，我们例行公事地先来了一张合影，鼓一下士气。

登山的第四天，是最关键的一天。摆在我们面前的首先是巴尔科悬壁（Barranco Wall）这一道天然大屏障，晚上要住到海拔最高的 Barafu 营地，4681 米。

Barranco 营地是一块三面被山石环绕的低地。一大早送给我们的"礼物"就是一眼望不到头的巴尔科悬壁。上升坡度很陡，站在地面上根本看不到路，全被乱石和树木覆盖。山导指给我们看，说已经有队伍出发了，正走在上面。我用尽了眼力，还是看不到有人的迹象。

翻越这座悬壁差不多花了我们 1 个小时。从下面往上看，感觉它很高，但真正爬起来的时候，难度却不算很大。我挺喜欢跨越巨石的，就像开长途不能一直开直路一样，不用做机械性的等距跨步，对我来说反而更兴奋。只是一路上前后都有其他登山者，所以攀爬的速度受限，不得不走走停停。

最困难的其实不是爬悬壁本身，而是停留在半山腰等前面的人腾出空位的时候。山下的风景很美，可不能分神。停留在狭窄的走道上，用余光瞥见我们上来时的路，看着有点儿恐怖。

而那些最厉害的挑夫们，此时都驾轻就熟，头顶着大件包裹，脚踩在窄小的岩石壁上，依旧保持着他们的平衡。这才是峰哥所说的"身轻如燕"啊，我想。挑夫不愧是一些有过人之处的人。

我问过山导，既然做挑夫这么累，小费只能拿到山导的一半，同样是走一次乞力马扎罗登顶的线路，为什么这些挑夫就甘愿一辈子做挑夫，而不去考个执照转换一下身份。

我们那个很自以为是的山导告诉我，因为山导是需要用脑子的。做一个山导，首先你要英语过关。很多村民根本没有意识要去掌握一门外语，他们不知道知识能赚钱的重要性。再者，山导需要学习很多有关气候变化和急救的常识。万一有客人半路出意外，山导的应变能力是至关重要的。一旦山导的团里遇到一些重大的意外（比如因山导失职没及时抢救而死亡），资格证有可能被注销，需要进入新一轮的学习，重新考试后才能上岗。

很多"小黑哥"是很懒的，没有长远的职业规划，所以做一个像兼职一样的挑夫，对他们来说是更好的选择。想打鱼就打鱼，想晒网就晒网。

有一点头脑的"小黑哥"，就像我们的山导那样，不失时机地留了自己的邮箱给我们，让我们直接从国内给他介绍生意。中间跳过登山公司这一层，对顾客来说付的钱会更少。很多公司的老板以前也都是别的公司的山导，渐渐"墙角"挖多了，就出来自立门户了。

直上营地的路不太好走。我们每走过一段爬坡的地儿，都会休息一阵。我自感状态渐佳，慢慢爬上4681米的营地时，神清气爽。

晚饭时，山导和桑吉走进我们的吃饭帐篷，气氛有点沉重。吃过饭后，晚上11点，我们即将出发，去冲顶。今夜无眠，前几天累积下来的酸和痛还没有得到缓解，又要马不停蹄地登顶。

走这条线路也可以选择7天完成，多加一天可在冲顶前多休息一晚。但是多待一天，就多一天不洗澡，又要多挨一天冻，还要多加200美元团费，想想就算了。

量完心跳、血压和含氧量后，峰哥的身体出现了一点小小的状况。咳嗽不止，心跳加快，伴随着头晕，体内含氧量也是我们三人中最低的。山导看了这情况后，拿出一片抗生素给峰哥服下，一边安慰说像这样的轻微反应是正常的，今晚休息好就没事。

热饮喝到今天，美禄和奶粉都已经扫光了，只剩下几个略微苦涩的茶叶包和一点点蜂蜜，在这艰苦又急需温暖的傍晚，给我们带来一丝味蕾上的享受。峰哥的食欲明显下降，晚餐没怎么吃。我反倒是比平时还多塞了一点肉下肚。在这个时候，吃得动便是福。

Day 5

Barafu 营地（海拔 4681 米）——自由之峰（海拔 5895 米）——
Mweka 营地（海拔 3090 米）
徒步用时：7~8 小时登顶（实际用时：9 小时）下撤：5 小时
徒步距离：上升 4.5 公里 下撤 10.8 公里

冲顶的这一段是全程最艰难的一段。

饭后，我基本没有睡意。11 点的时候被山导和桑吉叫醒，好像还没有来得及喘口气，又要出发了。我心里慌，身体乏力。

小凡在半昏沉的状态下坐了起来，吃了饼干后，还是合着双眼抓紧最后几分钟再休息一下。峰哥的状态依然不太好，高原反应开始一点一点侵蚀着他。临走前峰哥说了句：看这样子今天可能有点困难。

"我们可以做到的，峰哥！只要手到，就可以擒来了！"鼓励的话在此时显得苍白，但说了也不会嫌多。

山导给我们三人再一次测了心跳和血压后，决定让桑吉跟着一起上山。这样如果在山上我们三人拉开了距离，前后两个方阵可以都有人跟着。

"好了，勇士们。关键时刻到了。你们都准备好了吗？"

此时是晚上 11 点。我们走出帐篷的时候，还有一些队伍刚刚起来，比我们迟出发。我们比预计的出发时间早了半个小时，我心里想："应该是山导看出来我们体力不行了，所以给了点加时，希望日出之前可以爬上斯特拉峰 (Stella Point) 看到马文济峰 (Mawenzi Peak) 的日出。" 我也感觉，自己的体力已经快到极限。

迈出帐篷的第一秒，就被大风吹得摇摇晃晃的。我穿着里外四层衣服、三层裤子，把借来的所有装备都背上了。桑吉和山导替我们背了水，这一段路，我们完全是轻装上阵，只拿着一根登山杖。

但是，我们却漏了一件很重要的物品——保温杯！在海拔 5000 米以上的地方，别说是喝冰水不舒服，最后爬到火山口，连液态的水都一滴难求。这么重要的事，山导居然没有提醒我们。

山导安排了"阵型"，让看起来状态欠佳的峰哥走在最前面，这样可以维持住我们三人不分开的状态，也可以激励峰哥加把劲儿。可是没上多久后，峰哥就把"领头羊"的位置让给了我，说自己实在走不动了，要在后面慢慢地爬。

山导默许，让桑吉带着我和小凡走在前面，自己带着峰哥走在后面。这一分开，等我们再次见到峰哥的时候，已经快要出事了。

周围一片伸手不见五指的漆黑。头顶是满天繁星的苍穹，是天堂；脚下是一堆堆乱石，通往天堂的路，像地狱。我可以看到的范围就只有头顶的探照灯照出来的那么远，弱弱的，在 3 米之内我还能看清路，出了 3 米就没了方向。

桑吉说，只需要顾好脚下的路即可，别抬头看。我和小凡一前一后，一红一绿，时不时交换着位置。开始的时候，别的队伍还没有起，我以为我们走得挺快。半小时后，突然一个瞬间，我们就被那独行的白人小哥给超越了。他迈着轻松有力的步伐毫不留情地跨到了我们上面，留下一身的骄傲，扬起满地土和碎石。

"呸！爬得慢还要吃人家的灰！真是太惨了！"我在心里骂道。

小凡木木的，保存体力没说话，也没有抱怨，只顾自己埋头继续走，好像一种"不能停下"的使命感已经植入了他的身体。

上坡的坡度大概在 40 到 45 度之间，成 "Z" 字形，先是往右前方走迎风面，接着往左前方走背风面。每次走在背风面的时候，都略微轻松，身体被风推着，可以借上一点力。最惨烈的是走在迎风面的那段，呼啸的寒风几乎可以把我推倒在地。我用尽了全身的力量，双手把住身边的巨石，才能不被吹回去。有时候我只能弓起一点背，让自己变得矮一些，才能更稳。

迎风面的路是决定登顶的关键，只要过了这一段，上到火山口，最后的 200 米上升都是缓坡，不会这么难了。戴着包着脸的帽子和羽绒服自带的大帽，也挡不住邪风把我的脑袋吹到开裂。每当感觉快撑不下去的时候，我就让桑吉拿出巧克力给我吃。嘴里含着一点甜味，在这样恶劣的环境下或多或少给了我一点情绪上的抚慰。

这样的 "Z" 字形爬坡路一直持续了大概 4 个小时，我的心死了几回又强行让自己再生，不停地走着，走着……桑吉也一直在背后鼓励着我们：就要到了，马上能看到了。可日出分明是在 7 点，现在还早，我还不至于这么大脑缺氧。我读懂了他善意的谎言，抬头看见一片漆黑的前方，是一条别人的头灯打出的光，长长的一排，望不到头。

突然，小凡一个脚软栽到路边。桑吉马上扶住了他，怕他出状况。原来他犯困了，闭着眼睛半梦半醒地爬了好一段，刚才一下睡着了。又过了一会，他趴在路边小吐了几口。桑吉说不用担心，快上 5000 米了，呕吐是正常的表现，很多人吐完还能登顶的。

果然在过了 5000 米后，我也把晚上的加餐和巧克力吐了出来，吐了两次。身体已经形成了惯性，忍着一万个不愿意，想着"花了 1250 美元来遭这罪"，一步一步地、慢慢地接近斯特拉峰了。再后来，每迈一步都要先做上几秒的思想斗争，身体越来越游离大脑意识的掌控，只有"格式化"一下说服自己的大脑，才有毅力坚持下去。

乞力马扎罗山上的这一晚，是我有记忆以来经历过的最漫长的夜，好像有一个世纪这么久。

尽管我知道，我不是一个人在爬，身边还有那么多登山客超越了我，另一些又被我超越；还有人，我看着他们被抬下山去。可无尽的黑暗和一直呼啸在耳旁的风，一度让我深陷在绝望和无力的深渊。靠着不断的"自我诱导"，我激发出自己最后的那一丁点儿体力。

"下山后，是先吃意面还是先吃东非烤牛肉啊？"

"好像应该先买个坦桑尼亚大西瓜！"

"然后再找个地方按摩？按腿还是按背呢？"

"错了，下山第一件事，必须洗澡！五天没洗啦……然后再去桑给巴尔岛（Zanzibar）游泳！一定要去游泳，晒个小麦色！"

"到了桑给巴尔岛要去吃海鲜烤串！"

最后这一条是上山前就和小凡、峰哥说好的。所以想到这个，幸福感一下就来了，好像登顶后各种鱿鱼串、烤鱼和大龙虾，就会长了翅膀飞到我身边。

这中间仿佛又过了很多年，幻想中的烤串也已经凉了……

天边，终于，渐渐泛起了弱紫色的光，一点一点把罩在乞力马扎罗雪顶的黑幕揭开。紫色的光又慢慢地变成了更亮一点的粉色朝霞，最终引来一片刺眼的金色光芒。

日出！我们熬过了登顶前最黑暗的夜！

按计划，这个时候我们应该是在海拔 5756 米的斯特拉峰。乞力马扎罗其实是一个死火山，斯特拉峰是火山口地势相对低的一个点。在到达斯特拉峰之前，有最后一个斜度很大的滑石坡，走两步，会小退半步。小凡已经先我一步走了上去，站在顶端。

可我差了那几十米，还没上斯特拉峰。我转身，站在坡中间，看到了马文济峰背后徐徐升起的太阳。这一刻，苦尽甘来的激动和欣喜，我无法用言语描述，因为苦的那段真的太苦了。

一切都值得！

上到斯特拉峰后，距离最后的顶峰自由之峰（Uhuru Peak）海拔相差只有 140 米了。在这里休息时，已经看到登顶的人们春光满面地走下来了，其中自然有那个独行的小哥。

斯特拉峰到自由之峰是一段高海拔的路，虽不陡峭，比起之前的爬坡也好不哪儿去。最后这段的挑战，就是要克服 5700 米上的高海拔行走带来的种种"虚幻、晕眩的新鲜不适感"。

这是最后一道坎了。

眼前的路已经像是被铺平了，可双腿此时又变成铅铸的了。沿着死火山口走，网上的各种日照冰川图都一一在眼前化为现实。只是它们都站得那么远，看似近在咫尺，却远在天涯。之前我还想要站去冰川那边来一张美美的合影，但此时此刻，在心中把自己嘲笑了一番，马上接受了"多一步我都不愿走"的事实。

这一段到顶峰的路只有两公里，我走了两个小时。

我前面只有两个目标——"小红红"小凡和"小黄黄"桑吉，他们是我眼中唯一还活动着的色彩。只要他们还在挪动，我就必须跟上。拖着有点飘飘然的身体，和有点昏沉的脑袋，我尽量告诉自己不掉队，走直线。

可在 5700 米的地方，走直线都不是一件容易的事儿。

我叫停，要喝水。桑吉拿着结成冰的水壶过来，说不能喝了。于是倒了他自己热水壶里的一口热水来支援我。

我又问小凡：你可以走再慢点吗？我能上去，我就是走不快而已。小凡点头。这一晚上来，除了在分巧克力的时候说了句"哇，这么好，留巧克力给我"，他从来都没发过声。

后来我又吐了一次，腹部下方被一股狠力掏空了，感觉就要把胆汁吐出来了。我抓住小凡的棉袄一角，强硬地借着他的东风走了一段。又是几个山坡，上坡，下坡，左绕，右绕。在我快要给圣山跪下的时候，我看到了那块登顶的界牌！！！

5895 米！

非洲最高峰，乞力马扎罗山欢迎你！

和多数内心已经狂喜到不行，但完全没力气跳起来的登顶者一样，最后的那几步，我们还是脚踏实地地走了过去。

我终于站在了这个四年前就想来的地方，终于看到了乞力马扎罗山顶上晶莹剔透的冰川。我本来想着，要不要脱掉棉袄拍张穿短袖的登顶图，但此时已经完全被山顶的大风吹到站也站不起来。

先坐下休息休息吧，风实在是太大了。

坐着坐着，身体一下就凉了。于是赶紧扶着牌子站起来，拍下一张笑脸照，来纪念这难忘的一刻。

一拍完照，马上又坐下了。心愿了了，现在最想做的就是当场倒下，躺成一个"大"字，好好睡上一会儿。

在山顶停留了5分钟后，我们就开始下撤。带着满满的成就感踩在下坡的路上，得意得好像走着就要飞起来了。这一天原本可以开开心心地满载而归了，却在下坡的时候遇见了严重高原反应的峰哥，把大家吓出一身冷汗。

小凡看见峰哥坐在半路的石头上，走过去，山导跟我们说：他不舒服，必须马上下山，否则有生命危险。但为了心中那一点点小小的愿望，峰哥不顾劝，坚持爬过了斯特拉峰，离登顶就只有一公里不到的路了。

小凡拍着峰哥的肩，他却不认识他。隔了半天，峰哥吐出一句："你是凡吗？我现在眼睛看不清了，只能看到红色的衣服。那个绿色的是一诺吗？"

听到这话，我立马掉了两滴冷汗，一路上山的劳累在此刻烟消云散。山导开始解释，其实他一直都不建议峰哥继续登山，高原反应严重起来会出人命；但他又是客户，客户的需求……我纳闷为什么连一个备用的氧气罐都没有，急救措施做得相当不到位。

蹲下一看，峰哥的嘴唇已经发紫，牙齿控制不住地在打颤，连脸都比在山下时候大了一圈，特别浮肿，眼神无光。我们已经没时间责问山导为什么把他拉到了这高度，二话不说，让山导和桑吉马上搀他下去。

下山的这一路本应该是闲庭信步，欣赏着乞力马扎罗壮丽的风景，指点着我们走过的江山，然后回到营地。最后变成了和山导一起，鞭策着峰哥和睡意（死神）做抗争。

山导和桑吉分别从一侧勾住了峰哥的胳膊，夹持着他走下山。每过五分钟，峰哥就竭力挣脱掉他俩的帮助，一屁股坐在地上，像个不讲理的娃娃一样，任凭你好说歹说，鼓励他，或者告诉他严酷的事实——"如果现在一睡你就要一辈子长眠在乞力马扎罗了"，他都不听。

"你们谁也别管我！就让我坐下来，睡五分钟！实在走不动了！我要睡！"

"睡两分钟也行！哎呀，真的没力了！！我今天就是不走了！！！"

人在遭受大自然折磨时，居然这么脆弱，不堪一击。我一边叫着不让峰哥睡，一边跟山导商量，看看能不能叫担架上来把他从海拔 4642 米的营地撤下去。今天的计划是要下降到 3000 米的营地，全程还要走 5 到 6 个小时。别说是出现高原反应的人了，这 6 小时的下山路，一听我都腿软了。

山导那天没有叫担架，他找了其他几个挑夫，把峰哥夹持到海拔 3900 米的一个营地。说没必要叫担架，抬人下山不方便，就在这里过夜。后来发现，山导的这种做法实在是对生命大大的不敬，没脑又没德。

Day 6

Millenium 营地（海拔 3900 米）—— Mweka 公园大门（海拔 1641 米）

徒步用时：7 小时（实际用时：6 小时）

徒步距离：11 公里

在海拔 3900 米的高度又住了一个晚上后，一早起来，峰哥的状态比昨天还要差。整个夜晚，我都听见隔壁帐篷里传出的打颤声。早饭时，峰哥连爬起来的力气都没了，整个人蜷缩在帐篷里，对外界已经没力气回应。如果昨天我们可以多下降 900 米，撤到海拔 3000 米的营地，也许状况会有所好转。

山导这时开始真的急了。打了电话，不出 5 分钟就把抬担架的人叫来（原来叫个担架也不是这么难）。几个壮实的黑人小伙子训练有素地替峰哥穿上棉袄，把他包裹得严严实实的，抬上担架，固定住。还在有空隙的地方又塞上一些其他衣服，防止在下降的过程中身体撞击到担架边缘。

峰哥还有呼吸，只是没有什么反应。他们要把他抬走前，小凡突然拿出自己的手机，打开到录像模式，走近峰哥："峰哥，喂！你还醒着吗！说两句话，告诉我你老爹电话号码，万一有事……"

记下号码后，峰哥就被抬走了。小凡说，他怕路上颠簸起来有个三长两短，录个影，可以证明下山前他还是好的。小凡以前在医院工作，看过很多人抬上担架时还活着，送到医院就不行了。万一要论责任，这个视频能用得上。

啊啊啊啊？！！我听后心里一沉，前一秒看到了救援队，我仿佛已经看到了峰哥获救的希望，听他这么一解释，瞬间我又懵了。生命的脆弱和无常没人能预知。

爬山前我们也都知道，每年在乞力马扎罗山上，都会有些人送命。上山前一个月，一个 27 岁的中国男性登山者就出事了。有时候不是因为高原反应，山导说，很多是因为脚软，倒下来时运气不好，后脑一头栽在石头上，人就没了。下山的一路，有不少乱石堆上摆放着一些野花，纪念着这些为了兴趣、为了挑战自我而逝去的年轻生命。

我们下撤得很快，并且越走越轻松。

从雪顶走到荒漠带，到针叶林带，再往下就能看到绿色植被了。山林间渐渐有了鸟儿为我们歌唱，足下也有潺潺小溪伴我们同行。经历过波折，又看过大风大雨，此刻能最恰当描述我们心情的就是"从容"二字。

迎面遇到刚开始走 Mweka 线（我们的下山路线）的登山者，问我们前方的路是否好走。看着他们脸上似忧似愁的表情，我和小凡舒心地笑了。那不是五天前的我们吗？小兴奋被小压力覆盖，每个人都惦记着自己心中的那座非洲最高峰。

现在，我们做到了！

乞力马扎罗的 6 天有惊无险地画上了句号，"威士忌路线"沿途的景色也的确没让人失望。

下到海拔 2000 米以下，峰哥的状态就慢慢好了。回到莫西镇上，第一件事就是拉着他们去吃了一顿烤牛肉！大份儿的！把在山上遭的那些罪、挨的那些冻都一一补回来，好好放纵一下自己！

拿过山导发给我们每一个人的纪念证书，上面写着"恭喜 XXX 在今天 XX 点，登上了乞力马扎罗顶，海拔 5895 米的自由之峰，时年 XX 岁"。

四年的光阴，它虽然不可阻挡地让我的细胞和身体组织都在衰老，可带着准备和信念，再来赴乞力马扎罗山之约时，这一刻，它给了我旅行中最好的状态——

天时，地利，人和。

这一次，我满载而归，心中不留一点遗憾。

（谨以此文，献给和我一起登山的两位不可替代的小伙伴——小凡和峰哥。在九名挑夫之外，还能替我分担掉午餐盒和救命水重量的好伙伴，实在让人心存感激。）

搭车上路，

一个人的八万公里

在赞比亚，体验"有钱"人生

横穿非洲大陆的这一次行程，其中有一段是故地重游。

四年前，我顺着肯尼亚走到坦桑尼亚，接着搭上了每一个中国人都知道的坦赞铁路，穿越了坦桑尼亚美丽又静谧的西部山区，跨过国境进入了赞比亚。

那一次的坦赞铁路之行，至今都是一段磨灭不去的记忆。从官方定好的两天行程，最后由于非洲大陆各种不可预知的因素，足足开了五天才到赞比亚。在停电的黑暗车厢里，每天晚上我带着希望睡去，第二天一早醒来，却发现火车只挪动了70公里。

这列每开上两小时就会停在铁轨上"喘口气"（20个小时）的火车，给我上了在非洲的第一课——时间不值钱。你永远不知道当地人口中说的"马上"和"明天"，定义究竟是多长。我只能不断地安慰自己，旅行看的就是风景，体验的是过程。那些冲着"目的地"要来看一眼非洲的人，是还没深入了解这块大陆。

为了早点赶到赞比亚办南非签证，和便宜但不知道要几天才能开到的大巴一比，我忍痛割了一点肉，一口气连买了三张机票——从坦桑尼亚到卢旺达，再飞乌干达，最后飞卢萨卡。坐在上座率不到四成的肯尼亚航空机舱，从天空俯视东非大裂谷，享用着"S"身材的性感空姐端上来的热饭时，我心里一阵狂喜。

四年前我吃了一路灰，花时间省钱：在东非陆地上赶路，尾骨坐到几近崩裂；被邻座一个非洲妈带着三个娃挤到不得已替人抱了一路娃，还被娃喷了一身饭。

这一次的赞比亚，我是"空降"的。从坦赞线上五天没洗澡的穷游阶级，摇身一变成为和非洲政界人物、商业大亨一起坐飞机的"有钱人"。花钱省时间的故地重游，也是别有一番乐趣。

来到赞比亚就已经算离开"东非五国"的地盘了。这里的人种和文化，和斯瓦西里东非一带已经关系不大。南部非洲的其他几个国家，大多比赞比亚更有钱。"金砖五国"之一的南非、整洁的"非洲小德国"纳米比亚和"盛产钻石，政府送你房子"的博茨瓦纳，在非洲都算是经济发展水平靠前的国家。剩下一个邻居津巴布韦，经济发展面临诸多困难。

在非洲，获取签证的困难程度基本和这个非洲国家的发展程度成正比，南非无疑成为摆在我面前的一道坎。能不能在赞比亚拿到南非签证，完全看签证官心情。如果允许申请，需要等多久，那得再看个人运气。

从乞力马扎罗下山后，我和小凡一起搭伴，在首都卢萨卡新建的一个富人区里找了一家民宿住下来。打算安静地在宿主约翰家好好休养几天，签证的事肯定也是一时半会儿批不下来的。

约翰家的独栋大房子在机场和市区之间，靠近新开的一个高级购物中心。赞比亚这几年新建起来的购物中心，风格跟欧美发达国家没有什么两样，每一个大型购物中心都配上一个宽敞的停车场。在地大物博的赞比亚也不必把楼建得很高,很多都是一层的矮房直接占地铺开,颇有美国郊外奥特莱斯的模样。这里的食品和日用品主要都从南非进口,因此物价也不输欧美,比起南非都要贵上些许。

约翰家的小儿子三岁,叫佩德罗,大儿子安迪五岁。和老爸一样,都起的英文名。基督教是赞比亚的国教,很多中产家庭都用着英文名字。

从到的第一天起,约翰一直很忙,只是大致跟我们交代了一下周边的情况。之后几天只有在吃晚饭时,我们才能和他碰上。

"这个区是有钱人区,特别安全。平时出门你们都不用担心被抢劫,只要天黑前回来就可以了。这周围一带没什么路灯,我怕你们找不到路。有朋自远方来,一定不要见外,就把这里当你们自己的家,随便一点。"

这一套四室一厅的单层小别墅,无论从外部的设计、花园的打理和内部浓浓的中国风装饰来看,在卢萨卡的确能算是中上等。

约翰认识一些卢萨卡的高层领导。他拿出照片给我们看,一次参加了一个政府会议,还和赞比亚最高领导人合过影。他的工作也和中国进出口贸易有很大的关联,在过去的几年中去中国出差过三次。

"中国可是我们赞比亚的好朋友啊!中国人帮非洲人很多忙。没有你们中国人自然就不会有坦赞铁路,赞比亚现在可能还和别的穷国家一样。你们的领导真是领导得好！"

上一次来卢萨卡（2012 年），我在一个电视台主持人那里借宿。家里装了热水器，却从来开不出热水。在白天 15 摄氏度的温度下洗了一次冷水澡，差点冻感冒了。赞比亚在那时候还被列为不发达国家。而在 2014 年《人类发展指数报告》中，赞比亚的发展指数达到"中等"水平，已成一个发展中国家。

全国上下也改了一套新版的货币，废除了以前面额很大的老版克瓦查（kwacha，赞比亚银行发行的货币），直接把老版的1000 克瓦查变成了新版的 1 克瓦查。在我收集到的八十多个国家的纸币里，老版克瓦查的破损程度，那是当仁不让排在第一的，被捏到完全看不清字。

平时在家，和我们抬头不见低头见的是家里的保姆。约翰的妻子是一个讲着流利英文的年轻姑娘，每天一大早跟着约翰出门上班，一直要到下午四五点才能看见她的身影。非洲小康以上的家庭，几乎都有自己雇佣的家庭保姆（女佣）。

女佣的风俗多半是从英国人殖民的时候留下的。这些住家女佣除了要揽下一个大家庭里所有的家务活之外，若是有孩子的家庭，更要肩负起保姆（甚至奶妈）的责任。

女佣大姐和两个孩子一起，睡在其中的一间卧室。安迪白天有一半的时间要去上学前班，每次都会换上一套英式的校服，把黑皮鞋擦得锃亮。小儿子佩德罗待在家里，经常闯进我的房间来"搜"我行李，把它们一件一件摸出来，然后问我"这是什么"。

白天，女佣总会在闲暇时，调到电视剧频道，津津有味地看着配音版的印度家庭剧。这种情节大多是相爱的情侣因阶级不同被父母棒打鸳鸯，通过私奔或寻死等方式，跨越家族的鸿沟修成正果，然后在雪山的背景下开始跳舞。这种印度故事模式，居然在非洲都有市场，这完全出乎我的意料。

超大的平板液晶电视里，还能收到世界各地两百多个不同的频道，其中也有央视国际。

有一天约翰回家后吃着我做的中国菜，顺势换到了央视国际频道。电视里正放着改革开放邓小平访美的纪录片。他指着墙上特地从中国运回来的一块显示时间的电子屏幕，告诉我特别好用。

我抬头看了一眼，在挖空的电子显示栏后，是一幅万马奔腾的水墨画背景，上面写着中文的"＿ 年 ＿ 月 ＿ 日，＿ 时 ＿分 ＿ 秒"。

"哇，这个果然很中国啊，所有国企的办公室好像都挂着这种钟！"

约翰听完后很淡定地笑笑："那肯定，我去了中国那么多次，我太了解中国啦。"说完又翻出手机里的照片，给我看他去过石家庄外的几个村子，去过潍坊周边的县城，"这种地方肯定你也没去过吧！我去的地方多了去了！你大概都不知道那些地方在哪里。"

家里的这块电子墙面钟，时间从来不准。在约翰住的这个小区，停电几乎是每天都会发生（至少一次）的事。每次停电再来电后，电子钟都需要重设。

四年前我从主持人家搬出来后，逃去了一个高档社区的白人宿主家。饭后，他们都会提前点上蜡烛，用一种"迎接浪漫"的心情去等待每天那定点的三小时停电。供电的问题，这几年来还是没有得到解决，而且，仍然发生在富人区。

不过话说回来，在非洲，谁会真的看时间呢？

"这块钟的确在家派上用场了"，我顺着约翰说，"人家一看就知道你是去过中国的，是有'关系'的人。大哥真是厉害了！"

非洲这部分先富起来的人中，很多都喜欢通过"贴名牌""沾洋货"来抬高自己的身价。聊天不过三句，一般就能读出他们那种"昂首挺胸走路"的成功人士的姿态。然而约翰大哥比较有远见的是，他花了昂贵的学费送儿子去上当地华人开的国际学校，在家刻意跟儿子们用英语交流。励志让两个孩子从起跑线上开始，瞄准中国这个大平台，利用自己和赞比亚政府的"关系"，一步步为安迪和佩德罗铺好阳关大道，走向国际舞台。

他把安迪抱过来，放在我膝上："来，你教他两个中文单词。我儿子学什么都特别快。将来老爸的生意就全权教给你喽，儿子啊！我的儿，我看你天生就是一个做大老板的料。"

大哥家一直接待着不同的游客，两个孩子对客人没有任何陌生感。五岁的安迪平时用英文和我们交流顺畅，甚至他的英文都不带赞比亚口音。

"来安迪，说——西瓜，芒果。"

"西瓜，芒狗。"

"芒——果——"

"芒果！"

佩德罗此时默默爬到了我身边。我突然意识到他的存在，是因为他穿的尿不湿里，透出了一股浓重的怪味。

女佣把小儿子抱了出去，不一会儿就回来了。一次性尿不湿在非洲可是个稀罕的东西，尤其在需要手洗衣物和棉布尿布的非洲，有了它，一下减轻女佣很多负担。

女佣大姐是三个孩子的母亲，最小的孩子年纪和佩德罗相仿。平时大姐全职照顾着安迪和佩德罗，只有在圣诞假期时放上一个月的假回自己村里，接着继续出来打工。

非洲出生的娃娃们，觉得都特别好养。我下到过的非洲村子里，有些地方白天大人外出做工，就只剩一窝孩子。略大一点的十三四岁，通常都是留守在家，要照看弟弟妹妹，还要会做饭，是一家之"小主"。还有些看上去八九岁的孩子，身后用花布包裹着一个两岁的小孩，在街上卖东西。我几乎没有见过长到四五岁还哭哭啼啼闹个不停的"熊孩子"。

大姐经常煎一条全鱼，拆了骨头给佩德罗吃。除了在吃黏黏的主食 Nshima（玉米粉做的团子）时，佩德罗会闹上一阵，其他时间里大姐工作，小孩自己随心所欲地在房子里玩。闲下来的时间，大姐只顾着追印度剧，压根不会管他。

非洲的孩子大多都是被"放养"长大的。从这点来讲，非洲的家长又太讲效率了，很难见到一个围着孩子团团转的父母，带着一张苦口婆心的脸教育他们："这都是为你好……"

幸运的是，南非使馆允许我申请旅行签证（以前无当地居留证明不能申请）。等待签证的日子里，我们每天都会走出约翰家，在附近的社区散散步。慢慢的，我发现在有钱人的小区里随手拦下一辆顺风车去 3 公里开外的超市也并不难。

我们搭过小学的校车，搭过崭新的越野车，也上了很多上班族的私家车。这些有点"层次"的邻居们告诉我们，卢萨卡新建的小区里很多存在水压问题，政府装的泵无法 24 小时运转，所以很多人家都打不上水。

在我们刚来家里时，女佣大姐给我俩打了一桶水，放在浴缸里供我和小凡两个人断水时用。

整个小区每天只有上午五点到九点才有流水。大姐起床后的第一件事，一定是拿桶去蓄水。约翰的五口之家，每天的用水量大概在四桶左右。这包括了两个孩子的洗澡水、全家打扫卫生的水、厨房的洗碗水、洗衣服的水，还有三个大人日常洗漱的用水（后来发现大人并不是每天洗澡）。

面对一人一天半桶的"配额用水量"，一开始我有点不知所措。

"非洲女人都是短的鬈发，我这头发洗一次就得要半桶呢，不够不够。"

大姐一边笑容可掬地向我示范，一边肯定在心里骂："这城里来的难伺候的主！"

她拿出另外一只全空的水桶，和装满水的桶一起，放进浴缸。指指空着的桶，让我洗澡务必站在里面，这样冲洗下的脏水可以积攒起来，拿来冲马桶。还有厨房里的清水，如果要洗碗，必须一瓢一瓢地从大缸打到小缸，所有小缸用下来的脏水，也必须积攒起来，用来冲花园、扫地。

我们每人只拿到了"一桶"的配额，这应该已经是很体贴的"客人配额"。不管够不够，都得学着节约呀。

有钱人住的小区里也都是些尘土飞扬的土路。每次一出门便灰头土脸，回来都得洗头。一开始我问小凡借了半桶"配额"，用了一桶半的水才完整地把身子和头发洗完。

过了两天，我渐渐摸索出了一套只需半桶水就能洗完的改良版方案：我另外找了一个小桶，打了几瓢水，把头发放在小桶里完全浸没；上洗发液，再回浸到这个小桶里，把头发冲洗第一次，但水不倒掉；接着往身上打肥皂，清洗第一遍的时候就用小桶里的"洗发脏水"来冲身；最后再拿清水从头往下，同时将头发和身子进行第二次冲洗。这样的改进，不但保证了头和身子都能经过两次冲洗，而且完全可以做到第二次冲洗用的也是干净的水。有时候要洗的衣服多，我就一手将小桶（清水）举过头顶，一手拿着（已在脚下第一遍冲身后的脏水里漂过一遍的）袜子，边冲头发，边冲身子，同时也可以顺着水流搓干净袜子，一箭三雕！待脚下这半桶脏水已经完成洗澡的使命后，便放到一边用来冲马桶。

女佣大姐欣喜地看到我的改变，跷起了大拇指，夸我入乡随俗得简直太快。

这也是非洲教会我的另外一课：以平时"流水洗发"的"奢侈"程度来讲，要节约地球上的水资源，其实并不难。只要耍一点小聪明，人人都可以做到。

挑战了停水的难题，也习惯了停电的日子，卢萨卡的富人区又给我们来了一个下马威——停煤气。

下午从超市买菜归来，我都会在约翰家做一顿晚餐。想让没有出过国的约翰太太和女佣大姐看看，烹饪可不只有油煎一种方式。很"幸运"的是，戴着头灯烧饭的这种体验，在其中一天停煤气后，变得愈发有趣。

女佣大姐从家里搬出了一个煤球炉，把我切好的菜和油锅都放在煤球炉旁。两个孩子、约翰太太、小凡和我，大家一起坐在花园的露天台阶上，看大姐把火生起来。

约摸二十分钟后，火苗变得足够旺，我开始把菜下锅。我要做的是葱油鸡。先要煮上一大锅水，把鸡大腿焯一遍，接着再中火煮上十五分钟直至鸡腿全熟。

难题又来了，怎样才能控制自然火堆的火势大小？又不能减弱火势，留着大火还得爆葱！大姐毫不犹豫地站了出来，再一次让我见识了非洲妇女强健的身板。她直接提起一锅热水，停留在火上方约三厘米处。此时的火苗刚好可以舔到锅底，熊熊烈火也没有丝毫减退的架势。大姐每隔五分钟端走锅子去一边凉快一下，喘口气，接着再把锅端回来，完美地帮助我做出了葱油鸡。

拿到南非签证的那天，是我们在约翰家借宿的最后一天。大哥慷慨地和我们分享自家的"大象酒"（amarula 甜酒），为我们送行。

"这酒产自南非。还有两个国家，你们就要走到非洲大陆的最南端了，先提前恭喜你们，祝接下来一路平安。"

喝到开心处，约翰拿着手机里和一个中国女孩的合影给小凡看，露着一脸意犹未尽的回味："这个中国女人漂亮吗？是我在东莞遇见的。亚洲女人跟非洲女人，真的是太不一样了！她们就是……反正就是太不一样了！"

话毕，他和小凡哈哈大笑起来。

走到赞比亚我的护照就要满页了。

约翰说："在赞比亚肯定能顺利出境，如果遇到问题你来找我，我的'关系'至少能保证在赞比亚不会有人为难你。"

听过这句玩笑话后，我们离开卢萨卡去看维多利亚瀑布。没有想到在边境，我临时决定"偷渡"去津巴布韦，差一点就真回不来。

维多利亚瀑布是赞比亚和津巴布韦的天然分界线。中国公民可以在边境交上 100 美金，拿着落地签去津巴布韦一边，换个角度看瀑布。2012 年，我走到这个边境，对这 100 美元望而却步，拍了一张照片后乖乖回了赞比亚。再一次回到这里，路边的国境标牌已经"鸟枪换炮"，边检办公室也翻新了。

小凡持的新加坡护照，可以免签入境津巴布韦。大概是看出了我脸上写着对他们问中国人要高价的不满，机灵的小凡立马想到一条"妙计"——一条差点断送掉我两年自由的妙计。

他拿出包里一本自己的过期护照，配上上个月在坦桑尼亚被洗劫一空后，去警察局开的真实的被偷证明，忽悠边检说我的护照被偷，只求过境去看一眼瀑布，可以压个信用卡或者国内身份证在此，以防不归。我俩同时拿着他的两本护照，拍了张合影，以此证明，我也是从免签国家来的。

听上去，这像是一个完美的方案。可边检员们却不吃这一套，让我乖乖去赞比亚一边等着。

走出盖章处，距离津巴布韦的国门只有十米不到的距离。所有当地人都出入自由，不查证件，也不翻行李。我抱着试试看的心态想走过去，结果根本就没有人拦。

最后在津巴布韦"偷渡"了二十分钟，走回赞比亚一边时，被同一个边检员抓住。原来这位"有头脑"的大哥一直盯着我，故意让我过关，出来时逮个正着，就可以名正言顺地要钱了。

津巴布韦的边检拉着小凡，把我们关到了一个办公室里，还出动了两个高级官员，逼着我写自述信：为什么偷渡来津巴布韦？接着就是危言耸听吓唬我："你可以上庭为你自己辩护偷渡一事，但是你会被关起来直到你的国家派人来救你。少则关两年，罚金也是一笔巨款。"

我正起笔想，要怎么写才能摆脱这个窘境，他们看出了我在打算盘，紧追着又说："这是关系到国家边防的大事。从现在起，如果你提供给我们不真实的信息，处罚会加倍。"

这话把我吓出了一身冷汗。我身上还带着中国护照，可我的"身份"并不是一名中国公民。我担心万一他们搜我身，发现我的真实国籍，那之前护照被偷一说要被全盘推翻了。我可能就真的变成津巴布韦边境史上，第一个睁着眼睛欺骗边检只为去看一眼瀑布的国际罪犯了。

我的国家应该会派人来救我吧，该不会真要被关在非洲吃两年希玛 (Nshima，由玉米粉制成的赞比亚主食) 吧？小凡是合法入境，一定会放他走，按行程他会在南非跨年，留我一人躺在津巴布韦冰冷的监狱里。半小时前，这世界完全不是这么一回事啊！

我脑袋有点沉重，开始后悔。但大脑在冷静地分析了我对非洲的了解后，还是摆出了一张无辜脸，继续编织着"我的故事"。

摊上这种事，我能想到的一点就是要大夸津巴布韦的好，还有一点就是要说自己并非有意偷渡，是这里边检的失职让自己不小心被动变成了偷渡客。当我在纠结如何写申诉时，能应万变的小凡已经跟高级官员商量"要给多少罚款才能放我们走"了。

办公室共有边检三位边境人员，一个黑人小哥，一个高层官员，还有一个普通级别的女人。小凡拿出身上的 50 美元试图替我解围，告诉他们只有这么多。那个普通级别的女人懒洋洋地瘫坐在单人沙发上。

黑人小哥还是咄咄逼人，为了把这场戏继续演下去，告诉我："快写你的申诉！"

僵持了一阵后，职位最高的大妈把其他两人支开，接着关上了门。她走到我们面前，有点得意地晃着她的身子，俯下身问了一句："你们，真的，只有，50 美元？"

最后，那张真实的被偷证明帮了我们大忙。大妈相信我们没有更多的钱，50 美元给他们三个人也的确不好分，于是同意放我们走，而且手下留情分文未取。

我心里的一块大石头终于落了下来。走出办公室前，我看到了门外的阳光。被关了区区半个小时，仿佛坐了一次过山车，从绝望的谷底一下回到伸手可及的自由世界。

这份属于每一个人生活下去的权利，真是太可贵了。

走前，大妈不忘教育我一下："我问你，你信耶稣吗？"

"啊？嗯……他真有其人？"

"你还不快感谢神，要不是他帮你，你可能就被关进去了！"

这是什么话，我心里想。

"哦，她信耶稣的。谢谢耶稣，也感谢您的友善。"同伴又替我说了一些好话，才得以离开。

"If something can't kill you, it makes you stronger."

非洲就是这样一个地方，它不能用其他地方的程序编码来破解。

离开非洲后，每每想起在那里的日夜，脑海里浮现出来的，除了万里无云碧蓝的天，还有那种"爱恨交织"的感情。要问这究竟是一种怎样的感情，让人当时恨得咬牙，离开之后想起来却忍俊不禁，等你亲自去了那片神奇的大陆后，自然会懂。

Africa！WAKA WAKA yeh eh！

马达加斯加：面包树、非洲辫和中国来的大学老师

从埃及一路下到南非，走完了非洲的大陆部分后，在要不要去马达加斯加这个问题上纠结了很久。这个世界第四大岛，坐拥得天独厚的地理环境和自然资源，虽然在蔚蓝的印度洋上名气比不过那三颗"印度洋的明珠"——塞舌尔、马尔代夫和毛里求斯，虽然从任何国家飞去都特别的贵。

此前，在撒哈拉以南的非洲一路走了五个月，一直处在紧张和烦躁两种状态中。于是，要不要在离开非洲前加上马达加斯加这一站，就成了关键，决定着"非洲之行 enough is enough"还是"横穿非洲大陆是圆满的 / 令人兴奋的"。

为了那几棵高耸入云、挺拔又俊俏的面包树，最后我还是从南非坐着螺旋桨小飞机，飞越了莫桑比克海峡，在马达加斯加待了十天。

世界面包树之乡

面包树（Baobab tree, 学名 Adansonia），这个名字源于这种树木的果实大如面包且甘甜多汁，它们生长在温带，又极度耐旱。在全世界九种面包树品种里，马达加斯加独有的就占了六种，是名副其实的面包树之乡。

在穆龙达瓦面包树大街上能看到的面包树，是九种面包树里最高大、最养眼的一种——猴面包树（Grandidier's baobab）。它们可以长到三十多米高，寿命更是长达五千年！因为树干是一个储存了足够水分的蓄水库，旱季的时候会有成群的猴子跑来觅水，因此得名猴面包树。

从首都安塔那那利佛去到猴面包树所在的穆龙达瓦小镇，有650公里的路，小巴要开上13个小时，一天只有一班。按照我平时的预算，应该会去南边的便宜小巴站，坐一辆通常16座却能塞下差不多25个乘客的普通巴士；一路看它颠簸，和车上的活禽一起抢座，没准门外再外挂两个人，中途再抛个几次锚，然后带着一脸疲倦到达目的地。但这次我去了北边的豪华小巴站，多付了一点钱，坐上了旅行社老板大力推荐的"绝对准点，一人一座，还带无线网络"的，可能是非洲最靠谱的小巴公司 Cotisse 的车。想想，就要离开非洲啦，奖励自己一次吧。

安塔那那利佛在马达加斯加大岛的中心，海拔1200米。一路经过了延绵的丘陵地带，开了整整一天，最后终于到了穆龙达瓦——一个小渔村。天黑了，街道上就没有了灯，在漆黑一片的村子里比较了四五家小旅社，最终选择了一家住下。推开窗，我住的木屋被一条小河环绕，不远处就是一片红树林。

猴面包树大街就在小渔村另一边的一个村子里。叫上一辆突突车，约20分钟，就可以把你拉去那里看日落。

马尔加什人的非洲小辫

穆龙达瓦这个海边的村子真的是有点破旧。每天吃完街角夫妻店的盒饭（1 美元），就出来在村子里闲逛。这里长居了一些退休的法国老头，一住就是几个月。马达加斯加的总体消费非常便宜，气候也非常宜人。同时，由于地理环境特殊，和周边国家不存在任何争端，可以说是个能安心养老的好地方。

这里的人，不是非洲大陆人。马尔加什人的祖先是从东南亚的印尼移居过来的（混血了阿拉伯、非洲和其他人种），因此这里的国语马尔加什语算是印尼语和马来语的近亲。在马达加斯加，只有少部分人是那种典型的非洲人的圆形头颅，大部分的人无论是五官还是身材，长得都更接近东南亚人。他们虽然英文不太会，但如果有人问路，通常都会非常友好地给你指明方向。

在穆龙达瓦的村子里，有一家美发店。每天下午，这里都聚集了很多村里的妇女。店主大妈的手艺非常好，面对茅草屋里人头攒动的客人，不出二十分钟就驾轻就熟地完成一个发型。和非洲大陆一样，这里最流行的女士发型，也是那永不过时的满头小辫。我在埃塞俄比亚看到过两美金的价格，这里是 3 美金不到，比起肯尼亚、南非、赞比亚 20 美元的"外国人价"要划算多了。

想尝试一下非洲辫子头的心愿，终于在穆龙达瓦实现了。大妈驾轻就熟地拿起梳子，把我的头发分成好几股。她要给我编的样式，是从头顶开始一路贴着头皮编到我的后脑勺。我的头发被分成 18 束，犹如在脑袋上铺上了 18 条车道，每一条车道上都川流不息。原本看着很酷的辫子头，其实并非我想象的那样辫子是腾空而编。大妈为我做的这种贴着头皮的编法，我一天都没有撑下去。我头发生来细软，被她训练有素地将头发提起，搅到一起后，那 18 条辫子活生生的就像 18 道枷锁一样，用力地拉扯着我的头皮，让我臭美并疼痛了一整个下午。

这种发型也只有圆头颅的非洲妹子才能驾驭，我带着辫子睡觉就如睡在一张很刺的毛毯上。一早五点，实在忍不住头皮被拉扯的痛感，起来把它拆了。

内心不禁感叹，非洲女子真是勇敢。生很多孩子，下农田，下厨房，出来干活补贴家用。她们在市场上头顶千斤重物，背后背着一个娃，一忙就是一整天。光是带着满头的辫子睡觉这一点，我已经完全比不上她们。

在马达加斯加客串大学老师

回到马达加斯加首都后，一天我被宿主 Faso 拉去了他毕业的学校参观。参观每个国家的大学一直是我行程计划的一部分，如果不是那种戒备森严需要校长批准才能进去的学校，我还会混进大学的食堂吃一点当地的大锅菜。

Faso 在马达加斯加国家旅游大学读的旅游管理专业，去年刚毕业。小伙子 23 岁，计划自己创业，想做进出口贸易的生意。家里堆放着一些不知道从哪里弄来的广交会宣传资料，还是中文的，写着"鄂尔多斯内蒙古羊毛"云云。听说中国的电商平台很容易赚钱，他还发了一些马达加斯加产的巧克力的商品介绍给我，想让我帮他一起在网上寻觅点开店的机会。马达加斯加的地理位置很"孤单"，很多东西在这个国家寻不见踪迹。说来可能你会不信，整个马达加斯加都没有面向公众开放的电影院。几年前，全国的马路上刚刚才安装上了红绿灯。Faso 想做那第一批"吃螃蟹"的人，引进或者出口一些本国特有的东西。

这样的想法对于一个刚走出校园的年轻人来讲，是很有远见了。

国家旅游大学位于市中心，在一座斑驳的老楼里。进了门后，校长大人直接出来迎接了我。是，校长大人！随行的还有另一位高管女士。在一阵叽里呱啦的马尔加什语交谈后，Faso 带着非常滑稽的窃笑，转向我说："校长的意思是，明天我们替你安排好了来学校讲一堂公开课，题目是'旅游行业的市场营销'，给大二的学生上。因为新派来的外教要下周才能赶到，我们非常相信你可以做得很好。"

这听起来简直就是天方夜谭，我学的既不是旅游也不是市场营销，还不会讲法语。

校长和那位女士一前一后，上来握住我的手，不容我再多说一句，直接用马达加斯加的微笑"秒杀"了我："那就明天下午见了！说英文就可以，学生能听懂。"

Faso 说，马达加斯加的学习氛围很轻松的，凭你这样浪迹天涯的经验，随便说说就可以了，学生肯定有收获的。大家都是为了完成自己的任务，不要为难校长呀。

当晚，我在阁楼上花了一小时，凑了一点图片和什么"4P 理论"，做成了一个图文并茂，还带案例学习和课堂讨论的 PPT。最后一张 PPT 上，留给学生们讨论的题目是——

Promote Madagascar Tourism, what the chanllenges are ？
（推广马达加斯加旅游业，面临何种挑战？）

下午两点，我走进了旅游学院的课堂。Faso 把投影仪和话筒准备就绪，同伴也坐到下面开始"打酱油"一起听我的"课"，顺便拍照记录下我在这神奇岛屿上冒充美国讲师的神奇经历。

同学们对英语的领悟程度还算可以，从他们的表情中看，起码可以听懂一半。课堂讨论的时候，大家讨论得特别激烈，可是轮到每组派代表起来发言就冷场了。（这又充分证明了马达加斯加人的祖先是从亚洲移居过来的。）在我走过的十九个非洲国家里，还真没有非洲人走这种羞涩含蓄路线。

多年前一个来过马达加斯加很多次的朋友，一直给我强力推荐这个国家。他说马达加斯加就是地球的第八块大陆，不同于任何地方，让人流连忘返。

十天逛这个岛是完全不够的！也真是亏得去了马达加斯加，才让穿越非洲这一路从"饱经风霜"升级到了"圆圆满满"。如果你从国内或者发达国家去马达加斯加，可能不会觉得那些泥泞的小路和矮平房有多大的吸引力。但，如果你受够了长途旅行中那"奇葩"的每一天，马达加斯加人绝对会用他们的善良，分分秒秒抚慰你的心。

来马达加斯加的第一天遇到了暴雨，过马路的时候我的拖鞋被冲走了老远。只见旁边一个小哥立马跑了过去，捡起我的鞋之后继续往前跑了好长一段。有那么一个瞬间，我心想："终于在离开非洲前被抢了一次，认命吧。"其实小哥是替其他两个人去捡鞋。当他把鞋送回我手中时，我才发现不知从何时患上的这种"非洲多疑多虑症"，我把它带来了马达加斯加。

非洲大陆从来都是一片神奇的土地。

来了之后，你会看到有些四肢健全的人游手好闲不干活只会讨饭；你会看到各种淘汰下来的日本旧车，可能连门都关不上却依旧可以飞奔在路上；你也会看到一种玉米粉做的团子一路从东非被人们吃到南部非洲，名字从 ugali 变成 sima、fufu、posho，单调的如此一致。

第二次来非洲，我也看到了改变。肯尼亚满街的薯条配炸鸡被很多西方连锁快餐品牌给取代；坦桑尼亚的首都达市的港口一座又一座中国建的高楼拔地而起；曾经两天行程变五天行程的坦赞铁路，现在居然非常准点；赞比亚的手机通讯和 3G 网络既便宜又快，旅游业稳步发展，很多指示标牌雨后春笋般树立起来。

这片非洲大陆，估计很多人都是带着一点恨恨的感觉离开的。但是，在雾霾天的时候，我还是会想念那片蓝蓝的天。

Hitchhiking
Around
the World

搭车上路，一个人的八万公里

_S_ilk Road

重走"丝绸之路"

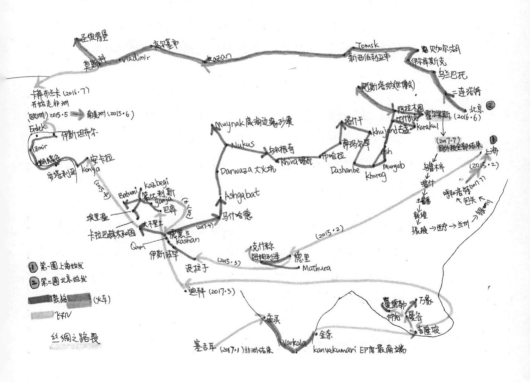

圣彼得堡
莫斯科 Vladimir 弗拉基米尔 Kazan
Tomsk
新西伯利亚市
贝加尔湖
伊尔库斯克
乌兰巴托

卡萨布兰卡 (2016·7)
开始走非洲
(欧洲) 2015·5 → 南美洲 (2015·6)

阿斯塔纳 (世博会)
阿拉木图
比什凯克
霍尔果斯 (2016·6)
karakul
连云桥
北京 ②

Erdek
伊斯坦布尔
Izmir
塔什干
Khujand 古拉
Ish
(2017·7) 国外段全部结束 ①
上海

蝴蝶峡谷
安卡拉
konya
Muynak 咸海边多沙漠
Nukus
乌尔根奇
Khiva 希瓦
伊哈拉
撒玛尔罕
Dushanbe
Murgab
Khorog
喀什
塔什库尔干 (2017.7)
库尔勒
包头

安塔利亚 (2015·5)
Batumi kazbegi
第比利斯
ganja
巴库
Darwaza 大火坑
Ashgabat

埃里温
卡拉巴赫共和国
不里士
Qom
Kashan 卡尚
马什哈德 (2017.4)
德黑兰

土鲁番
鄯善
张掖 → 西宁 → 兰州 → 银川 ①

(2015·2)

伊斯法罕
设拉子
(2013·3)

克什米尔
阿格利泽
惠里
Mathura

① 第一圈上海出发
② 第二圈北京出发

迪拜 (2017·3)

陆路 (火车)
飞机

丝绸之路段

孟买
塞古耳 (2017·1) 非洲结束
Varkala
金奈

kanyakumari EP店最南端

曼谷
万象
仰光
暹粒
新加坡

2015 年大年初二，我正式开始此次 28 个月的环球旅行。赶着 3 月的洒红节 Holi，第一站我去了印度。从一个我熟悉的国家启程，最后兜兜转转回到印度结束行程。轮回和命中注定大概就是如此吧。

丝绸之路，我决定配合着有当地节庆的时段走，好一睹丝路沿线各国今日的风采。我在伊朗过了 Nowruz（伊朗新年），接着去了土耳其。走完美洲和非洲后，又在另一年 Nowruz 的时候赶到阿塞拜疆，在高加索地区走了一圈。回到伊朗办妥中亚五国的签证，从土库曼斯坦开始，在春暖花开的时节，我去了咸海，参观了阿斯塔纳世博会，跑到塔吉克斯坦撞上斋月，在吉尔吉斯斯坦徒步天山山脉。

我翻过帕米尔高原，从霍尔果斯入境回国。沿着西域古道在中国的大西北搭车，一直走到呼和浩特。最后飞回心之所属的印度，在瑜伽学校里学习瑜伽，为这两年多的环球旅行画上一个圆满的句点。

走过有人居住的所有大洲，从种族文化多样性上说，亚洲文明无疑是世界的。尽管丝绸之路早已失去了往日的繁荣，但数千年历史的洗涤，版图的变迁，民族的融合，留给亚洲各国的无疑是其他大洲不能企及的高度。

我的亚细亚，转身便是家（home sweet home）。

马尔代夫：图拉朵的婚礼

如果这个世界有天堂存在，很多去过马尔代夫度假的人会告诉你，天堂就在那一片晶莹透彻的大海里，在游着各种彩色热带鱼的珊瑚礁海底……比翼鸟眼中的马尔代夫有一万个独属于他们自己的模样。

然而这个地处南亚的小岛国，在泛南亚文化圈里还是有自己小小的不同。我第一次背着一家一当去海外淘金就驻扎在马尔代夫，在那里我认识了一些当地人，结交了几个好友。也因此有幸在离开几年后，重返马尔代夫，参加了人生中第一个海边婚礼，第一个穆斯林的婚礼，也是唯一一个在黑暗中举行的婚礼。

马累机场盖章入境的地方有两个关口。右边那个，多数时间里都排着一条长长的队。2010 年我第一次落地马尔代夫，就在这条"劳工签证"队伍里排了近两个小时。放眼望去，排在我前面的，全是皮肤略黑、个子还没我高的男人。从样貌上判断，他们中的大多数来自人口大国孟加拉国。

这次在左边的游客通道，过关过得异常顺利。海关小哥办事的态度，和我的马尔代夫同事如出一辙，盖完章后，便天马行空地在我的护照页上写了几笔，就把护照还给我。

"欢迎回到马尔代夫！"

一

在马尔代夫上班的五个月里，我经常跑来机场接客人。这一次走出机场，却发现几年前黑灯瞎火的接客大厅，已被翻新得像欧洲机场的免税店。灯火通明，设计带着一点现代风格。这和马尔代夫近几年在旅游市场走的高端路线完全符合：请您来就是准备叫您"烧钱"的！这里不再是以前写实式的岛国风情：潮乎乎的海风夹杂着一股咸鱼腥味，欢迎着世界各地过来的"蜜月鸟儿们"。

马尔代夫是个名副其实的漂在海上的小国，人口只有 35 万。在 26 个珊瑚环礁里，总共有近 1200 个岛屿，居民散落在其中的 200 个小岛上。有人居住的岛只占了总量的少数。受自然条件的限制，岛国大多数的土地无法耕种（食品全都从印度进口），因此物价从来不亲民。

早在十年前，顶级度假酒店就如雨后春笋一般飞快地发展起来。"一岛一酒店"的理念，成了很多世界大牌度假村在印度洋上的尊贵标识。马尔代夫政府以高价把这些小岛租给各个酒店集团，租期通常为 70 到 80 年。光是靠着每年收上来的岛屿租赁费用，已足以支撑起整个国家的经济。聪明的马尔代夫政府在招揽进大批的度假服务业后，自然不会忘记订立一条利于本国国民的规定：每家酒店至少要留大约 25% 的工作岗位给马尔代夫公民。以此确保当地人就业不会成为一个难题。

在我上班的度假村里，不乏世界各地过来的"马漂"一族，也有相当一部分的当地员工，当地员工主要在餐饮和客房服务部门任职。我在的部门是礼宾部，听上去好像就是负责宾客接待，但实际工作的覆盖面很广，工作量很大。由于这些度假酒店独特的地理位置，所有的员工平时都住在岛上。

在这样一个冒出海平面 1 米不到、环岛走一圈只要 40 分钟的小岛上，大部分靠海的好地段自然都拿去做了客房，服务"上帝"。员工的住宿条件是非常有限的，大约三百个工作人员，平时就挤在岛中间被椰树包围的一块很隐蔽的区域内。

公司有规定，员工在不当班的时候，不能出现在客人的区域活动。那绝美的触手可及的碧蓝大海和白沙滩，只能等到休息天才能去晒个古铜色。而我们一周，只休息一天。上班的六天里，日出而作，日落而息。除了被分配到的前台接待工作外，平时走在村里看到客人都要打招呼，笑脸相迎，嘘寒问暖。去餐厅吃饭时，必须找客人一起分桌，陪吃陪聊。度假村除了卖海滩和客房之外，就是靠这样一种"微笑陪玩"的套路吸引着一波又一波的客人。其中不少是来自中国的家庭。

每每听到客人在吃饭时羡慕的感叹："你们的工作太幸福了，每天都能看到大海！"我在心里只能暗自苦笑。五个月来，除了机场的小岛、我上班的小岛和首都马累的岛，我哪儿都没去过。

马尔代夫是个伊斯兰国家，女性只在马累的一些办公室就职。酒店里面几乎看不到马尔代夫妇女的身影，我只能天天跟一伙"一天打鱼、四天晒网"的马尔代夫小哥一起轮班。大半夜下了班，岛上还可以找到一点消遣的地方，就剩下员工宿舍区外

面的那个小卖部了。买一包晾干的小咸鱼，配上马尔代夫自产的（味道很特别，无法跟其他任何国家比）辣椒粉。运气好的时候，可以吃到当地员工刚从海里抓到的鱼，直接在宿舍楼外架起火烤。偶尔也会有其他人带来下午游泳时捡回来的各种螺，煮熟后撒点盐直接吃。搬来小岛后，就过上了真正的靠海吃海的岛民生活。

小岛上大部分的路都是自然的沙子路。上班的时候，可以每天穿着拖鞋。偶尔经理不在岗，我也会溜出办公室去海边看魔鬼鱼。客房服务的印度小哥来我坐班的前台区送茶点时，总会稍上几份小食给我。吃剩下的，我就拿出去喂海边的魔鬼鱼和白顶小鲨鱼。

夜幕降临后，度假村就像换了一个样子。漫步在椰树飘香的白沙滩边，皓月当空，亮得如一面明镜。海风拂面，被周围像弹棉花一样的各种南亚语言包围。

一开始我分不清马尔代夫、印度、孟加拉、尼泊尔、斯里兰卡和锡金人的长相，总觉得都是南亚这一带的"咖喱系"小哥，应该不会有太大差别吧。和同事们混久了，后来也渐渐学起了他们的语言——日常社交和实用的工作用语，最后各种南亚语言都能扯上两句。

被月光拉长了的人影投射在沙地上。四周是漆黑的一片。波涛大浪拍打在百米之外的潟湖边缘，而近岸潟湖里边，一直都波澜不惊。

在工作的小岛上经常被"虐"到半夜两点才收工，每天盼着几时才能结束合同，离开这里。和马尔代夫的第一次相逢，还未真正开始，转眼就结束了。

我心里一直惦记着，难道马尔代夫就是这样一个资源富有却民风慵懒的天堂？一定要找机会再回去！

二

"Koba Keheney！能不能借你电话用一下，我要联系一个当地朋友。"

时间拉回到当下，故地重游的第二次马尔代夫之行。

凭着还记得的几句 Dhevehi（马尔代夫语），我出关后立马就联系上了地接阿里。回到马尔代夫的第一晚，在机场旁边的人工岛瑚湖尔岛（Hulhule）上，我被阿里安顿在他爸爸的家里住。

阿里是我以前在度假村一起上夜班的当地同事。刚到度假村那会儿，我还是新人，几乎都是晚班。在客人较少的这个时段里，阿里总是耐心地一遍又一遍教我工作上要用到的系统。剩下的时间，我就有一搭没一搭地要他教我马尔代夫语。虽然这是一门很小众的语言，但是发音和语法都相当简单，学起来并不难。

起先对马尔代夫语感兴趣，是因为它的文字看起来真的像蝌蚪。学习一门当地话，其实终极目的并不在交流，只是想和当地人拉近一点关系。带着这样计划好的"谋私利"目的，上班就成了"身体在站岗，心已飞去度假"的状态。站班的那会儿，几乎天天都在闲聊，阿里透露过不少公司的八卦给我，让我一下知道要躲避哪些人和"办公室政治"的烦心事。更多的时候，他一个个解答我对马尔代夫的人文地理的疑问。

遇上休息天，他会带我一起去逛马累。通常我俩都是周五休息，每次逛到一半，他便丢下我，让我找个咖啡厅等他。每隔两小时，我就要转移到一个新的咖啡厅。逛上半天街，我要等他两到三回。

周五，那是穆斯林做礼拜的日子。

那年，第一次听到宣礼声在马累上空响起，我还问阿里，如果我包个头巾是否可以跟着进入清真寺观摩。那时候不懂，在那里穆斯林的礼拜形式，男女是不一样的。

马累所有马尔代夫人和孟加拉人、巴基斯坦人开的商店在这个时候都会暂时歇业。唱完经文后，一切又恢复正常。

阿里不是马累人，他的家在马尔代夫 26 个珊瑚环礁的最南边——阿杜（Addu）环礁。从马累还要坐一个多小时的飞机，才能飞到阿杜环礁。

马尔代夫有四种主要的方言。从最南边开始数，一个环礁一种方言，占了其中的三种方言；剩下的北方所有环礁是另外一支。马累说的马尔代夫语就是北方方言，所以从文化和习俗上来讲，像阿里这样身形较为瘦小的南方人，在北方不太被待见。

在马尔代夫住朋友的家，这样的体验很让我惊喜。从 2013 年开始，政府才启动马尔代夫民宿计划，允许并且鼓励当地人开放自己的私宅，用作外租的旅馆招待游客。在这之前，外国人非但不能在当地人家留宿，很多居民岛也不允许外国人登陆或过夜。

在离开度假村前，我曾经跟阿里提过，如果哪天办婚礼一定别忘了邀请我。阿里当时有一个每天都会在脸书上聊天的女朋友，她是马累一个学院的学生。

在马尔代夫，女人受教育的比例不算低。走在马累嘈杂的大街上，年轻的姑娘里好多都是手捧文件夹和书本的学生妹。她们戴着彩色的包头巾，画着所有穆斯林女子都钟爱的黑色小烟熏眼妆，从我眼前经过。马尔代夫的妇女不必穿长袍，尤其是在马累，蒙脸（半蒙脸）也不太多见。妙龄女子大多穿着凸显曲线的修身上衣和勾勒紧身牛仔裤。偶尔也能在海边看到年纪大一点的妇女，全身包裹严实，没脱长袍就下海陪孩子戏水。等要上岸时，长袍已完全被水浸透，重得挪不动身。

离开马尔代夫三年后，我收到了阿里发给我的婚礼邀请，正好排在我要休年假的 11 月。于是二话不说，就敲定了行程。我想，当初我学马尔代夫语的真正目的，终于达到啦！

一不小心，我成了他们小岛上有史以来第一个上岛的外国人。

三

和我一起坐快艇上岛的除了阿里外，还有他爸爸、爸爸的妹妹和爸爸的现任太太，以及两个豆蔻年华的小表妹。

我们要去的图拉朵（Thulhaadhoo）小岛是新娘家所在的岛。这个岛距离首都马累和阿里工作的岛，要比离阿里老家阿杜环礁更近，两小时的快艇就可以到。阿里决定做上门女婿，以后就安居在新娘家的岛上。

岛上总共 3000 来人，跑马累的快艇一周只有一班。那些外出去度假村就业的青壮年男人，通常每隔两三个月回家一次。平时留守在岛上的都是妇人、老人和孩子。当然，也有一些能出海捕鱼的男丁，支撑着小岛上的日常生活。岛上真正进进出出的人流量很少，一周一班的快艇，也未必能坐满。

那天天气格外的好，艳阳高照，一望无际的蔚蓝海面上，折射着一闪一闪的波光。我们的船经过了远处的一座座小岛，还看到了一队快乐的海豚在浪潮里翻腾。

这是我熟悉的马尔代夫，世界上最美的海底世界和最祥和的海岛生活。我想没有人会否认，如果余生安居在这样的一个小岛上，那会有多满足。只是这种想法，在我登上小岛后的 24 小时内就收了回去。

待我们的船靠上了图拉朵岛的码头后，新娘一家已在岸边等着。阿里先下船替大家分配好了这几天的住宿，然后做了一个简短的介绍让新娘一家认识了我。

这个 20 岁刚出头的姑娘叫拉乌，比阿里小五岁。第一眼看去，有点看不出年龄。地处热带，马尔代夫大部分的女生肤色都偏深，遮住了年长妇女眼角皱纹的同时，也盖住了这些妙龄女子的青春气息。

新娘的哥哥和弟弟接过大家的行李，放在一个拖行李的独轮人力车上，带着大家回各自的住处。我被安排在一套独栋的房子里，就在新娘家的正对面，只我一人住。阿里离开前嘱咐我：

"这个岛上很安全，几乎所有的岛民都相互认识。我就住在你对面的拉乌父母家里，有事随时可以找到我。今明两天都是休息，你自由安排。最重要的是出门不要反锁门哦！房门和大门都不要锁，这里的村民不用钥匙，也没关门的习惯。"

带着刚上岛的兴奋和对未来六天的期待，放下行李后我直接去海边走了走。

图拉朵所在的芭环礁（Baa），从海面上看比我以前上班待的南马累环礁要美。岛上有两所小学，几个足球场，一些小商店，一个小诊所，其他的便都是些民房。时值下午，我沿着村子里的小道慢慢荡着。一群男孩在空地上踢足球，还有一些成年人在打排球。围坐在街边的一些中老年妇女，三五成群地在包印度三角饼 (samosa)。

珊瑚礁岛的特点就是小，这一圈差不多走了两小时，便都探索完了。回到住处遇见了阿里，我开始虚心请教，作为一个合格的岛民，应该怎样充实地安排接下来的五天。才几个小时，我已经感到有点无所事事了。

阿里带我走到门口的树下，拉我坐在当地的 JOLI 上，那是马尔代夫特有的一种用麻绳编成的网状椅子，可以挂在树枝上做吊椅，也会被安在一个"L"形支架上放在路边，供人乘凉聊天用。马尔代夫日照强烈，白天的时候多数人会选择走出闷热的室内，来到阴凉的树下小憩。而且，很多居民岛和图拉朵一样，家里没有被网络覆盖，也没有装空调。走出家门聚在一起和邻居拉拉家常消磨时间，是马尔代夫人的生活方式，也是一种返璞归真的社交手段。

"怎么样，你还记得这个 JOLI 吗？以前我们度假村的员工区也有的。"

"我肯定没忘，每天晚上下班后坐在这上面，和你一起啃了多少零食。"

"答案就在这 JOLI 上，既然你已经上了岛，那就要像当地人一样生活。"

我有点不理解阿里的话，直到他笑着向我解释，当地人每天会定点坐到 JOLI 上和别人一起聊天，就这样日复一日。什么时间的流逝，上班打卡，通勤时间要一小时……在图拉朵这个岛上统统不存在。在岛上，可能只有学生才会记得哪天是周末，因为唯一一个印度老师会搭乘周末的船去马累。这里像极了一个专供人们养老放空的"神仙岛"。不光是老人，年轻人在这里，同样是闲着，慢慢耗时间……

"我需要有无线网，阿里。"

"可以放个手机热点给你，速度依旧是几年前那样的拨号上网，没有宽带，你懂的。"

"那怎么办啊，电视台有放印度电影吗？"

"只有阿米特巴·巴强 (Amitabh Bachchan，印度老牌明星)，应该不是你的'菜'吧！"

阿里看出了我的无聊，便叫来了新娘的哥哥和弟弟，想让他俩在接下来的几天带我在岛上玩玩。哥哥阿米尔是一位闲在家的专业渔夫，体格健硕，皮肤黝黑，不懂英文。弟弟是个在外岛酒店打工的从业人员，能说英文，但生性腼腆。

我们一伙人坐在 JOLI 上，阿里和阿米尔驾轻就熟地跷起了马尔代夫式的二郎腿。整个身子蜷缩在 JOLI 里面，那懒散状看上去快掉到地上了。

晚上阿里和新娘一起去别的亲戚家发请帖，邀我一起去。我欣然答应，心想一定是遇到了什么好玩的大事。在新娘全家和阿里全家近二十口人的陪同下，从村子的一头，挨家挨户走去村子的另一头，把婚礼要举行的时间和地点以口头传播的方式，将消息带到。并且，在每一家都吃了一口甜到腻的茶。

我正纳闷他们哪来这么多亲戚朋友，转念想到阿里提到过的，他邀请了小岛所有的住户都来参加他的婚礼呢！

图拉朵岛的第一夜，安静地拉上了帷幕。

我试着过起了不问时间、不锁门、不插电的朴素生活。这一切都很新鲜，但刚开始时有点难熬。度假村之外的马尔代夫人的世界，原来竟那么不同。

四

第二天一早，阿里把我叫醒。一看时间居然已经十点，心想不知道还有没有早餐可用。走到对门的新娘家的客厅，桌上已经满满地摆放好了一桌的菜。

新娘妈妈为我准备了一些像 chapatti（印度薄饼）一样的面饼，

配着面饼吃的，自然少不了一碗咖喱浓浆。另外一样是他们拿新鲜鱼肉捏成的小球，外面裹着一层硬硬的米饭，放在油锅里煎炸过。这个鱼球是我一直都忘不了的味道，就跟在度假村上班时吃到的马尔代夫小咸鱼加辣椒粉一样，带着一种只属于印度洋的腥味儿。只要是在当地小店买的干鱼制品，铁定都夹杂着这样的鱼香（腥）。

哥哥阿米尔走到我眼前，让阿里问我今天的咖喱好不好吃。我抬头看见他脸上带着一丝"贼笑"，于是便问这菜是不是出自他手。

阿米尔笑了笑，告诉我大海就是他的战场。我于是想起来他的职业——一名捕鱼人，便追问这盘咖喱里是什么鱼。

这时，阿里跟着一起笑了起来，包括新娘和新娘的妈妈，全屋子的人都开始有点不怀好意。

"你先把这个吃了，我再告诉你。你是我们远道而来的客人，今早我哥哥的手气特别好，平时很难找到这种食材。"

拉乌这样一解释，我更是摸不着头脑。那东西吃起来有点像牛筋一样脆脆的，仔细看还有点儿半透明。正当我想着没在岛上看到过养牛的人家，大家揭开了谜底——那是一只好不容易抓到的海龟。

"……啊！"我尽量克制着要喷出来的海龟肉，装出一副吃遍全世界美味已经见怪不怪的样子，"这个，挺好吃的，我还真是第一次吃呢。"

以前我给阿里灌输过中国人是"无所不吃"的观念。还记得以前，我在他面前公然啃一只鲜嫩的鸭舌，这画面曾经让他恶心到要晕倒，怎么都不能理解鸭舌居然是一种不便宜的零食，而且还有人"敢"吃。现在，我被一群马尔代夫岛民包围着，望着他们脸上期待的表情，真的不忍心让他们失望。

强忍着心里的疙瘩，我把这一盘海龟肉吃下肚，这自然而然就拉近了我和阿米尔的关系。我知道他是个"海底能手"，跟他一起下海不会有隐患。于是接下来的几天，我就要求阿米尔带我一起游泳，顺便看他打渔。

珊瑚礁岛的潟湖区域总是风平浪静，适合浮潜，但图拉朵的有些外延地带直接就入大海了，并没有潟湖。阿米尔就扮演了我的"御用救生员"，带我去不同的海域浮潜，同时又避开暗流。

戴着面罩潜到水面以下，马尔代夫再一次用它令人惊艳的美征服了我。

这个国家的宝藏和玄机都藏在海面以下的那些活珊瑚和鱼群里。漂浮在海面上，根本不用花太大的力，微微的波浪就能把我推着走。有些地方长满了海草，水太浅会卡住，这时我就用脚蹼稍微蹬一下，继续跟在阿米尔的身后。我们看到了魔鬼鱼、白顶小鲨鱼、石斑鱼、海鳗和小群鱼，还有一只落单的海龟。

阿米尔用的马尔代夫最传统的打渔方式，只用一根树枝，削尖顶部，然后赤手空拳地下到浅水区，看准哪条鱼就一下子游过去，把它叉死。我在海底透过面罩，看着他一下追到鱼旁边，一手握着树枝，身体柔软又有力地在水下自由翻腾，看上去特别像是"马尔代夫海底版的雅典娜"，不是波塞冬那种粗猛。

图拉朵上没有鱼市场，这岛简易得连个菜市场都没有。家庭主妇们会等到船来的那天拥去码头，搬回够全家吃一个礼拜的粮食。当地人很少吃蔬菜，因为是印度来的进口货，比较昂贵。他们还是以面食为主，新鲜的海鲜都是留守在家的男士现捕的。

游完泳后，我跟着阿米尔一起去了新娘家，准备找点事做，顺便帮点忙。新娘家里还有一个未婚的姐姐，说着一口流利的英语。等拉乌完婚后，兄妹四人中只剩下这个年近三十的姐姐还待字闺中。我问姐姐："准备几时找？"她笑说，没有期限。

"如果继续受到温室效应的影响，马尔代夫可能很快就要沉到海底了。重要的是，过好今天！"

那天下午我被姐姐拉去街边，和妈妈们一起学包印度三角饼。

然后帮新娘家煮了三十多个鸡蛋，切开，拌上生鱼肉，为晚餐做准备。新娘家拿出三十多个鸡蛋炸鱼肉、印度面饼、咖喱鱼、洋葱拌金枪鱼、炸鱼球，基本就能管上来参加婚礼的几十位亲朋好友。

参与到准备晚餐的过程中，我看到了当地食材的单一，也知道了小岛特殊的地理位置造就绝世美景的背后，是物资的极其匮乏。在这里，"海龟君"就是上等的食材。常年如春的温度，又可以随便从海里打捞一点死珊瑚搭起一个房子住，虽然偶尔会觉得时间在这里没有流逝感，但起码已经丰衣足食。

我在一点一点地适应着，这好玩的岛民生活。

五

终于到了婚礼这一天，大家都有各自要忙的事，于是落下我一个人，闲着闲着又开始步行环岛。

没有在这种极端的美景里生活过的人，想当然地认为能一辈子留守在这样的地方，定是一种人生的大幸。远离城市的日常和拥堵的交通，这样的日子一开始的确让人兴奋。每晚伴随着窗外海浪拍打的声音入睡，醒来看到的是万里无云一碧如洗的海天一色。似乎岛民们的精力都是用来放空，发呆，听海，观日。于是我也像当地人一样蜷缩在 JOLI 里，懒得走动，随着太阳位置的变化，不时换去另一个树荫下的 JOLI。坐等时间的流逝，就是在马尔代夫最入乡随俗的度日方式。

马尔代夫人对于黑暗的喜欢，大大出乎我的预料。生在这样被碧海蓝天环抱的好地方，当地人却一点不热衷于沙滩婚礼。从签字仪式到婚宴，都要等太阳落下山后才开始。

婚礼前的一天，按照习俗，新人会在家里办一个注册结婚仪式。芭环礁的政府行政人员（岛主任）会特地从别的小岛赶来，手持两份结婚注册文件，让新人一一签字，并交换戒指，接受祝福。

我回到新娘家的时候，大家正在紧锣密鼓地布置客厅。新娘家一个小小的客厅，被塞满了大约三十把椅子，留下很窄的走路空间，正前方则摆了"岛主任"要坐的桌子，和一些装饰用的干花。我注意到整个婚礼的用花都是一些假花束，做得有点粗糙，大概岛上不长新鲜的大花。阿里并没有给我留座，只是跟我说仪式开始后，随便在哪里看都行。

客厅的这些座位，除了阿里和拉乌的直系亲属外，都留给了岛上的男性长者。有一些跟着来的阿姨和妈妈，就和我一样随意站在有空位的地方。当"岛主任"开始讲话后，大家都悄声无息地认真听着。

整个婚礼最有趣的一个环节，就属"岛主任"在大家面前滔滔不绝的这45分钟。我完全猜不透他说话的内容，只能从大家时不时的笑场里揣测一二。

"岛主任"不光是一名结婚注册公证员，同时作为一位长者，在新人办完一系列书面手续后，更是代表在场所有的"过来人"，在这个神圣的时刻，将多年婚姻生活的一些宝贵经验，传授给眼前的这对新人。

一开始，阿里和拉乌都面色凝重，丝毫不敢走神。阿里的爸爸不停地对"岛主任"抛出来的话点头赞同。新娘的父母很平静地在一边，只是听着，似乎没有产生什么共鸣。在这里不管是嫁女儿还是娶媳妇，仿佛只是打了个包、跳了一个岛去度假这么简单。带着几件够替换的衣物，拖着凉拖，可能连手机都不是必需品，换去另一个岛，和自己的伴侣继续过那种被美景包围，又没有什么压力的日子。不管搬去的是哪座岛，日子大同小异。那些没有出过自己生活的环礁，或者只去过马累的马尔代夫人，根本没法想象外面的世界有多么的混杂，但同时也看不到它的缤纷多彩。

我像当地人一样，体验了三天这种极端宁静又极端无聊的日子。面朝大海，心里念的不只是春暖花开，还有"几时才能重返互联网的世界去吃垃圾食品"的期盼。

阿里说"岛主任"的一番话让他特别有感触，其中提到的伴侣要如何面对生活可能遇到种种的困境和未知，要如何齐心协力相互扶持，一起渡过难关，一起享受生活的美好，给了他一种无限的责任感。那一刻，他似乎终于体会到了一种时光的流逝。

听完"岛主任"一番贴心的"婚姻指导"后，今天的仪式部分算是结束了。在场的宾客都站起身，依次和新人合影。

新娘穿着一身咖啡色的衣服，头上包裹着闪亮的头巾。这样的打扮，从颜色上来看，按照我们对喜庆场合的理解，并不算特别沾喜。仪式前我问阿里，是否所有的女性出席这样的正式场合都得包头巾。我挑了一件印度买的玫红色（印度的代表色）的透视上衣，配着过膝的裙装，怕一不小心穿得不合时宜，冒犯了马尔代夫的风俗。阿里和新娘的全家，对我这个外国人的穿着没有丝毫要求。

客厅里密密麻麻站满了人，大家端着盘子围着食物吃得很香。新人提供的这顿晚餐其实也不算很盛丰，都是前一天下午我帮着一起准备的煎蛋炸鱼条、甜到腻的布朗尼蛋糕、甜到掉糖的奶茶和一大盘的小芭蕉，另外还有白晃晃的一大盘煮鸡蛋，整个儿放在大家面前。

煮鸡蛋？这是不是有什么特殊的意义？就好像是百合莲子汤在中式婚礼上扮演的角色那样？我问了阿里后才了解到，作为一个来自"民以食为天"的美食大国的公民，我有时候会拿捏不准当地人对于"好吃"和"美食"的定义。

在一个只有三千居民、一周只有一班船进货，并且不养鸡的马尔代夫小岛上，煮鸡蛋的地位和分量完全超越了大龙虾。龙虾和海龟是他们的粗茶淡饭，鸡蛋和蔬菜却是山珍海味。我试着拿了一个鸡蛋放在自己的碗里，细嚼慢咽，要好好把它品尝一番，吃出一点心意和尊贵感；心里一直给自己催眠，"这就是一只鸡蛋龙虾！鸡蛋龙虾啊！"

六

第二天的晚餐才算是正式的婚礼晚宴。阿里邀请了全村所有的家庭,这对我来说,又是一桩新鲜事,可以近距离感受一下岛民的社交生活。

拉乌换上了一套很抢眼的红白相间的西式裙装,头巾里面特地紧紧地裹着一条艳红色的发圈,以防有任何一丝头发在这个正式的场合掉出来。发圈外,小表妹替她披上了白纱,又把脸拿粉底液刷白了两个色号。这里的姑娘也都钟爱白皙的肤色。要说新娘的整个妆容有一个什么重点,那一定是粉底液的提亮。

而阿里，则是很简单地换上一套白衬衫加黑马甲，看着并不隆重。马尔代夫男人喜欢倒腾的重点是头发。在八分干的情况下，打上最强力的发胶，"三七开"地朝着一个方向使劲地抓（平均会抓五分钟），直到发丝像是被十级飓风吹定了型一样，这样不仅能略微显高，而且是当地人一致认为的最前沿的潮流。以印度为代表的其他南亚国家，男士流行的是梳得服服帖帖的"二八开"发型。这种马尔代夫式的潮流，不得不说和南亚其他国家拉开了一点差距。

新人的全家这一次也都换上了红白黑搭配的服饰。我跟着大家来到晚餐的地点，期待晚上的那一顿美味。阿里提前告诉了我，今晚从外岛预订了大家喜欢的中餐。我一下就猜到是炒面和炒饭，但依旧满怀期待。

晚上八点整，原计划的开场时间。我环顾左右，却找不到阿里和新娘。

沙滩上竖着一道用枯树枝编成的拱门，上面写着新人的名字。顺着这拱门走进去，左手边是一道红色幕布，摄影师已经站在了那里，看来入场跟新人合影也是当地的结婚风俗。在摄影师的指示下，客人顺势走过去，站在幕布前，闪光灯"咔嚓"一下响起，瞬间照亮了周围好几米的范围。

阿里和新娘原来早已就位，站在幕布前摆好了姿势跟大家合影。现场，除了右手边被灯光照着的食物，剩下的都被黑暗包围。看样子，摸黑吃饭的确是马尔代夫人的一种习惯。不光外面的餐厅这样布置，连如此重要的婚宴，大家都全程沉浸在夜色朦胧里。

我走过去就着灯光拿完菜，然后跟着人流走到一块漆黑的地方。几秒钟后，眼睛适应了周围的亮度，我借着月光找了一块石头坐下。

我问阿里的小表妹，有没有可能人们把菜吃到鼻子里，摸黑吃饭的目的何在？小姑娘竖起食指，压在自己的唇上，示意我用心去听这周围的声音。

我听到了岛民们的细声细语，虽然听不懂他们在说什么；听到了风声划过耳边，海浪在远处翻腾；听到了海鸟拍打翅膀的声音，"噗噗"的有点孤寂，但极富生命力；我还听到了轻柔的背景音乐，用的是西方的小调，哼出了此刻空气中弥漫着的喜庆，一种简朴又温馨的韵律，飘扬在印度洋上空……

原来，黑暗的意义，在马尔代夫人看来，就是回归到这样一种融入自然的"不插电"的状态。花不多的时间，静下心去聆听大自然赋予我们的动人之声。

婚礼后的第二天，新人一起床便要在家拆宾客送来的礼物，整个客厅被大大小小的礼品盒堆满。出乎我意料的是，在所有的结婚礼物中，有两件物品重复出现了很多次。

第一件，意料之中的，是裱了框的《古兰经》，有超过二十份。另外一件，其实也算情理之中，在没有几家商店的图拉朵岛上，很多人选择送一份礼轻情意重的"实用派"礼物——卫生巾。这的确很"马尔代夫"！

在岛上待了六天后，终于要走了。阿里把我送上快艇时，问我：
"这次觉得马尔代夫还是以前的那个马尔代夫吗？"

我依依不舍地望着身后的图拉朵小岛，不知道下次再见阿里会
是几时："什么都没变。多亏你邀请我来参加你的婚礼，不然
我都快忘了，已经多久没有听到这些大自然的天籁之声了！"

以前在度假村半夜下班后，阿里经常拿来新鲜的烤鱼给我吃。
我却一直吐槽，马尔代夫资源不丰富，岛上连个亮灯的地方都
没有。摸黑吃鱼的意境，这一次，我才懂。

高加索山脉的那一边，有一个阿塞拜疆

从迪拜飞来了阿塞拜疆，接下来要在高加索地区走一个小环线。
本应该是暖春的 3 月中旬落地到了巴库，迎接我的却是一股爽
爽的寒流和非常有异域情调的"土耳其 + 俄罗斯"的混搭风。
这里是高加索最摩登、最富有的石油城。

晚上出去吃了晚餐后，被零度的寒流逼回了房间。还是躲在窝
里面吧，掐指算一算，这应该是我走了 25 个月来，除了露营
在山上那几个艰苦的夜晚外，最冷的体验了。我计划的路线一
直都是追着夏天跑，南半球夏天结束就飘回北半球。

高加索地区的签证政策，特别受长线人士的欢迎。这里每一个
国家（地区）都很小，换地方最多花几个小时，不出大半天，
你就到了另外一个国家或地区，而且签证简单。在阿塞拜疆机
场落地，给钱就可以拿到签证，其他什么都不要。一路在签证
上被虐了太多次，突然发现这么一片友好的土地，心里顿时就
没有要为签证奔波的那种负担了。

巴库：一座让我手冻僵了还心甘情愿掏出相机的城

传说中的巴库物价很贵。听以前来的朋友说，最便宜的住宿也
要 20 美元一晚，然后又听他们追加一句："巴库哦，没东西看的，
就是几座建筑。"2015 年，我去了大不里士（Tabriz）的阿塞
拜疆领事馆，想尝试申请旅游签。那个时候，到阿塞拜疆旅行
还需要邀请函。也因为不容易入境，阿塞拜疆一直都保持着一

丝神秘。自从 2016 年开放了 50 美元的落地签后，今年签证跌到了 20 美元，但只能在机场拿，或者提前在网上办好 23 美元的电子签证。

随着旅游业的发展，巴库的青年旅社也在各种苏维埃时代遗留下来的老房子里慢慢兴起。最便宜的多人间床位大约 5 美元一晚，含暖气、网络和热水。一些民宿的单人间也只是 6 美元起价，非常平民。

喷泉广场算是巴库新城的闹市中心地带。虽然面积不大，但在广场周围几乎可以找到各种便宜的红酒吧、餐厅、住宿和品牌商场。如果要去大型的商场吹暖气避寒，可以坐地铁或者公车去干里克购物中心（Ganjlik Mall）。

巴库不大，去哪都特别方便，地铁和公车 8 毛钱人民币就可以随便坐。从机场买了交通卡，充值了 20 元人民币，待了 5 天都没有用完。小资红酒吧里一杯红酒人民币 15 元，街边一个土耳其肉卷的价格是 7 元，机场大巴到市区一个小时的车程车票 6 元，上档次的餐厅午市套餐的价格不超过 25 元。从物价来看，阿塞拜疆绝对是一个物超所值的旅游目的地。

阿塞拜疆族：一个"高颜值"的民族

当我走在满街都是高鼻梁、深棕头发的美女帅哥的巴库街头时，被眼前这个"高颜值"民族给惊喜到了。在这样"高颜值"的国家旅行，每天走在路上心情都变得很愉悦。

阿塞拜疆族人口最多的聚居地其实并不是在阿塞拜疆本土，而是在伊朗的西北三个省。伊朗西北部境内居住的阿塞拜疆族有1500万，而在阿塞拜疆本土只有900万。

3月中旬开始，正逢伊朗新年（Nowruz，纳吾肉孜节），巴库的老城区聚集了很多游客。阿塞拜疆人庆祝Nowruz虽比不上伊朗人那样隆重，全国上下不会放上悠长的两周假期，但为了吸引更多的游客，让人们在新年期间也能感受到过年的气氛，巴库中心地段特地设立了一个文化交流展览会。参展的由各国驻阿塞拜疆的使馆工作人员组成，分别在这一天出来摆台。有些当街供应起了本国美味的食物，另一些国家直接派出盛装打扮的美女，在街头跳起了民族舞。

在卖民族服饰的一家小店里，我找了一套紫色的阿塞拜疆裙子。上身是颇具风情的宽口喇叭袖设计，腰部做成紧身收腰款，下摆是一条花瓣式的宽边，和拖地的长筒裙遥相呼应。看起来是那种一跳舞转圈就会像伞一样打开的"舞台系"服饰。头上配着一顶最民族风的绣花帽，前额垂挂着一串串钱币般的圆形吊坠，帽子的后面拖着一块紫色的透纱，有点像新娘头纱那样，设计得很仙女。我拉着老板一起拍了些照，浓浓的异域风情扑面而来。

来阿塞拜疆看什么？

尽管从旅游业发展的成熟度上来看，格鲁吉亚占据了"高加索三国"（阿塞拜疆、格鲁吉亚和亚美尼亚）中的"头把交椅"，但是生硬又不会变通的服务态度，实在有点拒人于千里之外，让人待了几天就想离开。

而阿塞拜疆的民风更接近土耳其——好客，可以说是所有伊斯兰国家的共同特征。阿塞拜疆最独特的旅游资源，除了摩登的首都巴库外，还有一些山区的古镇、泥火山和 Yanar Dag 山里永不熄灭的自然之火。

只是 3 月底的阿塞拜疆还是有点冷，晚上会降温到零度，不是最好的旅游季节。里海边也刮着呼呼的大风，把人脸吹到冻住，山里的小镇更不要想了，冷。从巴库我去了阿塞拜疆第二大城市占贾（Ganja），市中心在翻修很多建筑，看起来像是在为接待夏季的游客潮做准备。

因为季节的严寒，除了看一下新年的庆祝活动，好玩的不是很多。但是，依旧可以躲在暖暖的室内喝一碗红菜汤，吃一点卷心菜包肉和咸酸奶，跟当地的大学生在购物中心里闲扯几句，或者坐在咖啡吧看来来往往的帅哥美女，还有泡一个俄式桑拿（拿树叶条抽打背部），做一个红酒按摩、泡汤……

阿塞拜疆就是这么一个地方，它还没有很浓厚的旅游气息，但如果你喜欢体验大于观景，那这里应该适合你。

亚美尼亚：怀着赤子之心的孩子，在远方想你

这是一个到了四月气温还依旧很低的首都。应该是春暖花开的季节了，城内还是"嗖嗖"的冷。接连几天都是乌云浓密，连个蓝天都看不见。

知道我来了亚美尼亚后，在西班牙认识的亚美尼亚朋友格力高，发消息告诉我："听亲戚们说，今年冬天是最近七十年遇到过的最冷的冬天。其实亚美尼亚一直都是冷天比较多，我们都习惯了。山里的雪景特别美，我很想念家乡，特别想念我们的 lavash（亚美尼亚面包）。自从十三岁离开那里，这十一年我再也没有回去过。真羡慕你可以到我的祖国旅行。"

一

在格鲁吉亚的巴统（Batumi，濒临黑海的城市）递交了签证后，从黑海边搭了两天车到了高加索的中心山地——亚美尼亚首都埃里温。

来亚美尼亚之前，并没有什么具体的计划。这个世界上最早把基督教列为国教的国家，可参观的景点也不过是一些建在山坡头的古老修道院和教堂。签证需要等十天，所以这十天我就打算在这个小国家随便转转。

埃里温那天气温只有 5 摄氏度。一早去哈萨克斯坦使馆，遇到迁址扑了个空，中午就在地图上找了个私立大学，想去看看亚美尼亚的青年一代。

亚美尼亚美国大学（The American University of Armenia）的位置非常黄金地段，就在市中心一个大公园对面。沿着宽阔的台阶路走上去，能看到部分埃里温的美景。在这种发展中国家能上得起此类欧美海外学堂的孩子，家境一般都算殷实。大卫是我在学校食堂里遇到的会讲一口流利中文的亚美尼亚小伙。在长沙某大学进修了一年中文、三年计算机科学，拿了个中国大学的文凭，现在在亚美尼亚是自由职业者。我正想找人刷卡尝试一下大学食堂的大锅菜，大卫正好排在队伍的末尾，被我撞到。

回到亚美尼亚有两年了。小伙子感觉自己的汉语水平"江河日下"，在排队拿菜的时候，我有一搭没一搭地跟他扯了起来。

我知道埃里温有一个孔子学院，平时路过那里，看见有不少进进出出的学生。埃里温的市内公交车也是非常鲜艳夺目地刷着"中亚友谊车（中华人民共和国捐赠）"的字样。看上去就知道我国和亚美尼亚的关系不错，料想大卫在城里应该认识几个会讲中文的朋友吧。他遗憾地说，一个都不认识。

"那有没有中国人在这里开店做生意的呢？你中文说这么好，可以靠这个找工作！"大卫无奈地说，靠中文找工作比较难。

自由职业者，说得好听些，他可能是一个不仅技艺高超能自给自足，还能自由支配自己闲暇时间的成功海归；或者说，他只是一个手头暂时没有一份全职，随地捡一些零活勉强糊口的半待业人员。

大卫不是美国大学的学生，只是来这个大学的健身房运动，有时候顺带就在这里把饭吃了，"因为食堂的菜量多，而且还便宜。"

这个国家的物价对于我这个"穷游党"来讲，已经是不能再便宜了。一份烤肉加亚美尼亚面包在快餐店就卖 1 美金，下个馆子大概也就 3 美金。那种装修精致、情调宜人的西式餐馆，得 10 美金一个人，至少。

跟大卫聊着聊着，我想起我的朋友格力高，在西班牙刚见到他时，一群人里只有我能说出亚美尼亚的确切位置。当我说出高加索和阿塞拜疆、格鲁吉亚这几个词时，顿时就勾起了小哥浓浓的思乡之情，打开了他的话匣子。

抱着对有过边境冲突的这种邻国关系的窥探欲，我还是忍不住问了一句：亚美尼亚人怎么看待阿塞拜疆人和土耳其人？我们在格拉纳达（Granada，西班牙地名）夜晚安静的石板路上绕城走了一大圈后，他突然有点感伤地自言自语："西班牙的冰激凌再好吃，桑格利亚汽酒再好喝，都比不上我们亚美尼亚的食物。我想念我奶奶做的饭菜，山里新鲜采摘下来的石榴自酿成的红酒，甜甜的，很香醇。还有各种喷香扑鼻的炭火烤肉……说到这个，我好像已经看到了每年节庆时候的画面。小时候就喜欢过节，现在不知道奶奶和叔叔、婶婶一家过得是否好。你要是会去亚美尼亚的话，一定告诉我，我可以让他们带你去老家住住。"

二

从入亚美尼亚的国境开始，格力高描绘给我听的他心中祖国的大好河山，并没有出现我的眼前。

敲完过境章，很容易就找到了一个直达埃里温的私家车，司机大哥非常好心地在塞凡湖（Saven Lake）边停下，让我欣赏被白雪覆盖着的美景。除此之外的两百公里山路，没有漫山遍地的果实，也没有风吹草低见牛羊。时值四月，山头的草还枯着，偶尔吹过一阵阵刺骨的风，使这片土地看起来显得更加荒瘠又苍凉。

路过的那些小村庄，看见几个亚美尼亚当地的村民。老老少少都很严实地裹着一身土灰色的棉大袄，不怎么梳理的头发和脸上的"高原红"告诉我，这个国家真是有点穷。和邻国格鲁吉亚比起来，差距有点大，更不要说和阿塞拜疆相比了。

光是一路四小时的山路主干道，几乎就没有一段路面不是布满了坑槽。我坐的小轿车一路在坑坑洼洼的路面上颠簸，让我有点头晕。司机大哥便把音乐放得更大声，示意我跟着一起舞动舞动，开心一下，好忘记这眼前的烂路。"欢迎你来到亚美尼亚！基建的确是差了点，会习惯的！"

和穷乡僻壤的山区比起来，首都埃里温其实并不难看，还反倒有点小文艺气息。

苏联时期留下的一些建筑、剧院和街道，那些不太过分张扬却温馨十足的老楼房和小店，让人走在埃里温的街头倍感舒心。中心地区的 Cascade 艺术馆露天台阶式的设计很新潮，随处可见前卫的雕塑雕像，成了人们闲暇时打发时间的好去处。

我住在市中心的一个民宿里，房东是一个五大三粗有点不修边幅的大哥。带我逛了逛市区后，他向我推荐起来"纳卡地区"，原因是"你已经去过阿塞拜疆了，应该去看看那里是不是真的是他们的地盘"。

纳卡地区在地图上看属于阿塞拜疆，但一旦去了那里，便会被阿塞拜疆拒绝入境。从亚美尼亚的这一边到纳卡地区，就像从一个镇到另一个镇一样方便。外国人只要在边境登记一下，然后去纳卡地区的斯捷潘纳克特（Stepanakert）市付 7 美金拿个签注就可以"合法访问"。

亚美尼亚本国人去纳卡地区，不需要任何手续，那里花的是亚美尼亚的货币，讲的是亚美尼亚语。早在 1988 年纳卡战争爆发后，实际上这块山地已经不再受阿塞拜疆政府统治。

在亚美尼亚英文普及率着实不高。出了埃里温后，担心斯捷潘纳克特城市更小，找不到住处，于是拉上大卫跟我一起去，充当我的中文翻译。

三

埃里温去斯捷潘纳克特全程不过 330 公里。班车票价有点贵，车次一天只有一班。要起很早，天又太冷。我建议晚点出发，搭顺风车过去。

出埃里温我们没费多大的劲儿，两辆车直接带我们走了 100 公里，放我们在路边。一出首都，亚美尼亚的其他地区罕有人迹。车流少，海拔也在逐渐上升。我们在山顶遇到了飘雪，让等车的过程变得有一点艰难。

在边境城市戈里斯 (Goris) 站了很久都没有车经过，喝了一肚子西北风。于是我们决定先躲进屋子吃口饭。最重要的是，喝一口热茶，暖下身子。

戈里斯镇上没有几家店在营业，推开其中一家小饭馆的门，一股刺鼻的香烟味迎面而来。店里仅有的两个男客人，百无聊赖地在聊天，和老板娘一起，看见我这个外国人，从头到脚仔细把我打量了一番。

大卫从包里拿出了他准备好的亚美尼亚面包和几根青葱，放在桌上，示意我可以先吃。

"让老板娘过来，我们来点两个热菜。"

大卫笑了，"这里除了凉拌土豆色拉，没有别的菜。我来过这里好多次，他们有热的茶水，如果你想要的话。"

我先看着大卫拿着一根青葱，把它折进手里的一片面包里，直接就咽下肚了。没有别的配菜，一口气就吃掉了一大份。

肯定干得难下咽，我想。这个小伙子从中国学成归来，"自由"是有了，但"职业"呢？

亚美尼亚的 lavash 和我在伊朗吃过的完全不同。伊朗人喜欢把 lavash 做得像纸片一样薄，在上面压上一片片蜂窝状的凹孔，然后存放在保鲜盒里，可以慢慢吃上几天，甚至一周。所以伊朗的 lavash 吃起来像冷的纸片饼，没有温度，不带嚼劲，放进嘴里索然无味，感觉自己在咀嚼一张张白纸。当时我想，伊朗人智商高，可能就是因为把知识都印在纸片面包上吞下去了。

而在这里，谢天谢地，lavash 比起伊朗的要好吃太多了！小饭馆的老板娘带我去了厨房后面参观了一下 lavash 的地道制作工序。家庭作坊里，几个上了年纪的老奶奶围在火炉边，擀面、发粉、烘烤，再一张张取出。

凑在火炉旁边，看着奶奶们其乐融融地在做面包。大卫告诉她们我从中国来，一个奶奶打趣道："能不能帮我孙女找户好人家嫁过去呢。我可以去中国卖我们的 lavash。留在这山里，一辈子就跟我们一样，我们发了一辈子的面粉。"

端上台面给我尝的，都是热腾腾的面包，一口咬下去韧劲十足，口感醇香，不搭配任何东西也丝毫不觉得干。我在这里可以空口吃上好几张 lavash，实在太好吃了！我拿出自己带的奶酪，在 lavash 上抹上厚厚一层，再放进一段小葱，就着热水，将就吃了起来。尽管没有热菜，lavash 优质的口感瞬间就平息掉了我因为挨冻差点要冒上来的饥饿气。

接下来的两天，除了热的茶水，餐馆里真的很难找到热的盘菜。

纳卡地区的山区是近两年长途旅行中我到过的最冷的地方。晚上都是零度以下，又潮湿又阴霾。白天也是瑟瑟发抖，让人直打颤的雨加小雪天气。出去吃饭，通常都是点一盘凉拌色拉或者速食披萨。挨冻又吃不到热菜的日子，有点"吃苦游"的味道。

就为了这样一个路面都是凹槽，一年里有一半时间都冰天雪地的地区，两个国家流了很多血（纳卡战争 3 万人阵亡）。这种地方，这种温度，请我再来，我都不想了。

戈里斯的街边有一些看似是战争时期留下来的箱式住所，并且至今都还在使用。走过这个像废弃仓库一样的绿色铁皮箱，我发现它居然还有烟囱，看来是一个可以抵御严寒、满足基本生活需求的供人落脚的地方。一定有人会需要它们，好歹也是一个能挡风雪的屋檐。

在戈里斯我们停留了一顿午饭的时间，准备赶路去斯捷潘纳克特。山里此时起了大雾，能见度在 30 米之内。我们终于赶在天黑前搭到了一辆车，把我们带到了斯捷潘纳克特。这 330 公里的路，走了 8 个小时。

四

下车后，来到了一个"死城"。刚过晚上六点的光景，街上不见任何行人。

车站的大伯给我们推荐了一家民宿。除此之外，就只有一家比较昂贵的酒店，那不在我的预算范围之内。大伯不肯告诉我们民宿的地址，非要带着我们过去。这么做显然是要从民宿主人那里拿点回扣。这一招原来在全世界都适用。

民宿门口没有挂牌，大伯在楼下喊了几声，一位弓着背的老爷爷给我们开了门。上楼后，我看见爷爷给了大伯钱，打发走了大伯。

我对房间还算满意。这是一个虽然不新，但非常宽敞的家。墙上和橱柜里挂着爷爷年轻时候的照片，家里没有别人。爷爷给客房开的价是一个床位 10 美元。

大卫说可以，正要跟爷爷敲定下来时，被我打断："10 美元有点贵，埃里温才 5 美元一个床位。你这房间又没暖气，晚上没法洗澡，会很冷。我们是两个人，两个床位 10 美元吧。打个折，他是你们亚美尼亚人，给个同胞价吧！"

此话说完，我顿时感觉有点激怒了爷爷。老头立马在我面前抬高了八度嗓门，叫嚷着些什么。大卫告诉我，没事，只是在这里人们一般不还价。

"我这就是 10 美元，全市也就我一家民宿。你不住我这，可以出去再找，无所谓！"

爷爷是有点不开心了，丝毫不愿让步。但同时，他从书房拿出来一本客人留言给我们看，好像为了要证明他开的价格是物有所值。

留言簿上有不少中文的留言，评价都不错。最后以一人 8 美元的价格，我们就安顿在这里了。整个讨价还价的过程大概进行了 10 分钟。大卫好像一直在劝爷爷消气，我猜他应该是在解释这是中国人做买卖的一种习惯：讨价还价。

我没管他，又累又冷，在有点漏风的建在户外的浴室冲了一个温水澡后，直打哆嗦。回来后马上钻进了爷爷的房间，让他把房间的火炉烤上。三室两厅的二层楼，只有爷爷自己的卧室有火炉。

爷爷从外面搬回很多木材，待火苗燃起，屋子里一下温暖如春。挨冻了一天的我，顿时全身都舒服了。

爷爷进进出出，给我们烧了壶开水，泡了茶。我俩就尴尬地坐在火炉边喝了起来。他一个人闷头干着很小一杯透明的液体，眼睛直直地盯着地上看，应该是在喝烈酒。他和大卫也没有怎么搭话。我想，不会因为被我砍掉 4 美金还在不爽吧，爷爷能这么小气么？

"这房子是你家的吗？就你一个人住？"我先打破了冰山。

"楼下是我弟弟一家在住，楼上就我和老婆。"

"不错。看你喝的好像是酒吧？"

"自己家做的。要不要来一点？"

不等大卫翻译完，他立马起身走了出去，拿了一瓶自家酿制的葡萄酒进来了，分给我们一人一杯，还追着我们都要喝完。

老头的脸，六月的天。酒一下肚，爷爷转身就撕下了自己严肃的面具，马上换了一个人似的。不等我再搭话，自己开起了连珠炮："你嫌山里冷，那是你们没来对季节。夏天这里可是一片松涛林海。我一个老头，冬天睡觉都不觉得冷，从来不需要火炉。我们当年打阿塞拜疆的时候，条件可比现在艰苦了。我67岁那年，还上战场！想想你们60岁时也不会有我这样的好身体，被抓去打仗打了整整五个年头！"

"啊啊啊！67岁！为什么抓你一个60岁的人去冲锋陷阵？"

"在城里，只要是个男人都上了！千钧一发，连家园都要没了，别的还算什么！"

爷爷的这番话完全出乎我的意料，看上去身体健朗的他，此时已到耄耋之年。大卫做着两边的翻译，我们一直聊啊聊，直到大卫微醺的头脑开始慢慢罢工，不再能翻译为止。

熄灯前，我问爷爷能否让我留在他卧室空余的那张床上睡。我需要柴火的温度，一直烧到天明。爷爷很乐意地又往炉子里加了几块木头，使劲把火扇到最大。他一定觉得我这个中国姑娘弱爆了。我盖上山里常见的石棺一样重的被子，被压得有点喘不过气来，全身蜷缩在床上。

刚进门时以为撞到了一个不讲理的倔老头，不曾料到，眼前这个宝刀未老的爷爷也是热血方刚的真铁汉子一枚。关了灯，爷爷蹑手蹑脚走到我床边，往我已经很沉的身上，又盖上了一床"爱心棉被"。

斯捷潘纳克特的常住民里95%都是亚美尼亚族。第二天我们去市场逛了一圈，吃到的东西都跟亚美尼亚如出一辙。大卫特地带我尝了一下这里的特色韭菜饼，自己买了一瓶蜂蜜带走。城市中心有东西看的地方，来回45分钟就走完了，实在有点无聊，又特别萧条。

下午我们决定回埃里温。离开卡拉巴赫的时候，飘起了大雪，温度又降到了新低，在风雪中等了很久，我们才找到一辆直达

埃里温的车。走到海拔 3000 米的山顶,听说前方车辆事故,封路,
又坐在车里多看了两个小时的雪花。

五

回到埃里温后,我又去了市中心的 Cascade 艺术馆,一路爬上
山顶。屹立在土耳其和亚美尼亚边境的亚拉拉特山(Ararat),
自古以来是亚美尼亚人心中的圣山。天气晴朗时,站在埃里温
略高的地方,几乎从每个角度都可以看到它。

这一次,天气晴朗,视野非常好。

尽管这座圣山,现在在土耳其境内,但以前属于亚美尼亚。传
说中诺亚方舟停靠在这个国家,现在它的国土面积只有原来的
十分之一了。

我写了条信息给格力高，和他说了去纳卡地区的路况和露出了庐山真面目的亚拉拉特山。山里太冷了，我就不麻烦他安排我去他奶奶家住了，待在埃里温挺好的。那天正好是亚美尼亚一个妇女节日，在路上看到一位大婶手里拿着一束花。只是瞄了一眼，大婶转身就把鲜花送给了我，愿我生活美好。

还有那个神奇爷爷的故事，62 岁扛起步枪，67 岁光荣返乡。服兵役在亚美尼亚，是每一个成年男人都躲不掉的义务。不想去当兵的人，有些移民去了海外，有些通过其他渠道"溜"出了国。我的朋友格力高，跟着同村的一些兄弟们，办了假护照混进了西班牙，留在了那里。像这样出走的亚美尼亚人，再要回乡看看，并不容易。

搭顺风车离开亚美尼亚，最后一个司机竟是个会讲英文的修路工程的项目经理。把我送到格鲁吉亚边境时，他指给我看："那些铺路机和建料都是中国运来的，现在我跟中国人一起合作作业，你们政府帮我们在修新路，同时也补上那些破路上的坑。下次再来，你就能看到啦。"

格力高回复我："我很高兴我的祖国在发展，我很想念它。"

伊朗：在诗歌中醒来

火车缓缓离开德黑兰站台的那刻，我心里舒了一口大气。这样
迫不及待要走的感觉，曾经在开罗也有。同样是被办签证困在
一个城市，又偏偏是一个无聊的首都。比起开罗的那种杂乱和
无序，德黑兰从表面上看起来非常整洁有序。德黑兰也是很少
见的一种首都，它的干净和沉闷让你觉得它活力不足。一个
1400 万常住人口的"魔都"，除了高峰时段堵车的高架和挤满
人的地铁车厢，似乎过于安静。

哦，对了，因为这是在伊朗。

公开场合不能大放音乐的国家，女人打保龄球要穿围裙不能显
露曲线的地方。2015 年我来了伊朗一个月，第一次待完三十天
后，怀着满满的温暖和感动去了土耳其。摘下头巾的那一刻，
在安卡拉，我又重新呼吸到了自由的味道。于是把那些在伊朗
受的不公"女士待遇"抛到了脑后。往回翻看照片的时候，只

有被"世上最美的清真寺"惊艳，同时沉迷在自己买的几条花头巾里……

这一次，我回来了。在格鲁吉亚的巴统白白等了十天，我才拿到伊朗签证，在这种情况下，我带着愤愤的心，又回到了这个国家。这一留又是三个礼拜，渐渐地，一个更加真实的伊朗在我眼前浮现出来。

于我个人而言，它是一个经不起来第二次的地方。和同样两年后故地重游的印度比，伊朗在这两年间的发展微乎其微。当我一次次被印度的新玩意、新科技惊喜到时，在伊朗我只是一次次被各种不便给腻烦了。

那些推来推去的客套

作为一个和我国一样有着悠久历史的礼仪之邦，来伊朗的人想必都听说过"taarof"这个词。Taarof 是伊朗人每天见面时必行的客套礼节，说更直接点就是"假客套"。Taarof 在伊朗一般要（至少）推上三次：主人给予你某件东西，你不能要，得推回去，直到主人坚持到第四次或者更多次，你才能心安地收下，因为他此时——应该——是真的想给你。

一般表面上看起来友好的伊朗人在见到外国游客后，会加倍地奉行他们的"客套"。最常见的是在那些出租车司机身上，尤其是南部城市（伊朗北部城市，尤其是德黑兰司机，非常现实，从不客套）。当你打了一辆出租车下车时，司机告诉你不用付钱免费载你，因为你是外国人，欢迎来到伊朗。我第一次来的时候一听此话，还真信了，于是一阵夸"贵国人慷慨啊，大方啊，中伊两国关系好啊"，最后看到司机边笑边点头，但就是不走。我问他：真的不用给钱吗？他继续点头加微笑，一边重复着"不用钱"，一边眼睛直勾勾地看着我的包。在僵持了几秒后，同行的伊朗朋友道破了天机，一语打破我的美梦。

"热情"是很多第一次来伊朗的游客对伊朗的评价。此话不假，两年前我也是被那些表面上的热情给哄得心暖暖的。可是，现实是高速公路上的顺风车司机讲好不收钱"我们都是兄妹"，最后下车还是要"砍你一刀"，请您自觉贴油费吧。

伊朗女人

2015 年在设拉子（Shiraz，伊朗南部最大城市）发生的一件事，是我环球之行印象比较深刻的。因为事到如今，我也没有搞懂我到底对这几名女子造成了多深的罪孽。

她是我们在伊朗的第一个宿主。跟姐姐一起，两人住在设拉子的一套摩登公寓里。她们都是研究生在读。每天在家都会跪地朝拜，也从未沾染过酒精。我和朋友落地设拉子的第一天，就认识了一个大学生，从这个大学生的手里，我们得到了一瓶自制的红酒。于是和行李一起带进了女宿主的家，把红酒存放在冰箱。

很多人都听说过，伊朗是一个神权治国的国家。因此，你一定会以为每一个你能接触到的伊朗老百姓，都是一个不折不扣的虔诚信徒。每天五次朝拜，妇女蒙头盖面，男女之间保持距离，还有必然要有的——禁酒精。

初见我们带着一个矿泉水瓶（内装红酒）进门的时候，女宿主流露出了厌恶的表情，并且告诉我们在她家里是不可以喝酒的。我们明白，于是再没主动提起那瓶酒的事。晚饭过后，家里又来了一位宿主的女性友人，听闻我之前为美国的大学工作，于是怀着"美国梦"的这位友人，让我给她们介绍起美国的校园文化和留学的各种事情。

虽然"忽悠别人"并非我的本职工作，在几轮美食和激情澎湃的"洗脑"后，友人的脑海里大概就只剩下了我说的自由啊、种族歧视啊和"不要管别人怎么评判你"三个论点。我正准备收场睡觉之际，友人起身和宿主商量了一番，两人最后非常神秘地笑着说："我们听了你说的种种，也深深感受到了魅力。所以我们决定，今天晚上把你那瓶红酒开了吧！让我们一起尝尝酒精，不管别人怎么看。"

……

这是我在伊朗听到过的最让我吃惊的话。在扯了两个小时的美国大学文化后，竟然把面前的三个滴酒不沾的姐姐们拖下水了，这……我担当不起。我建议她们还是不要破戒。三姐妹实在是按捺不住初涉禁区的兴奋，已经拿出了杯子，跃跃欲试。最后，在晕乎乎地迈出了人生的这一大步后，方才睡去。

第二天一早，我正想问宿主微醺的感觉怎么样。还未等我开口，宿主又玩了一次"变脸游戏"，非常婉转地把我们赶出了家门。

送酒给我们的大学生说，这样的破戒在真主面前是要忏悔七七四十九天的，所以她短期内是不会联系你们了。果真，最后在我们离开了伊朗后，女宿主发来了迟到的消息，说：那天家里临时有事，没法接待你们，抱歉。

伊朗女人啊，在追求真我和做一个别人眼中的虔诚信徒之间，寻找着自己的平衡。

如今我遇到的伊朗年轻人比任何一个国家的年轻人都更渴望走出去看一看。对于外部的一套东西，无论是社会制度，还是文化娱乐，都流露出了好奇。伊朗的新一代，可以用"聪明、好学，外带一点小小的叛逆"来形容，要在一个年轻人的手机上找到 VPN（代理翻墙软件）并不难。更神奇的是，走进伊朗大城市的家庭，打开电视，几乎都能看到同步的全球电视频道，其中不乏对伊朗不甚友好的美国有线电视网和英国国家广播公司频道。

在首都德黑兰，你可能没有听说过一种"送酒快递"的服务。在全国禁酒的大戒律下，只要你认识人，打一个电话，不管是自制的伏特加还是进口的龙舌兰，不出俩小时肯定给你送到家。在南方城市设拉子，这样的快递虽然不盛行，但我跟着两位不同的宿主在转角的杂货店里，也遇到了出自"地下"酒庄的设拉子红酒。男人们把这种"能轻而易举就搞到酒"的能力看作是一项对外炫耀的技能，尤其是面对我们外国游客时。而女人们，虽不主动找酒，却也愿意迈出第一步。

于是在两年前第一次的设拉子行之后，我能想起的伊朗就是这样几个反差很大的画面：我和朋友被男宿主萨博开车带去山头看设拉子夜景，出门时，他弟弟换了一套西装提着一个公文包，还特意梳了下头，我以为他要去办公。弟弟跟着我们一起全程玩了一个晚上，穿西装是为了配合他手中提的那个公文包。扮上班相是要更加方便地走出家门，免去向父母解释的繁琐。而他从公文包里，突然摸出来要给我们的惊喜——一瓶伊朗地下自制酒厂做的威士忌！居然还是在公开的场地（山顶观景台）请我们喝。伊朗的老百姓，多数都跟萨博和他弟弟一样，有血有肉，真实又可爱。他们出生在一个传统的穆斯林家庭，父母每天定点在里屋朝拜。和我们一起坐在客厅时，他们偷偷问我们："昨天的威士忌怎么样？今天还想尝点什么新的酒吗？"

每个德黑兰人都是"十万个为什么"

走了几十个国家，直到我第二次走到了伊朗德黑兰，才发现原来人际沟通是可以这么大程度上影响你对一个地方的感受。以前我有很多次感慨，如果去的是非英语为母语的国家，那是有多可惜，因为无法跟当地人交流。我失去的不但是收集信息的机会，也失去了了解那里的人的思维模式的机会。

说话方式中表现出来的思维模式有时候很好玩，甚至让我无法理解。最常见的是在街头问路，在很多国家，"路人甲"在不知道你要去的地方的时候，因为羞于否认，会给你乱指一通。还有一些国家，沟通起来就更费劲了，只是买个苹果，我给钱你给我苹果，但店主觉得无法沟通硬是不卖，视我而不见。

在德黑兰，我真的怕开口。我从来没遇见过这么一个民族，脑海里随时带着"十万个为什么"，不管你说的是什么鸡毛蒜皮的事，都用"why？Why not？"的句式回应。

和一个德黑兰人的典型对话模式：

"你今天去哪里玩了吗？"

"哪都没去，两年前都去过了。"

"Why？ Why你不去xxx，你应该xxx，或者xxx。Why not试一下？"

"有点累，我只想休息一下。"

"Why! Why你累，why你要休息，why not你做xxx，这样你就不累？"

"明天吧，明天做xxx。"

"why明天？ why不是今天！今天你要做什么？"

于是对话又回到了"我今天只想休息一下"，周而复始。

起初我耐着性子慢慢给他们解释，后来，我就用"呵呵"来回复了。可是，回应我"呵呵"的又是那一大串的"why""why not"……

另一种德黑兰人（宿主），当他们把你迎接到他们家住后，会用那种看似热情，其实很压迫的气势，让你住得喘不过气来。在德黑兰住了一个女宿主家，此女在加拿大生活了两年，作为一个有海外背景又高学历的宿主，我想可以少一点伊朗的"假客套"，大家自在一点。从第一天早饭时间起，她就抛出一句激将我的话："我知道你是一个有很多故事的人，可是你看起来像一本关着的书，我无法读你。"这是另一种套路，用"否定句式"来刺激你，以达成他们想要的交流目的。

有一天晚上 8 点，我实在饥饿难忍，叫了一份外卖（当地人晚饭时间 10 至 11 点）。在之后的两天内，她就把 8 点吃晚饭当笑话一样，一次又一次说给她朋友们听："我的天哪，她真的对吃饭时间很认真，8 点一到就死活要吃饭！"

跟"十万个为什么"民族讲话，感觉死了好多脑细胞。

免费上大学

伊朗国民的平均智商可以说高出世界平均水平一大截。因为在伊朗，除了读书深造，周末出去野餐烧烤，也没有太多其他的娱乐可供人们消遣。在大城市的中心随便抓一个伊朗人来问，很容易就遇见拥有两个学位的伊朗人。"活到老学到老"的生活哲学，在伊朗人的世界里有一席之地。

在伊朗读公立大学，学费是免费的。顶尖的公立大学，例如德黑兰大学，入学要求非常严格。四年大学所有的学费都由政府提供，作为回报，毕业后需要为政府机构或国营公司工作四到五年。工作期满后，你可以免费拿到你的毕业文凭，随便跳槽去别的公司。如果你的专业是冷门专业（例如音乐表演），毕业后没有国营单位要你，你可以选择出国，选择自己找工作，但这时你需要付给母校很大一笔钱，才能把你四年大学的毕业文凭拿到手。

如果伊朗菜只有一个味道，那一定是酸

在伊朗的两个月，吃的最好的一餐是在当地人家做客时候吃的伊朗家常菜。虽然伊朗菜有着地域性的差别，但在伊朗下馆子最常见的还是烧串、烤番茄配大饼。一个番茄都可以拿来烤的国家，可想而知在饮食上是多么不愿意花精力。

就着大饼下肚的还有当地的酸奶，"菜鸟级"的酸奶带着一点薄荷的咸味，大多能被外国人接受。这类酸奶在土耳其也很常见。"进阶版"的酸奶就是在这个基础上，加入一点点"馊味"。入口几秒后，让你脑中立马浮现出昨晚的剩饭剩菜。再多味一点的，是在"饭馊味"的基础上又加入了蓝芝士（blue cheese）和羊膻味。此时你的舌头已经被这两股味道纠缠上，难以辨别究竟是哪种味道占了上风。恰恰有时候它还带着一股碳酸饮料的气，"刺啦"一下歼灭你所有的味蕾。

每当宿主端给我品尝这些伊朗特色的食物，我都会客客气气地接过来，耐心地听他们抒发完一大堆的赞美，波斯人惯有的一点点小骄傲。在伊朗，可别忘了"客套"是所有社交的成功关键呀。不管那酸奶的味道闻起来有多么奇怪，我都乖乖地当着宿主的面把它们一饮而尽。毕竟"客套"的习俗，也从小就一直流淌在我们的血液里。

配菜、色拉、腌制小碟，其实你不用分辨都是什么做的，只是那股酸味就已经完全把你打倒了。要想更大挑战的，那千万不要放过伊朗的鲜花神仙水，各种口味，一应俱全。味道浓烈的，我觉得比较适合放在浴缸，掺水之后泡澡，肯定浑身留有余香。都说印度是"重口味"之乡，跟伊朗一比都不算什么。

在诗歌中醒来

如果说德黑兰聚集了摩登伊朗的各种奇葩和光怪陆离，那伊斯法罕（Esfahan，伊朗中部城市）是璀璨的古波斯帝国留下的一颗明珠。这一次没有重回伊斯法罕，生怕打破上一次留下的那些美好——每天伴着鲁米、萨迪、哈菲兹的诗歌醒来。

伊朗人的家里一般都藏有很多书。在普通家庭的书柜里翻出一本波斯诗人的诗歌集，不是什么难事。在伊斯法罕，我住的一家宿主，是一名独立纪录片的无名小导演。靠拍纪录片吃饭的人，大多比较有文化。虽然伊朗电影里的笑话配上字幕，也还是完全无法让人读懂，伊朗的纪录片也总是带着悲情和沉重的基调。小导演拍的一部小影片获得了一次电影节上纪录片类的大奖。

每天一早，我下楼吃早饭的时候，宿主都会拿出他自己的电影作品，在电脑上放给我看。一个叫马苏米的小女孩得了重病，她的妈妈为了给她筹药费跑遍了伊斯法罕所有的银行借钱。导演哥在征得了银行高层同意的情况下，暗地里架了摄像机，记录下了女孩妈妈"讨钱"过程中，柜台业务员问的那些尖酸刻薄的问题和冷眼相看的高傲。获奖后，他把所得的奖金都用来帮助女孩康复。这是一个发生在我身边的伊朗年青一代文化人身上的真实故事，尽管导演哥自己也已经很长时间没有固定收入了，但是带着理想主义的色彩，伊朗人的人文情怀依旧绽放。

每天晚饭前，导演哥又会拿一本萨迪的诗集，让我随心翻一首，他念给我听波斯诗，然后拿着谷歌翻译给我解释，顺带讲一点伊朗的历史。

我翻到了其中一首很有名的诗，也正好是那个想去美国念书的设拉子姑娘在喝酒前手抄给我的。我拿出自己的笔记本，翻到姑娘手写的带有英语译文的那一页，细细地读了几遍。诗的名字叫 *Bani Adam - All human beings are from same origin*（亚当子孙皆兄弟）——

亚当子孙皆兄弟，
兄弟犹如手足亲。

造物之初本一体，

一肢罹病染全身。

为人不恤他人苦，

活在世上枉为人。

在伊朗待了两个月，沉淀下来的那些诗意和美好，就让它伴着
"伊斯法罕半世界"的回忆，藏在心底吧。

再见，伊朗。

"土豪"的烦恼

在土库曼斯坦五天的行程，是我丝绸之路中亚段的第一站，也是我整个中亚行程的亮点。这个国家当仁不让地成为中亚五国中我的最爱。不仅仅因为首都阿什哈巴德（Ashgabat）梦幻般的大理石建筑群，也不只因为土库曼姑娘人人穿着中亚最美的绣花长裙，而是这个国家在很多方面都有着自己独特的地方。比如：水电费对公民全免，上大学名额有限需要靠走关系，500万的人口在这么大块沙漠里几乎看不见他们的踪影。

出发前土库曼斯坦的签证最没定数，旅游签（对于中国护照来说）拒签率很高。即便幸运地拿了旅游签后，入境也必须跟团。团费的价格基本是一天一人200多美金。没有选择的，土库曼斯坦走的都是"任性小土豪"的路线。在中亚这种消费便宜、出行成本又低的国家中，土库曼斯坦完全是一个异类。

送水送电送煤气——国家养你

我在网上搜了一下阿什哈巴德的住宿，最便宜的要35美金/晚。对于住宿预算在5到10美金的我来说，超得太多了。幸运的是，我在阿什哈巴德仅有的四位沙发客宿主里，得到了一位宿主的回复。从伊朗过了境后，直接就落脚在他家。

宿主的房子在市中心，靠近南边新区大理石建筑群的地方。一室一厅，给我自己独用。每天，无论家里有没有人，他都把窗户敞开，空调调到 18 度，挥霍着源源不断的冷气。一次出门前，我想顺手关了空调，觉得浪费。

他笑着告诉我：

"没事，你知道在土库曼斯坦，政府每个月只是象征性地收我们土库曼公民 2 美金，水和电在这个国家都是免费的，随便用不要心疼。"

5 月中的阿什哈巴德，白天的时候虽然有点晒，晚上却还是凉飕飕的，带着北边沙漠刮来的风，是典型的亚热带沙漠气候。在这的第一个晚上，我就已经习惯了这种"小奢"和肆意。在伊朗包了三个星期的头巾，到了这片相对自由的土地，心里一阵痛快。

互联网一度被封杀，从 2008 年起网络才对民众开放。现在的网络也是几乎上不了任何的社交软件（除了 LINE）。不过于我而言，能从一个女人要包头巾的地方，到一个可以露大腿的国家，我已经很满足了。

我的宿主阿哈曼德是一名律师。开着体面的 SUV，自己独住在另外一套公寓里，所以一天到头，我几乎也见不到他。

安顿下来后，我抢在热浪来袭前去看那一片一片戒备森严的政府大楼。下午就躲在商场里，挑布料找裁缝，做一身土库曼长裙，逛到废寝忘食。傍晚再出来乘个凉，顺便欣赏一下靠土库曼政府免费供电而打造起来的通宵霓虹灯光秀。

这样有序的日子过了整整三天。可惜我拿到的过境签只有短短的五天，虽然可以自由行不用跟团，如果能再多给几天那才过瘾。我一定还会待在阿什哈巴德，多花点时间做我的土库曼长裙。因为找裁缝做裙子，真的比想象中的要耗时。

找个裁缝 翩翩起舞

在没有去中亚以前，我以为那里的男男女女、老老少少都会穿着一股草原风的服饰出现在我的眼前，头顶羊皮帽，脚踩长筒靴，胸前挂着金银首饰各种吊坠。那种适合游牧民族的装束，其实在中亚的城市里完全见不到踪影。

土库曼斯坦算起来也是中亚国家里，穿着上最考究、最有民族气息的一个。之后在乌兹别克斯坦、吉尔吉斯斯坦、塔吉克斯坦和哈萨克斯坦，都没有再看见人们满大街地穿民族服饰了。中小学生的校服也不再像土库曼的学生一样，给女孩们定制的是一条修身的一步长裙，男生都佩戴着一顶手工小花帽。我只恨没有预见这穿着上的差异，没有多买一点土库曼的围巾、头巾、首饰和裙子。

在土库曼斯坦，妇女的日常穿着是一袭几乎要拖地的量身定制的长裙。无论是妙龄少女，还是已婚妇女，无论高矮胖瘦，裙子都能做成修身和宽松两种款式。宽松长裙方便需要体力劳动的人做适当的挪动，而修身长裙从初中开始就成为土库曼女子的一个标志。

在首都阿什哈巴德随处都能找到裁缝店。现做一条长裙，最快24小时就可以提货。通常来讲，在不加急的情况下，一般三天可以完成。我在首都就只有三天的时间，原本打算定定心心早点把布料买了，可以省去加急费，没想商场里的布料品种繁多，各种不同的印花更是让我挑花了眼，选了两天才最终选定我喜欢的花纹和面料。

我买的一块布料长度有 2.5 米，做工加急花了 70 元人民币（不加急是 40 元人民币）。阿什哈巴德布料的花色缤纷多彩，价格也算比较亲民（20 ～ 200 人民币 / 米）。土库曼妇女最常穿的布料分成丝绸（绒）、棉布、莱卡或者混纺几大类。一般在夏天，丝绸面料做成的成裙穿着比较透气。

传统的长裙从袖管到裙身都用的同一花色。女裁缝给我量了身高腰围后，起先让我去买一块 2 米长的布。后来发现长度不够，不得不又加了一段不同色的布，在袖管处做了一个拼接。

领口的刺绣是土库曼长裙的亮点。虽然在其他中亚国家也有妇女身穿此类长裙，但通常领口只是简单地裁剪，并没有这一块花绣。土库曼的这种刺绣分为手工和机打两种。手工的一块领口售价在 200 到 300 元人民币之间，机打的则要便宜很多，一般在 40 到 80 元人民币之间。我也不是什么懂行的人，看不出这两者之间究竟有什么差别。只要根据自己的裙料颜色来搭配一块领口就好。通常当地妇女选用的是艳丽的撞色设计，比如翠绿配碧蓝，或者亮绿配橙红。上了一些年纪的也会选同一色系搭配，比如大红配粉红，或者湛蓝配天蓝。

墨绿色是土库曼斯坦的"国色"，取自他们的国旗。我寻寻觅觅终于找到一条合身又够长的墨绿色花纹长裙，最后纠结在它的领口：领口处少了那一块绣花。没有了这块土库曼最特色的绣花，再合身的长裙也仿佛失去了它的亮点，看上去都有点像"MADE IN CHINA"的批发货。

所以在逛了两天后，我还是买了一块布料，自己配了个领口，找裁缝姐姐去量身打造了一条淡玫瑰色系的长裙。

白天的阿什哈巴德俨然一座大白城，第一次来这里的人看着可能会觉得它像一座"白色的坟"。除去老城区部分的民住楼，南部的新城区和所有的政府建筑，都动用了雪花大理石堆砌。开车穿梭在那一排排白色大理石堆里，感觉有点不真实。夜幕降临的时候，五彩的霓虹灯光给这座城市带来了另外一种生机。

宿主见我每天都泡在裁缝店里做衣服，笑我特别入乡随俗。终于一天晚上，他有一点空，要开车带我去看看晚上的"大理石城"，怕我"离开之后想到土库曼斯坦，就只剩下那些高大上的购物中心了"。于是我彻头彻尾地被这个到处灯火通明马路上却几乎看不到一个人的"奇葩"城市给惊喜到了。

我在宿主这里拿美金以黑市价换到了当地货币后，整个土库曼斯坦的物价就狠狠地降了一半。2017 年 5 月，官方价 1 美金可以换 3.5 土库曼马纳特（Manat），而黑市可以给到双倍的价（7 马纳特）。政府取缔了所有的黑市个体户，如有漏网之鱼，一旦被抓，是要关起来坐牢的。如果自己去市面上找，在阿什哈巴德是完全找不到的。

幸运的是阿哈迈德是一名律师，他很"有路子"。他开着车带我去换钱，进到一个住宅小区后，大楼里走出来一位小哥。

这时，他的电话响起，他并没有接。他嘱咐我："如果有人来问，就说你什么都不知道。而且千万不能下车。"

"OK。"这一幕有点像电影里的场景，我心里有点好奇，不知道下一秒会发生什么，静坐在车内等候。

通过反光镜我看到阿哈迈德和小哥先握了一个手，不到一秒的工夫就分开了。等他回到车上时，把一叠 700 马纳特的钞票递了过来。这是我刚才要换的 100 美元，如果拿到银行就只能换到 350 马纳特。

"土豪"也有烦恼

土库曼斯坦总共 500 万人口，其中 100 万人住在首都。来的第一天，半夜 12 点，我看见街上聚集了大群的人，以为这是当地人饭后乘凉的一种文化。后来知道那天播了地震预警，震源在靠近伊朗的马什哈德附近。土库曼斯坦人都习惯早睡早起，晚上 9 点过后马路上就再找不到半个人影。和开得通亮的那些灯光秀一比，倍显冷清。

阿哈迈德开车带我去一个可以环望全城的小山头上看夜景。我终于在晚上看见了一群人，正在阿什哈巴德结婚注册中心的门外拍婚纱照。

没有露天大排档，街上听不到热闹的音乐，一切都是"高端定制"的那种寂静。

能被阿哈迈德"捡"回家住，算是我在土库曼斯坦最幸运的经历。高中时期，他参加了交换生项目去美国念了一年书。在不会土库曼语和俄语的情况下，阿哈迈德是我认识和了解土库曼斯坦的一把钥匙。

大学时期，阿哈迈德在吉尔吉斯斯坦的比什凯克念本科，精通四门语言：土库曼语，俄语，英语，柯尔克孜语。借着柯尔克孜语和哈萨克语、土库曼语和土耳其语的近亲关系，他的哈萨克语和土耳其语也是半流利。我原本以为一个只有 500 万人口的国家，要在本地上大学应该不是什么难事，他却告诉我很难，因为大学就这么几所，且入学要求苛刻。他的表弟今年刚大学毕业，家里为他铺好了相亲结婚的路，可工作却不好找，因为岗位不多。如果想找那种能把大学入学费用一两年就赚回来的工作，更是难上加难。

"入学费用？你是说学费吗？" 我问。

"不是，一般能进入大学的人都要交一笔入学费给学校。"

这笔钱相当于是一种门槛，让你花代价去上你想上的大学。一些土库曼斯坦的大学生就是通过这种路径进入了象牙塔。即便这样，一些年轻人也面临着"毕业即失业"的窘境。因为这几年经济情况不好，国家对外出口的天然气少了。作为一名收入还算可观的律师，阿哈迈德对本国的求职市场并不看好。前不久刚帮毕业的小表弟润色完了一份简历，没有几个月的等待，他觉得表弟不会这么快就上岗。

我问他对自己未来的打算是什么，是否想继续留在土库曼斯坦做个有车有房的"矮富帅"。他说计划去纽约读法学院，顺利的话，毕业后就留在美国"淘金"。他在吉尔吉斯斯坦生活了四年，再回到自己的祖国上班，虽然待遇在土库曼斯坦算是上层，但对自由和更好的职业发展的向往，一直都写在他的 "to-do-list"上。

原来中亚的"小土豪"，也有自己的那本经要念。

永远燃烧的大火坑

同伴报了私人团（200 美元／天），我跟司机师傅商量，想让他免费捎上我去看土库曼斯坦最有名的那个大火坑。因为地广人稀，要靠公共交通去达瓦扎（Darvaza）沙漠地带，非常不便。司机师傅起先不愿意，最后谈下来，让我补贴他 200 元人民币，捎上我参加同伴的两天一夜行程，直到把我们送出境去乌兹别克斯坦。

这个号称"地狱之门"的大火坑是在 1971 年地质勘探过程中塌方而形成的。为了防止有毒气体外流，于是一把火就这么烧了近 50 年。这个景点也是来土库曼斯坦旅游的必到之处。

载我们的司机有点不太专业。晚上按计划，我们要在火坑边露营，体验一下靠着火坑自然取暖。司机大哥笨手笨脚地摆弄了一阵，也没有把帐篷搭起来。他的英文说得倒是相当好，闲聊中我们得知，他只是个业余导游，退休后想出来消磨一下时间。吉普车是他自己的，车况非常新，看来他退休的日子也能算是"有钱有闲"了。

土库曼斯坦的五天其实没有做很多观光的事。我很喜欢这个旅游目的地，它小众，游客很少，看的不多，但你可以花不多的钱像当地人一样过几天市井小日子。上街随手可以招到出租车（任何私家车都可以载客赚钱），和裁缝姐姐讨价还价。它和阿塞拜疆一样，遇到的每个女人都是"高颜值"。

卡拉卡尔帕克斯坦自治共和国：消失的咸海

听到这个名字也许你会问，这是不是哪个幅员辽阔的疆域里默默存在着的一个自治小区？卡拉卡尔帕克斯坦自治共和国，是乌兹别克斯坦内的自治共和国，位于乌兹别克斯坦西部。

从土库曼斯坦的边境，走过一条长长的中间无人地带，翻到乌兹别克斯坦的这一边，一下子就变得萧条起来。见到我的宿主卡哈，他迎面砸来的那句"欢迎你们来到卡拉卡尔帕克斯坦共和国"一下让我失去了方向感和时间感。

这是哪里？什么卡拉卡尔帕克？我前脚出了土库曼斯坦，难道就穿越到高加索卡拉巴赫共和国了吗？！

挨着国门的那条乡间小道上没有任何车辆，候车的地方也没有任何告示牌。狭长的乌兹别克斯坦是全球仅有的两个双重内陆国家之一，从东边的首都塔什干一直延伸到这座卡拉卡尔帕克斯坦自治共和国的首府努库斯（Nukus），跨度 1100 公里，中间经过了"丝绸之路"上的两个重镇——撒马尔罕和布哈拉。到了最西部的这个自治共和国地区，人口一下显得稀疏起来。这里也是整个乌兹别克斯坦游客气息最淡的地方，几乎看不到任何游客。

阴冷的风吹起来，和沙漠气候的土库曼斯坦比起来像是两重天。一辆窗户半掉着、漏着风的破旧小轿车把我们送到了努库斯的城里，停在中央巴扎旁边。

在"丝绸之路"沿路的这些国家里，巴扎（bazar）扮演的角色就像是我们的大型连锁超市。通常找到了巴扎，基本上就找到了这个城市最热闹、最中心的地段。小到一根葱，大到一套家具，从吃、穿到用、行，日常生活的所有用品在这里都可以找到。包括一入境后，我们急着要找的兑换美金的地方。

对很多人来说，虽然我们和那些中亚国家只隔着一座天山和帕米尔高原，但对他们的了解，比起十万八千里之外的欧美，几乎是零。

乌兹别克斯坦和中国的商业合作相当密切，也是中亚唯一一个银联卡取现不收手续费的国家。黑市美金的汇率是官方给的一倍，1 美金可以换到 8200 乌兹别克索姆（som）。我们算了一下在乌兹别克境内要停留的天数，打算先换 100 美金。

黑市的大哥把等值 100 美金的索姆拿到我们面前时，我们一下就傻眼了。那是十几捆，绑得结结实实整整齐齐的纸币，每一捆有 4 厘米厚——100 张。从这些破角软烂的旧纸币，可以窥见这个国家的发展速度。100 美金可以兑换 820000 索姆。我们拿到手的索姆最大面值只有 5000（约 4 元人民币），剩下的多数是 1000（约人民币 8 角）和 500（约人民币 4 角）的票面。一共大概有一千张纸币，在等着我和同伴细数。

这个世界上，居然还有人均数学水平超越中国和印度的国家！每次看着当地人十指同时弹拨起来，快速翻着一张张花花绿绿的钞票，从来不借用口水分开纸币时，我打心底里佩服。在乌兹别克斯坦，一般这样大手笔换钱，当地人通常不会细数每一捆纸币。人与人之间，似乎形成了一种默契和心照不宣的公德心。这个国家的经济发展在近几年一直停滞不前，年轻人能外出谋生的，多半都去了俄罗斯、哈萨克斯坦和土库曼斯坦淘金。

这样萧条的市场，对于作为游客的我们来说，却是个福音。除了每天要被迫练习"快速手指点钞术"外，这里的物价非常亲民。5 月中旬，还没有到樱桃丰收的季节，樱桃还略微带着一点酸和涩。在市场里，0.5 美元可以买到 1 公斤的樱桃，1 美元可以买到供两人吃饱的哈密瓜。乌兹别克斯坦的水果都产于东部和塔吉克斯坦交界的山区，经过中间沙漠地带再运到努库斯这里会略贵一点。但包里堆着一捆捆的纸币，沉甸甸的，还是让我感受到了"挥金如土"的优越感！两个人吃一顿饭，一般要付 50 到 70 张纸币。中亚粗犷的草原游牧风，在这里也被我们玩得得心应手。

努库斯是乌兹别克斯坦第六大城市，但放到中国也就是一个县级以下的小镇，人口 26 万。和金碧辉煌、由大理石堆砌起来的土库曼斯坦首都比起来，在乌兹别克斯坦，就好像时间倒退了 30 年。

然而，提醒着我们并非身处 30 年前的，是那个曾经"榜上有名"的"世界第四大湖"——咸海。

Aral Sea 是咸海的名字。我记得它出现在初中地理教科书上时，是和里海、黑海一起，让人容易混淆。从欧罗巴到帕米尔高原，地图上看里海、黑海、咸海一字排开，我一直都记不清"咸海"

和"里海"到底谁在谁的东边。这之前，我在土耳其、格鲁吉亚看到了黑海，在伊朗、阿塞拜疆看到了里海，我开始在地图上找，看看咸海到底要怎么才能去拜访一下。

遗憾的是，在地图上查阅了很久，却不见咸海的踪影。上网查了后才明白，原来咸海面临着即将整体干枯的窘境，几乎要从这个世界上蒸发了！由于上世纪 70 年代苏联对该地区棉花种植业的分流灌溉发展计划，咸海水位逐年下降。从原来的一个大湖，分裂成了两个小湖。再后来，就是现在在卫星图上能看到的，零零散散的只剩下了最后的几个小"水潭"。当年一望无垠的 6.6 万平方公里（约等于一个斯里兰卡）的水域，现在已经消失了百分之八十。

我告诉我们的宿主卡哈，请他给我们安排一辆车去看咸海。

"可行是可行，但你要知道，普通的小轿车能开到木伊那克（Muynak）镇，那里曾经是咸海最南部的边缘。那个小镇现在能参观的只有'船只墓地 (ship cemetery)'了。就是在曾经是水的地方，能看到当年的各种捕鱼船，在那里搁浅，并且已经生锈。"

"那如果想追着咸海的脚步，从木伊那克往北要走多远才能看到湖水？"我打探着是否还有机会在预计的"2020 年咸海完全消失"之前，一睹它最后的尊容。

"这个必须包四驱吉普车才能去到。离木伊那克还有 200 公里的路，一路都是盐碱地，小轿车不能往里走了。"

卡哈告诉我，由于过度的开发，引流灌溉工程给咸海造成了毁灭性的打击。咸海的入水量只有阿姆河和锡尔河两条支流在支撑着。作为一个内陆湖，人们用于灌溉咸海周边沙漠地区的水量，完全超过这两条水源河的入水量。从上世纪 90 年代起，咸海已经呈现出逐渐枯竭的迹象。然而经过这么多年，始终没人能扭转它极速风沙化、走向灭亡的命运。

第二天一早，从努库斯出发，小车开了 3 小时，把我们带到了曾经咸海的边缘——木伊那克小镇。

旅游书上说，木伊那克这里不推荐过夜，一没人气，二没住店。我们到的那天，5 月中下旬，刮起了冷冷的风。我披上了两件外套才感觉到暖和。用"空镇"或者"鬼镇"来形容这个小镇一点不过分。马路两旁的危房陋屋比比皆是。有些窗子破了一个大洞、门倒下来半面的老房子，怎么看都像是"主人已出逃，不会再回来"的模样。在路上走的，除了一些老人、妇女和孩子，几乎没有青壮年，不难想象一定是去外城做工了。

卡哈带着我们走到一个高地上，指着脚下那曾经流淌着咸海海水的一片沙地，问我们要不要下去参观那些搁浅了二十多年的渔船。

沿着台阶我们踏上了沙地。我脚底下踩着的以前是湖床，是汪洋，有鱼儿，有生命；现在是一片长了点凌乱灌木丛的小沙漠。这要隔多少星期才会有游客过来，拉着已经锈掉的船只"尸体"爬上甲板，拍几张像发现沉没的泰坦尼克那样的到此一游照片。

我无法把眼前看到的船只墓地、周围的这些小镇与"全盛时期"的咸海地区联系起来。鼎盛的时候，一个咸海养活了周边 4 万以捕鱼和其他副业为生的人。整个咸海的产鱼量曾经占苏联的 1/6，咸海地区的棉花产量在 1980 年时占世界总产量的 20%。而且在咸海里，大大小小还有 1500 多个小岛！

风在我耳边呼呼地刮着。大自然的腐蚀力比我能想象的一直都要强很多。一切都是因为，我们没有善待它，在先。

当时，人们看见的是咸海周边地区短期内的农业收成。没有可持续性的引水灌溉这一举措，使当地人口一度由 700 万猛增到了 3600 万，现在却跌回冰点。咸海水量被透支、农田盐碱化的直接后果是，污染了卡拉卡尔帕克斯坦自治共和国一带的水源。饮用水含盐，且重金属含量高。就地处阿姆河下游的努库斯来说，已经威胁到当地居民的身体健康。据当地人说，这里的慢性气管炎、关节炎、肾病和肝病的发病率很高，婴儿死亡率也高于世界其他国家和地区。

听完这些数据后，我们有点沉重地离开了木伊那克。本以为乌兹别克斯坦之行就要在努库斯悲情地结束了，而卡哈为我们安排的其他活动内容，却让我们看到了一个不一样的卡拉卡尔帕克斯坦。

在接待我们之前，卡哈刚从首都塔什干的大学放假回来。今年 22 岁的他，是家中唯一的孩子。别看他没有任何社会经历，招待好客人，做好东道主，像是与生俱来的本事。虽然英文不算流利，却一点不妨碍他们竭尽全力想把自己国家最好的东西拿来招待外国客人。

卡哈在努库斯有很多小兄弟，他们有的在公园里承包了游艺机和鬼屋，有的在经营打步枪的项目。跟着宿主卡哈，我和同伴把公园里的这些"中国制造"的游艺项目都玩了一遍。和在伊朗体验到的"客人是万万不能花钱的"习俗一样，在卡拉卡尔帕克斯坦自治共和国，我们很受优待。

晚上，我们做了一顿中餐，喂饱了卡哈的父母和几个朋友。在中亚下馆子，一般就是吃一些拉面、馕饼和烤肉。吃不了几顿，心里便涌上一阵可能要流鼻血的担忧。如果不是自己做饭，很难在餐桌上觅到绿叶菜。典型的大陆性气候的那份干燥，更是让我长久以来喝饱了"魔都"潮气的皮肤一下黯然失色。

卡拉卡尔帕克斯坦的大环境依旧有些保守。街上能看到的年轻人，三五成群的基本都是同性。宿主卡哈的这些朋友中，也是清一色的男孩。努库斯的夜生活几乎是没有的。这个冷冷清清的小城，每天下午五点巴扎打烊了之后，人气就全消退了。

幸运的是，我们遇到的卡哈是个十足的大哥！听说了我喜欢打乒乓，下午就带我过去"杀"了几盘。知道同伴喜欢唱歌，晚上安排了卡拉OK，带我们了解卡拉卡尔帕克斯坦的民族风情。

他的一个朋友 Nuri 天生一副夜莺般的金嗓子。在努库斯的这几天，不管我们走到哪里，Nuri 都一直陪着我们，哼着自己的小歌。我们之间的交流不需要语言，纯粹只是靠着一些简单的手势和默契。他是一名木偶剧配音歌唱演员，上班时间特别灵活，每周 3 到 4 个半天去电视台给木偶剧献个声，就算完事。

我以为配音是 Nuri 的副业，在 21 岁的黄金期应该还在大学念书吧。后来知道，配音就是他的本职工作，哥们不搞副业。每周空闲下来的一半时间，Nuri 就跑到卡哈家来，和小兄弟们一起吃喝打牌，挥洒那有点不值钱的青春。

我问 Nuri 哪里找到的好工作，可以用一周 16 个小时的时间撑起他整个生活的开销。小哥是个很有喜感的人，尽管不会一句英文，从来都是面带微笑。他有点开心地向我们透露了他的工资——周薪 XX 美元。做着喜欢的工作，唱着他爱的歌，有一群好朋友相伴左右。

两位数？！加起来月薪不到 400 美元。可是我从 Nuri 身上仿佛看到了月薪 4000 美元的那种淡泊名利和享受当下的潇洒。

乌兹别克斯坦不是中亚五国中经济最发达的，对外国游客来说，这里的旅游业却是最成熟的。精心装饰的酒店、华丽的清真寺和推销功夫一流的小贩，让它有别于其他四个国家的那种"原生态"。这浓浓的商业气息，不是我喜欢的，但是在相对贫瘠又落寞的卡拉卡尔帕克斯坦待的这几天，我过得很开心。

我想念巴扎里给我试吃蜂蜜的大叔，我把自己买的一盒蜂蜜落在摊位，第二天去的时候，大叔包扎整齐还给了我，还偷偷加了一点蜂蜜进去。我想念卡哈一家无微不至的招待，和我们的"中乌乒乓球国际大赛"。我最想念的还是在那一片新城区的荒地里，拔地而起的那一家小小的卡拉 OK，听卡哈和他的朋友们自弹自唱卡拉卡尔帕克斯坦悠扬抒情的民歌，也看他们唱着韩国流行音乐《江南 STYLE》跳到飞起来。还有那一曲至今都回荡在我耳边的卡拉卡尔帕克斯坦的情歌《Biyopa》：

Aya aya aya biyopa …

Aya aya biyopa …

这个地方这么内陆、这么荒僻，但旅行能看到一个真实的世界和真实的生活。

穿越帕米尔高原

走"丝绸之路"回国，从高加索的阿塞拜疆一点一点挪到这儿，我和新疆就只隔着一座帕米尔高原了。沿着壮丽的帕米尔公路一直往东，环球28个月的"取经路"仿佛就快要见到"修成正果"的曙光。

离开乌兹别克斯坦后，我从塔什干（Tashkent）坐了小巴来到塔吉克斯坦一边的苦盏（Khujand）。塔吉克斯坦是中亚五国里面积最小的国家。多山的地貌却让它成了在中亚赶路最耗时，也最费体力的地方。这里国土面积的93%都是高原山地，平均海拔在3000米以上，自然条件不算优。

5月末，在乌兹别克斯坦和塔吉克斯坦交界的平原地区，正午时分的太阳晒得人快要中暑了。

在塔什干，我出了两个人的票价，包下了拼车小巴里最后两个空位。司机收到钱后，无需再等待客人，便当即发车。我也可以把自己的腿安放得再肆意一些。在乌兹别克斯坦坐了一路沙丁鱼罐头般遭罪的拼车，通常不是蜷上一整天腿都麻了，就是等上大半天一直等不到人满。

边境的一边戒备不严，绿油油的田地里种满了庄稼，赶着牛羊的放牛娃抽打着牲畜前行，冷清得基本没有车流。

从商业化的乌兹别克斯坦来到这里，傍山依水的苦盏一下就用它朴素的绿意洗净了我来之前的一些偏见。苦盏曾是"丝绸之路"上重要的一个驿站，先后被波斯帝国、阿拉伯帝国、蒙古帝国和俄罗斯占领过。在小小的塔吉克斯坦，苦盏的历史比后来新建的首都杜尚别更是早了两千年，算得上是这个国家一座名副其实的文化古城。苦盏占地位置也非常理想，在费尔干纳谷地的中心地带。从饮食上来讲，相较东边的帕米尔山区，苦盏俨然一个塔吉克斯坦的"蔬果天堂"。

下车后，我一眼就见到了宿主伊万诺夫。能主动走上前用英语打招呼，在苦盏就像是一个接头的暗号。当地人很多能说一口流利的俄语，但通晓英语的少之又少。宿主的家就在锡尔河边一片普通的小区里。中亚国家的住宅楼，很多依照俄罗斯的楼房为样板，都只建到单层。总楼层五层是苦盏比较常见的高度，再有一些旧的小区，只建到三层。

伊万诺夫把我带去他位于五楼的家。一路的楼梯爬得我有些晕眩。他的家里除了妻子，还有两个不到 10 岁的儿子，一家四口蜗居在一套不大的两居室公寓里。窄小的走廊代替了客厅，摆放着一辆成人自行车，已快占去了一半的空间。剩下的一半空间被儿子的手推车填满，显得有点杂乱。妻子在不到 2 平方米的厨房里准备晚餐，用餐的区域刚好能塞下一张四人餐桌，空间非常挤。如果餐厅两边同时坐了人，只能等一边的人先推开桌面站起后，另外一边的人才可以起身。

这些都没影响到客人的待遇，他还是腾出了另外一间书房给我，让我晚上可以独自睡得好一些。书房里有一张单人钢丝床用来堆放物品。屋里除了已有的两个书橱，床上也摊着不少书。可以看出，这是一个"读书人"的家。我便打了一个地铺席地而睡。

正值学校假期，哥哥每天上午闲在家画画、看书，也按父母的要求帮忙照看弟弟。3岁的弟弟却没有哥哥那样乖巧懂事，时常没完没了抓着老爹要买玩具。顶楼的公寓因为承载着太阳直射下来的积温，一整个下午都像蒸笼一样让我汗流浃背。晚些时候伊万诺夫捎上我，带着大儿子去楼下的锡尔河边游泳。

锡尔河的水面波澜不惊。岸边有规律地躺着一排整齐的大石头，直通往河中心。来河里戏水是宿主和儿子每天都要进行的活动。

我问起苦盏城里是否还有让孩子寓教于乐和玩耍的地方时，他有点无奈地叹了气："除了苦盏博物馆和几个公园，这里玩的地方不多。有的还要收门票，我觉得也没这必要。我不太给他买玩具，小孩子嘛玩几天就腻了，太浪费了。我经常从图书馆借书回来给他看，好让他长大了在书里找到黄金屋呢。"

宿主是一位有学识的人，对本国的历史和苏联时期的那些故事，他倒背如流。他的兼职工作是苦盏理工学院的一名研究员。博览群书却还是没法让他过上他想要的小康生活。塔吉克斯坦经济的停滞不前，让大部分老百姓只能在温饱线上徘徊。宿主想全职工作，但很多大学根本提供不了几个职位。说到底，也因为没有科研资金。宿主无奈地告诉我，除了我看到的两个儿子，他还有个大儿子跟爷爷奶奶一起住在老家。苦盏好歹是塔吉克斯坦的第二大城市，尽管看着是一片田园风光，花销比起乡下还是要大一些。计划着有一天如果能找到一份全职的工作，能

搭车上路，

一个人的八万公里

负担起三个儿子的起居时，再将大儿子接回自己的身边。

移民俄罗斯也是很多塔吉克斯坦人逃离当下贫穷的另外一条途径。伊万诺夫投过很多份简历，盼望着能在任意一所俄罗斯大学里找到一份工作。哪怕是地区性的学院也不要紧。

"只要能带孩子去俄罗斯上学，学会俄语，离开塔吉克斯坦，孩子以后定会有出息。"

只是这样的求职愿望暂时还没有实现。在接待过的五十多位客人里，我想他对很多客人都吐糟了自己的怀才不遇。

"你们中国现在发展得好啊。如果不能去俄罗斯，在中国给我一个工作，我也肯定去。这几年中国资助建设塔吉克斯坦，帮了大忙。主要是修路，要是靠我们自己的工程队，从苦盏到杜尚别这一路的盘山公路，到今天肯定连个影子都没有。"

我们在河边等到了日落，周边的村民们也都在这个时候出来散步。有一些还会自带水桶打一点水回去，或者直接在河边就把家里的衣服洗了。

回到家后，晚餐吃的是伊万诺夫妻子做的手擀面。我建议我出钱去菜市再买点菜，想给这白花花的清水光面加上一点好看的浇头。伊万尴尬地笑笑，解释自己已经吃饱。我也只好将就着把光面草草地吞下肚。

饭后，他带着我和儿子去孩子的学校，采摘树上熟透的桑葚吃。对于苦盏和大自然给予的所有"免费营养品"，他都了如指掌。

他适时向我和儿子科普了一下桑葚的知识："五六月正好赶上桑树结果。再晚点来，塔吉克斯坦便迎来了最好的樱桃季。你要是待到那时，我就带你去秘密地点采樱桃吃。集市上卖的樱桃要 5 个 Somoni（索莫尼，塔吉克斯坦货币单位。5 索莫尼约折合人民币 4 元）一斤，其实犯不着去花那个钱，如果你对苦盏熟悉的话。"

晚上闲来没事，他又滔滔不绝地讲着有点让人发酸的笑话，让我对我们的邻国产生了一种既怜悯又无奈的情感。

"你知道塔吉克斯坦人去俄罗斯打工，俄罗斯人都是怎么看我们的吗？强盗！小偷！哈哈哈！我们在俄罗斯最有名的'业绩'就是这些。还有你从乌塔吉克境过来的时候，看到塔吉克斯坦的边检扛着枪吗？你知道他们扛的是空枪吗？里面没有子弹。一颗子弹要几美金，这钱都被政府贪了。士兵们以前连饭都吃不饱，都是靠司机给他们送的面包充饥。"

伊万诺夫描述的偷盗行为，第二天我就见识了。

要去杜尚别前，我数了一下自己身边的现金。前一天在过境时确认过的 6 张"富兰克林爷爷"，竟缩水成了 4 张。我左思右想，钱包只在洗澡时离身过一小会儿，实在不可能那两张"不听话"的一百美金纸钞自己单独跑了吧。

我质问起伊万诺夫，表明了对他的怀疑。他先是淡定地躲去了自己的房间，让我一个人冷静一下好好想想，究竟会忘在哪里。之后看我一口咬定逼着他招认，他皱起了眉头，调整了一下自己的语调，听起来有一点底气不足：

"我家里的情况你也看到了。我孩子多，妻子也不上班。岳父最近住院，急需一点钱。最近我手头是有点紧，不过你丢的钱，可能掉在别的什么地方了吧。你跟我两个儿子相处得很好，他们都很喜欢你，要不就当给他们买玩具了吧。他们会感谢你的，我想。我也不知道你的钱忘记在哪儿了，你再好好想想。"

讨钱无果之后，伊万诺夫带我去拼车点找了一辆去杜尚别的吉普车。两个司机因为抢客，当众在街上就打了起来。小司机一拳猛击中老司机的太阳穴，把老司机打趴在车引擎盖上。老司机抹去自己嘴角边的血，立马挺起了身板又准备回击。

伊万把我推进其中的一辆吉普车，放妥了我的行李，随手扣上了门。他走到窗边，示意我摇下窗，吞吞吐吐有话要说。

"我感到很抱歉你在我家钱掉了……我……也有苦衷……希望你能理解。"

话音落下，他没有再和我做任何眼神的交流，转身便走了。只留下一个清瘦又有点微弓的背影，消失在劝架的人群里。

吉普车开出城前，驶过了横跨锡尔河的苦盏大桥。这是中国施工队在塔吉克斯坦营建的众多项目之一。

苦盏南下到杜尚别的路，靠的都是拼车的吉普。一路 6 个小时都在崇山峻岭里面盘绕，塔吉克斯坦最大的两个城市之间，因为隔着山，所以没有其他公共交通往来。

拼车的吉普根据不同的座位，收费不太一样，坐在副驾驶的乘客会被多收一点钱。中排和后排的双人座，必定会塞上第三个人。到得晚的乘客如果不幸被分在后排，需要全程屈腿，行驶途中的安全系数也会下降。有些吉普车已破旧不堪，后排没有安全带。

我在杜尚别小歇了两天，办妥了进帕米尔高原的通行证。

所有的外国游客，要去帕米尔高原所在的戈尔诺－巴达赫尚自治州（Gorno Badakhshan Autonomous Oblast）都必须提前申请这个特殊通行证。塔吉克斯坦的警察经常会在路上检查游客的证件。遇到没有随身携带护照和帕米尔通行证的，二话不说会处罚。

从杜尚别拼吉普车走帕米尔公路，最东边可以通到中国的喀什。塔吉克斯坦的阔勒买口岸和中国的卡拉苏口岸，无法确定是否让游客通行，为了保险起见，我的计划是走到帕米尔公路在塔吉克斯坦境内最东的穆尔加布（Murgab）后，转道北上去吉尔吉斯斯坦。

一早九点，杜尚别的拼车集散中心已经人头攒动。约摸十辆四驱吉普停在那儿一字排开。待我走近，司机们一个个冲上来争先恐后地开始拉客。我选定一辆已有四名乘客，车况相对较好的吉普，但要等到最后一个客人来才能走。

戈尔诺－巴达赫尚自治州（GBAO）的面积占了塔吉克斯坦国土面积的一半，但人口只有全国的百分之三。杜尚别到 GBAO

的首府霍罗格（Khorog）全程 620 公里，通常要开上 15 小时，因为路况实在坎坷。前半段从杜尚别往南，都是郁郁葱葱不难走的丘陵地带；半程过后，便是沿着喷赤河（和阿富汗的界河）边的一条小道，一直到霍罗格。

塔吉克斯坦的南部与阿富汗相邻。从看到喷赤河开始，平整的柏油国道就终止了。右手边河对岸，就是阿富汗的深山老林。脚下是从塔吉克斯坦山区的顽石峭壁里，硬生生凿出来的一条凹凸不平的碎石路。坐在最后一排，有时候遇到大坑或者大坡，头顶便毫无征兆地撞到车顶上。

有经验的司机师傅虽然全程开得小心翼翼，但还是无法提升这一路段的坐车体验。终于在龟速行驶了 13 个小时后，我们安全到达了霍罗格。走出车门看到帕米尔山谷里满天繁星的那一刻，我好像已经不会走路了。

霍罗格是一座娇小却异常整齐又养眼的小城。白天，阳光洒在山坡的植被上，构成一副碧绿青翠的画面。这里的海拔 2200 米，山腰上有一个植物园，据说是世界上海拔最高的植物园。

我到霍罗格的时候，还处在斋月期间。走在熙熙攘攘的街头，河边的集市人头攒动，大家都忙着一麻袋一麻袋地买土豆、洋葱和各种蔬菜。帕米尔山区的主要居民是帕米尔人，霍罗格这一片地区和再往东南一带的瓦罕走廊，是他们长久以来的定居地。

不少帕米尔人家庭有亲戚住在阿富汗。局势稳定的时候，每个周六早上，在霍罗格西边都会开设周末市场，河两岸的帕米尔家庭便可借此机会穿过塔阿友谊大桥，在塔吉克斯坦这一边自由地聚在一起。

和我同车的有一个帕米尔小妹，她是去首都买了一些上大学要用的课本教材。她在这里新建的中亚大学念书，英文说得非常流利。这个中亚大学由阿迦汗集团投资而建，专门培养山区的年轻人，好让他们和世界接轨。

帕米尔的女孩都和车上的这个小妹一样，皮肤白皙，眼窝深凹，五官都长得特别立体，和克什米尔人有点接近。不管是高中生还是大学生，都非常好读书。路过学校门口，我特地走上前去和她们搭讪，她们都大大方方地和我用英语聊起来。不一会儿，

我身边就聚集起了一拨学生妹。

塔吉克斯坦的警察此时盯上了我，大摇大摆地踱步到我跟前，要我出示护照和帕米尔通行证。我递上证件，他左看右看，也没有挑出刺，只好走了。

这个被群山环抱、白雪覆盖的美丽的国家，打动我的是它的人民。他们待客热情，完全发自内心。开民宿的宿主同时也免费接待沙发客，让我住着和付费客人一样的单间，还邀请我和他的家人一起用餐。山里的司机尽管一年没几个月有生意，但还是兢兢业业地把我送到下一个城市，挨家挨户带我去找旅店，直到满意为止，不会宰客。

在印度学瑜伽

又一次看到德里机场内，海关入境口上方的那一排佛手。在印度最繁忙的机场最醒目的位置，一排大大的佛手雕塑欢迎着世界各地的游客来到这里。

走到电子旅游签证的那个窗口，大叔不紧不慢地输入我的护照信息。每次一入境，我便先主动出击，用会的不多的印地语跟边检套近乎。

"你好叔叔，今天忙吗？一年没来了，刚从飞机上看德里有雾霾啊？"

大叔也是跟我意料之中一样，抬起头，露出了笑容，开始跟我拉家常，问我在哪里学的当地话。

"德里现在算是重度雾霾吗？"见他跳过了我的提问，我有点不依不饶。

多次来到印度，又看了不少印度电影，我了解了印度官员的办事风格，摸索出了一套万能的套近乎对话公式。不光能轻松化解在海关和边境遇到的各种问题，还能在我被"印度效率"弄得没耐心的时候，跟官员聊个天。

大叔一边笑着摇头，一边说："天气预报说今天是阴天，云比较多吧。最近天气都不太好。"

摇头在印度通常表示的意思是"对"，显然大叔这次的"摇头"需另作一番解释。来了这么多次，还是没有完全解锁印度式的"摇头"在不同场景下表达的各种意思。

"才下午四点天就这么黑了，今天也真是阴得厉害哦！"我带着一点损他的口气附和着，"你知道吗，在中国我们叫这种阴天——雾霾。"

听到"雾霾"俩字，大叔便笑得更欢了。这次的摇头我能确定，他在表示"认同"："中国那里的阴天，的确就是雾霾。"

好多次跟印度人像这样有一搭没一搭地聊着，扯到最后自己都要笑喷了。在这个国家旅行，经常会遇到路人甲跑来问你人世间最难回答的三个哲学问题："你是谁？""从哪儿来？""要去哪儿？"也不时有热血方刚的小哥硬要我对比中印经济、展望两国的未来。说到最后就都跟这位边检大叔一样，不管前一秒在说什么，后一秒都可以马上跳到别的话题。

我带着一套在印度学来的交际方法，再一次回到这个除了祖国外我最熟悉的地方。盖完章后，大叔问我此行目的，我告诉他我来学瑜伽。

"早就有所耳闻，瑜伽能练就不老之身，还能入地憋气超过10分钟。这种神功，绝对把我们的太极和功夫比下去了啊！Hindustan Zindabaad（印度万岁）！"

大叔兴起，想接着和我聊成龙的电影《功夫瑜伽》。我翻开护照，确认了盖章和停留日期没问题。目的达到，于是立马和大叔作别，迫不及待地要开始这一次的瑜伽之行。

选校准备

12 月正是喀拉拉邦旱季的开始。和年中超过 40 摄氏度的潮热天比，现在正是好时节。

在挑选瑜伽学校的时候，我毫不犹豫地在大名鼎鼎的瑞诗凯诗（Rishikesh）和默默无闻的小镇瓦卡拉（Varkala）之间，挑了后者。因为这里不仅气温宜人，还面对大海。

瑞诗凯诗拥有不可动摇的"世界瑜伽"之都的地位，两年前我去过那里，看见路边一座又一座印度教庙宇和一个个瑜伽界有名的修隐寺（ashram）不是门对门而建，就是紧挨着。瑞诗凯诗那一段的恒河清澈又安宁，和人们熟悉的瓦拉纳西恒河完全不同。沿着恒河而建的城市在印度（教）的地位不言而喻。选择在瑞诗凯诗学习瑜伽，必定比在瓦卡拉要参加更多的拜神祈福仪式。每天练到腰酸背痛，还要被拉去和各路大神心灵对话，我可不要。

六年前我到过瓦卡拉，这里除了周边几个不太有名的修隐寺，本身没有什么景点。来瓦卡拉的游客大多都是西方嬉皮一族。游客聚集的那一条主街，建在瓦卡拉的悬崖之上，这是小镇唯一让人眼前一亮的地方。所有招待游客的餐厅，都在这条主街上，随便找一家走上楼，便被 180 度的无敌海景包围。

开课前的三天我来到了小镇，找到瑜伽学校包下的酒店，先"打个样"。酒店的楼占据了主街边视野最好的一块大草坪，所有的房间都是直面悬崖的海景房。看到这里的住宿条件，我顿时心花怒放。

走到前台，只有一个南印度大叔坐在那里，津津有味地看着手机上的视频。我想提前知道我会住哪个房间，可是他回答不了我，反复地说让我三天后开学的那天再来。

学校在官网上说会提供给参加"200 小时瑜伽教师课程"的学生奖学金。在申请的时候，我随便试了一下，居然就减免了 450 美金的学费。我心里一直打着一个问号，这从天而降的450 美金里，该不会有什么猫腻吧？于是特地提前来视察学校，想弄个明白。

听了大叔的话，我心里咯噔一下，感觉可能遇到了不靠谱的印度生意人。于是找了个地方坐下来，摆出"不解决问题就不走人"的架势。这世界，到哪都是怕较真的人。

没一会儿一位北印度的小哥睡眼蒙眬地从二楼走下，径直朝我走来，非常客气地拿出了一份学生名单，指给我看分房的情况。我一眼看见自己的名字，在这一批的学生里，除了我还有一个中文姓氏。小哥告诉我，我被分派去了另外一个酒店，因为我很特别，我是奖学金学生，那地方住得更好。

对于"更好"的定义，大概就是更便宜而已吧——你得到的和你付的钱成正比。

"你们官网不是说拿奖学金的人也是大家庭的一员，会平等对他们的，不是吗？"

"这个酒店已经住满了……这一期的学生有点多，一共 25 个呢。"

"你再看看吧，拜托，我知道你会有办法的！印度人这么聪明又有效率。"

眼前这个叫罗德的小哥其实是瑜伽学校的市场推广员。从他微壮的身材，一眼可以看出他并不是一名瑜伽老师。罗德负责在网络上为学校做广告以及搜索引擎营销，增加学校在网上的曝光率和被搜到的几率。正值年底，很多人放年假，于是学校派他来到瓦卡拉负责财务方面的事。他也是今天刚到，因此对学生的住宿分配情况并不清楚。

我突然发现他的名字和我之前网上汇款的收款人是同一个，可想而知有一定的职权。

罗德在被我套上了几顶"高帽子"后，立刻就帮我解决了问题。

"这次拿奖学金的一共有 5 个，还全都是女生，都是住双人间，所以必定有一个人要单住。这样吧，你明天就过来住这个酒店，我会跟管理层说一下。我可以定下来，你放心住。"

谢过罗德后，第二天我就搬进了这里。在其他同学都还没到的时候，享受着一个人的大草坪和海景房，心中窃喜。这一次，要"住"在印度一个月了，感觉真好，而且还住了本来要多付650 美金的单人间（比双人间贵 200 美金），更是有点小得意。

瑜伽在西方已经盛行了多年，印度的修隐寺和瑜伽学校里，西方人占了多数。我报了"200 小时瑜伽教师资格证"课程，课时通常在 28 天至 30 天完成。包吃包住，再加上学费，最便宜的学校也要人民币一万元。这在请一个 24 小时住家保姆每月只要 100 美金的印度，可是一笔巨额消费。

我们这一期一共 25 个学生，学校收进的费用是 25 万人民币，在瓦卡拉可以买一栋独立小别墅了。这个印度南部小镇人工费低廉，去掉瑜伽老师的工资，和总部带过来的几个烧饭小厨子的薪水，老板的利润还真不少。

开学第一天，我拿到了课表。每天的课程都被排得满满的，从一早 5 点半开始的哈他瑜伽，直到晚上 7 点结束的冥想课。一个星期有两个半天是休息，有五天全天练功加理论课，剩下的时间学校会组织大家一起出游，去周边的寺庙参观或者去海边划船，再就是教我们做印度菜。

第一天的日程里，其实并没有课。学校安排了一个祈福的小仪式，让我们围着火堆席地而坐，跟着一位司仪老爷爷念了很多经文。

我瞥了一眼别的同学，大家都聚精会神地凝视着那堆火和浓烟，有些人双手合十地放在了胸前，还闭上了双眼。好家伙，真是挺有模有样的。看着一群白皮肤的学员满手臂的刺青和各种吓人的鼻环、肚脐环、眉骨环，此时一本正经地坐在司仪老者身边，这画面的冲击力真的是太强了。

整个仪式上，我没法不走神。来瑜伽学校之前我问过一些印度朋友：瑜伽在印度人的日常生活里到底扮演了怎样的角色？还有那些铺天盖地的修行、朝圣、疗愈课程，真的像他们说的那样，学完你就找到自我了吗？

让我惊奇的是，很多印度朋友告诉我的答案居然高度一致：Marketing！市场营销做得好！

印度是一个人文历史景点丰富的旅游大国，同时也是一个饮食很多样化的美食大国。"Incredible India（不可思议的印度）"的旅游宣传口号打出来十多年了，效果非常显著。"Incredible"这个词恰到好处地概括了印度光辉璀璨的古代文明，同时又点出了一些让人啼笑皆非的短板。一语双关，不得不说印度国家旅游局在市场营销上做得很成功。

来这个瑜伽学校之前，我特地去修隐寺里体验了一阵，最后没有熬过三天便提前走人了。修隐寺的生活与这些瑜伽学校相比，每天加入了更多日出前、日落后的唱经内容。有时候在黑暗中打坐冥想一个小时后，又跟着上百号人一起歌颂湿婆、摩罗直到睡前熄灯。如果跟我一样，想躲在厕所里混掉一次，最后都会被修隐寺的志愿者从厕所里抓出来点名批评。

瑜伽学校这样只在开学的第一天做一点小仪式的做法，我完全可以接受。

仪式完成后，司仪爷爷给每个人眉间都点上了一抹红，又加了一点黑泥和黄泥，和在一起。学校的大老板此时也登场了。这个其貌不扬、脸部轮廓圆圆的大哥，一看便知是印度南方人。他的名字和大象神一样——Ganesh。大象神在印度教里是财神，身为一个生意人，大哥真是相当会挑名字。

老板把所有人聚在一起，分别让我们做自我介绍。25 个学生中，有两个来自德里和孟买的印度男生，一个肯尼亚女生，还有我和一个中国台湾人，其他的都来自欧美国家。大家被分成了两个班，之后的一个月里，都会是小班教学，两个班的同学也都不怎么碰面。

老板把学校的老师一一介绍给了我们，说了一些展望和鼓励的话，然后让大家谈谈对这个课程的期望。一些学生在参加这个课程之前没有任何练习瑜伽的经验，还有一些从身体素质上看瑜伽级别已经在中等偏上了。

"我要来这里净化我自己，找到一个全新的自我。"这是不少学生对课程一致的期待。

"我要来学新的 asana（瑜伽体式），强化我的身体力量和平衡感。"这是另外一些"体式派"学员的目标。

"我很迷茫，我想知道在接下来的人生里我要做什么。我要学习冥想和打坐。""冥想派"人的想法，境界有点儿高。

轮到我时，我说我对课程的期待是希望结束的时候可以不靠墙做一个 sirsasana（头倒立）。"因为臂力不够，我从来没完成过，不知道'飞'在天空的感觉是怎样的。别的期待好像没有了吧，来印度长住一个月，也完成了我'住在印度'的心愿，就这样。"

老板听完我讲的话后，立即跳起来补充了一句。

"她说的非常好，你们就不应该对这个课程有任何过多的期待。一旦有了目的或期待，你们等于给自己增加了很多负担和欲念。这并不是瑜伽学习要推崇的本意。所以你们现在应该有的期望，就是不要有任何期望。请你们自己想清楚了。如果你们做不到这样，我奉劝你们现在可以离开这个课程，我们会全额退款。"

我差点就要在全班同学面前笑出来了。这个大老板，不愧是"骨灰级"销售，口才、激情和严肃度都拿捏得非常到位。听得下面的学员一脸懵懂，又开始频频点头。让大家降低期望值，在课程毕业的时候就更容易收获大家对学校的肯定了。印度人的确很聪明，这一点毋庸置疑。

瓦卡拉面向的是狂野的阿拉伯海，常年以来波涛汹涌。比起来游泳的人，更多的人选择来这里是为了冲浪。晚上我没有吃学校的饭，而是跑去游客餐厅点了一盘咖喱鱼。

瑜伽提倡的生活方式是尽量保持食素的习惯。练瑜伽的人认为，如果胃里有肉，肠胃会用到更多的体能去消化肉类，这就增加了身体内部的负荷，从而减少了本该留给大脑做深层自我反思的精力。因此吃肉会增加一个人内在的压力、欲望，导致身体和思想平衡失调。

在印度的瑜伽学校里，能吃到的一日三餐全是素食，没有鸡蛋，也没有牛奶。严格一点的学校，连洋葱和大蒜都不能放。因为洋葱和蒜也是会刺激人脾胃，引起人欲望的。

想起在修隐寺里被一天仅有的两顿素餐饿到眼冒金星，我决定在开课前对自己好一点。

一条 30 元人民币的鱼让我吃到扶墙而出。回到房间，十点准时熄灯。之后的一个月里，要挑战每天五点起床，这也算是一个全新的尝试。我不知道我的身体在几天之后是否会败下阵来，可是想着学校外面有鱼和肉，就算倒下了去补点肉，还是能很快"重返江湖"吧。

要学习印度人的生活哲学—— Don't worry, Be happy. 此刻，不应该有杂念。

瑜伽课程

课程拉开序幕后，一切都进行得还算顺利。

早上 5 点，厨房会拿来一大壶温热的开水，和蜂王浆、糖、青柠一起，放在草坪的桌子上，给我们喝。这是为了起床后洗净体内的毒素，身体内干净了，练习瑜伽才能更容易达到身心一体的效果。

瓦卡拉的太阳直到 6 点 40 分左右才徐徐升起。每天 5 点半开始的哈他瑜伽课，大部分时间都在黑暗中进行。有时候在楼下的教室做，一大早就开始有蚊子跟着一起来"打卡"。有时候老师带我们去顶楼的露台练习，黑暗中被一圈随风而动的烛光包围，凉飕飕的风吹着，身体摇摆不定。刚 6 点半，就能从楼台的两边看见微弱的橙色阳光撕破了夜的黑，在十分钟内，周围就出现一片金黄色的朝霞。美好的一天又开始了。

5 点起床，起床后立马热身，接着做 90 分钟的瑜伽，每天如此。刚睡醒时，身体特别僵硬。每一次前弯压腿和拉筋，肌肉和韧带都硬到酸痛，可热身部分是必须咬牙坚持下去的。一旦热身不够，在接下来的体式练习中更容易让自己受伤。

哈他瑜伽的热身第一招就是一个双臂伸直往后伸展的动作。每一次从"下犬式"回到这个动作，我都一阵大脑缺氧，眼前乱冒金星。有时候做快了，一个不小心，双脚会失去平衡。老师见我没站稳，会过来关心一下，让我别太硬撑，以免折了自己的身体。

教哈他瑜伽的老师是一个带着一身刺青的印度人，高大的身躯隐约可见他以前健身留下来的肌肉痕迹。他总是穿着一套很"仙气"的白色宽裤腿的长裤，看起来很像会武功的道士。他的教学风格偏温和，只负责演示最标准的动作给学生看，但不会要求学生去尝试他们不愿做的体式。这样的教学风格很为大家着想，保护了学生的身体。

练习一个新的瑜伽体式，很多情况下首先要克服的是内心的恐惧。有时候并不是你的身体没能力完成这个动作，而是一种患得患失，怕摔、怕不能保持这个动作的顾忌在说服你自己不要去尝试。所以，尽管从第一节哈他瑜伽课开始，老师就让我们尝试做倒立的动作，尽管知道有他的保护，但我还是保守地躲在自己的舒适区里，不愿尝试，不想一早就摔个狗啃泥。

我在心里给自己找好了借口——肚子还饿着呢，手臂没力啊没力，明天再说吧。

从 5 点起床到 9 点学校提供早餐，清早的这 4 个小时里，都是饿着肚子熬过来的。空腹练完 90 分钟的哈他瑜伽后，经常汗湿了一身，大脑清醒但身体力竭。在开始下一节 8 点的课之前，有 30 分钟的休息时间。

刚开始的几天，看其他同学都非常听话地坐在花园里聊天，没有人出去觅食，我就回到房间躺一躺，补充一点元气。可是没过多久，骨子里"live to eat（为吃而生）"的基因又顽强地跑了出来。左思右想，实在不觉得瑜伽这种"eat to live（为生而尽少饮食）"有多合理，为了避免回家时落得低血糖，于是每天哈他瑜伽结束后，我都雷打不动地出门补蛋、补奶。

瓦卡拉悬崖上的这一排餐厅，只有两家在 7 点的时候开门。左边的一家开得晚，服务员铺桌子的手脚有点慢，吃完就会迟到。后来我就渐渐变成了右边那家餐厅每天的第一个客人，跟大叔敲定包月的早餐：一杯奶茶，2 到 4 个蛋白，无糖无盐。

除了每天早上的 90 分钟哈他瑜伽和下午 90 分钟 Ashtanga（八支分法）瑜伽，其他的课基本都以理论为主，涵盖的内容有：瑜伽呼吸法，瑜伽哲学，阿育吠陀按摩，瑜伽解剖学，冥想，曼特拉，瑜伽指法，椅子瑜伽，瑜伽教学法，瑜伽休息术，瑜伽体式纠正，阿育吠陀理论，和印度咖喱烹饪。在课程结束前，还会要求每位学生给整个班级上一节瑜伽课。

整个上午除了要求你"身心完全都到场"的哈他瑜伽外，另外还有三节"身必须到场，心随你便的"理论课要上。直到下午一点午餐前，上完了四节课。此时距离我们 5 点起床，已经过去了 8 个小时。

"真不敢相信一个早上我们居然可以完成那么多东西，又练了瑜伽，又学了解剖学。"

"下午还有三节课等着我们。感觉自己老了，很久没上过这种高强度的课程了。"

"听说下午的 Ashtanga 瑜伽才是最累的，老师很严厉呢。"

"你们怎么听说这个学校的？怎么想到要来这里学瑜伽的？"

我在的小班有 12 个同学，9 个欧美人，3 个亚洲人。每次到了饭点，唱完曼特拉，拿好菜，大家都很自觉地挨个先坐上同一个四人桌，第 5 个人来了，再新开另一个四人桌。第一回合聊下来，我惊喜地发现这个班上的人，除了两个大学刚毕业还在

"间隔年"的妹子，其他人年纪都和我相仿，三十岁上下，几乎所有人都在过着他们的第二个"间隔年 / 月"。有像我一样在环球旅行的人，更多的是在生活和事业上遇到了瓶颈，要过来寻找出口和力求改变的人。

从德里来的大哥在这一群学生里比较出挑。顶着一个啤酒肚，烟瘾又重，经常在饭桌上问大家的问题，不是"What brought you to peruse this spiritual journey in India （是什么激发了你来印度寻找自我）"，就是"You are so amazing. Tell me how to become like you（你太牛了，我怎么做才能和你一样牛）"，听完让人哑口无言，只能尴尬地笑笑。

我渐渐地开始对学校的课程有了一种深层次的体会，是在遇到我们的 Ashtanga 瑜伽老师小潘后。每天下午 90 分钟的 Ashtanga 瑜伽课是最能激起大家积极性的。

小潘和哈他瑜伽的老师完全是两种教学风格。他身上自带强大的气场，每次一走进教室，课堂气氛立即变得严肃正经起来。但最不同的是小潘对学生的个人要求。和口头禅是"如果今天做不到，就休息一下明天再做"的哈他瑜伽老师比起来，小潘没有一天不给大家开启"hard 模式"。在摸清了每个学生的力量储备和肢体柔韧度后，眼尖的他经常在发现有人想偷懒的时候，把他 / 她的自我放纵贪念扼杀在萌芽之中。

每天，我们有三节课是学曼特拉，专门讲解那一篇篇拗口又难记的梵文经书，还要大家自己学唱。上课的那位女老师，来自一个非常传统的印度教家庭。只要你想听的曼特拉，她都会唱。

但是，对于记不住梵文又五音不全的我，学习曼特拉真的太难了。最后一节曼特拉课，我实在扛不住被女老师挨个检查唱功的挑战，拿着教科书偷偷溜去海边打发时间。

顶着中午的烈日走去沙滩，正好被小潘抓个正着。他从住处的花园里走过来，手里捧着一把小吉他，还哼着歌。

"喂，逃课是不对的。曼特拉跟练习瑜伽体式一样，多唱唱你肯定就记住了，熟能生巧。"

小潘邀请我去他的花园里坐坐，我看到树下有一个吊床，便一跃躺了上去。

"道理我懂，可她真的把曼特拉唱成了催眠曲。在我的国家，至少我身边的人从来不以任何唱经的形式感谢任何人。每天都要诵经还真的有点不习惯。"

他做出一个突突车司机常做的手势，三根手指伸出向外，无名指和小指朝着自己，表示不怎么理解我的话。随后他弹起了小吉他，暂时绕开了这个话题。

我向他点唱 tum ti tho（在印度大红的一首流行歌曲），顺带自己起了一个头。他被我能唱出印度歌歌词给惊到了。小潘的声线极其有辨识度，宏亮又空灵。作为一名瑜伽老师，小潘要在课上连着不停地喊 90 分钟口令，我们听着觉得很悦耳。当我告诉他，他的声音像印度歌坛一位如日中天的歌手时，他有点不好意思地笑了。

"每次你说印地语的时候，听上去都有点疯！你要是拿出你看印度电影的那种热情去学习曼特拉，你会发现真的不难。瑜伽教义的其中一条就是要直面使你不舒服的东西。比如身体的痛，比如内心的焦虑和杂念，或者说是你人生道路上要克服的一个障碍。要化解一个难题，第一步就是要迎面而上，承认它的存在后，立即忽视你对它的厌恶或者是恐惧情绪，懂不懂？你要不断告诉自己，它不会影响到我，不会使我分心。只有通过转移对困难的注意力，加强自己的信念，攻克弱点，你才能看到自己的改变。"

"我懂。一起去吃饭吧，我跟你学唱开饭曼特拉。"

我的新室友

学校提供的午饭尽管是全素，主食是各种不同的饼和南方的湿米（pulao），还是被很多素食主义的同学吐槽太油腻。常吃的咖喱土豆、咖喱茄子和咖喱秋葵的确都是一些比较吸油的菜。一个斯洛伐克来的女生，每天只靠吃水果摄取营养，不碰任何主食和菜叶，经常在饭桌上向大家推广"水果主义饮食"的好，然后指着自己的小肚腩说这都是被学校的咖喱灌出来的。

有一天饭桌上来了一个印度女孩，和老板一起坐在了我这桌。老板上来问我：

"你知道今天宝莱坞有什么重大新闻吗？"

"Anushka Sharma（印度知名影星）和印度板球队队长结婚了。"

课间休息时，我都在刷《印度时报》，这个自然难不倒我。

那个女孩瞬间就笑了："哇，你好厉害。果然是他们说的'骨灰级'印度迷啊。"

这个叫莎拉的北印度女孩，后来就成了学校分派给我的室友。一个人独享海景单人间的好日子结束了，剩下的三周，一直与室友在熄灯时间上斗智斗勇。

我把房间略微整理了一下，腾出整个衣柜给莎拉。因为我带的行李不多，所有东西都放在靠墙的一个椅子上和镜子前的化妆桌上，拿起来方便。莎拉很感激我表现出来的慷慨，但我心里有点小小排斥她，她把我的单人海景房生活就这样搞砸了。

第一天我就明确告诉莎拉，我的熄灯睡觉时间是 10 点，最晚不超过 10 点半。每天 5 点会起床，可能会吵到她。

"No broblem." 她用带着印度口音的英语回答。

但是，从 10 点开始"煲电话粥"的她，一直在床上坐到 10 点半都没有要睡觉的意思。我提醒了她我要熄灯，她同意了。然后，又在床上聊了半个小时，才安静下来。

第二天，如出一辙。到了 10 点半，我友好地"请"她走到房间外面打电话。她就坐在贴着大门的地方，音量不减地又聊到凌晨一点。在床上干躺了两个小时没睡着的我，实在忍不住，又爬起来建议她走远点。

第三天晚上 10 点半，莎拉主动走出去，并且走远了。被折腾了两个晚上没睡好觉，我很快进入了梦乡。最后又在半夜 2 点时，被开灯、洗衣服的她吵到不得安宁。

莎拉算是老板的助理，从德里的办公室被派遣过来，主要是组织下个月的瑜伽节活动。她每天 9 点才起床，睡得特别晚。对于我"好心劝她"早睡早起一事，她倒是动了一点心——

"这几天我只睡了三个小时，我们运动量很大，需要好好休息，来了一周我就发现自己明显瘦了。我想跟你谈谈熄灯时间，我觉得你应该跟我一样改成 10 点睡。这样睡眠充足，又能早起锻炼，帮助减肥。你不是说要再瘦点吗？我来监督你。"

一听可以减肥，莎拉立马动了心。她的身材放在以圆润为美的印度，还算比较标准。她说自己经常在德里的健身房里参加塑形课程，但从她的体形却看不出任何训练痕迹。尽管我一直认为瑜伽燃脂减肥的效果并不显著，想单纯地通过参加瑜伽训练来达到减脂的目标，有点不太现实。但为了争取到晚上能早睡，我装出一副不需要证据来支撑的自信，一边摇头，一边告诉她："瑜伽肯定减肥！相信老师，他们说的。"

听到这话后，莎拉报着要早起的打算，总算在 11 点前熄灯了。但早上，却从来没有一天能在 9 点前起来。每次上完两节课后回到房间，拉开窗帘，睡眼惺忪的她马上问我：

"几点了？今天我又睡过头了吗？"

"没事，你继续睡。"

我在心里默念着小潘教我的解决困难的方法——扔掉自己的感情和杂绪，通过冥想追求开悟的境界。

Don't worry, be happy.

新闻里的印度

酒店大草坪上种着很多椰子树，其中有两棵之间挂着一个吊床。面向大海的这个吊床后来就成了我的"根据地"。躺在吊床上，我经常听见班里的白人同学讨论起印度的种种。

那一天，正好是"德里公交车强奸案"六周年的日子，我读到一则新闻，又有一名女子（有一位男性同伴）在德里的公园里，被三名男性强奸。回到房间后，我像搬运工一样把偷听来的其他同学对印度的评价和这些负面新闻转达给莎拉。

莎拉说之前在德里上班的时候，也遭遇过类似的事。她和男友晚上开车停在路边时，被一帮小痞子强行开了车门，要拖她出去骚扰。最后男友在没激怒他们的情况下，塞了钱才顺利逃脱。

"很多不幸的女孩都没能逃脱，那些罪犯真的没有人性。"

每天打开《印度时报》的网站，总是会被三大类新闻抓住眼球——州议员选举，板球，恶性事件或自然灾害。我问莎拉：印度人每天看到这种"负能量"新闻，还能好好活着吗？

"你报纸上看到的就是一个真实的印度。比如骚扰女性这种事情，每天都在上演。我们做不了什么，只求大家抗议的声音可以让政府听到，加强立法，加大惩治这些坏人的力度。"

莎拉参与过"公交车强奸案"在德里印度门前的抗议，和很多印度人一起，高举标语，呼吁政府重视妇女的个人安全。印度的年青一代似乎比我想象中的更热血。

莫迪总理上台后，大力发展经济，新建地铁、高架桥，引入大型超市和商场，加强民族团结等等。这六年里我来了四次印度，每一次都能看到变化。

哲学课

每天早上 7 点半，通常是一节一小时的呼吸课。呼吸法是瑜伽练习里至关重要的一项，能在你练习体式的时候，输送更多身体所需的氧气，又能帮助你在保持一个体式的时候，通过排气让身体舒展得更多。对于瑜伽而言，呼吸是连接身体、大脑和情绪的纽带。它不仅打开了我们的身体，让身体重生，更是延长生命活力的稳固根基。

教我们呼吸法的老师，他的本名在梵语里正是"呼吸"的意思。印度人特别尊重长者，所以"呼吸爷爷"在学校的地位那是连老板都比不上的。除了早上的呼吸课，下午他还教我们瑜伽哲学。

很多同学和我一样，觉得瑜伽不过是一项健身的运动，所以对理论课并不是很上心。但是，在印度任何一个瑜伽学校上课，或者是去修隐寺进修，老师们都会不厌其烦的一遍遍告诉你——"什么是瑜伽？"

瑜伽是连接个体的自我认识和对宇宙认识的一个通道。通过掌握合理的呼吸法，练习体式，排除内心的焦躁和负面情绪，通过冥想达到一个身、心和意识平衡统一的境界。

平时大家嘴里说的"练瑜伽"，通常指的只是练习体式。当我带着满嘴茶味的饱腹感，根本没法认真跟着"呼吸爷爷"一起练习呼吸法（饱腹时不能练），老师似乎也表现出了一点没被尊重的不愉快。

他在课上给我们讲解瑜伽的一些信条和练瑜伽的人要达到的境界。从瑜伽的五持戒和五遵行开始，讲到排除一切杂念、注意力的专注、冥想和大彻大悟。这些梵文的专有名词听起来像绕口令。在大家似懂非懂的时候，老头经常抛出来深奥的问题：

"幸福是什么？"

"怎样找到幸福，并长久地拥有幸福？"

"请大家说一说，在生活中什么事情会让你生气？"

说到生气的事情，大家各抒己见。一些同学说，看到世界上的贫穷、不公平和种族歧视，自己会生气。发达国家来的同学们，的确有高度，但一点都不接地气。像我这样"饿的时候吃不上饭就来气"的老百姓，和他们一比，简直是太"小市民"了。

老头笑起来的时候，始终带着一种看破红尘的佛性光芒："我问的是什么会让'你们自己'生气，不用想得宽泛到他人和世界。你告诉我，如果你看到一个小孩被政策或者他人歧视了，你会上去打那些歧视他的人吗？你打了后就能说，这样的歧视就因此全被消灭了？不会。歧视还是会在，这都是现象，是你无法控制的表面现象。"

他又转向我："你说饥饿感会让你生气，这很好。这是我们本能的欲望。我们不能否认欲望的存在。饥饿、贪婪、占有、嫉妒等等，都是阻碍我们通往极乐世界的绊脚石。幸福来自人们的内心，它一直就住在那里，我们不应该依靠他人寻求快乐。焦虑、憎恨、幻想和各种杂念，它们和欲望一起占据了我们的心灵空间。就像飘在天上的乌云那样，这些东西遮住了幸福，让我们的内心变得越来越小，越来越混沌不清，不容易知足。只要我们能驱散这些乌云，把思想从各种束缚中解放出来，内心就会变得强大，你也会离幸福和极乐更近。"

Less is more，这是"呼吸爷爷"想要告诉我们的。

在追求幸福的道路上，我们要做减法，而非加法。

你拥有的物欲和杂念越少，心理上对外物的依赖就越弱。瑜伽练习里的一系列规则和方法都是帮助你绕开生活中这些不必要的"障碍物"，更清晰地看到自己的内心世界，进而发现人生的智慧之源和快乐之本。

受伤

每天伴随着和风和浪涛声，住在悬崖上的日子过得异常的快。同学之间也慢慢地分裂成了几个小团体，不再是一大桌的人每顿都要围在一起吃饭。

学校的素食在经过两个礼拜的调整后，已经不再推陈出新。面对每天都能看到的咖喱土豆、隔天就能看到的椰肉卷心菜，和一周能见到两三次的鹰嘴豆，我的味蕾已经不再能分辨出它们的差别。

我的腿上陆续出现了几块淤青，而且没有要消退的趋势，反而迅速占满了我的整条腿。室友看到我发青的双腿后，建议我去找阿育吠陀的医生问个明白。

医生给我诊断后，给出的建议是不要吃苹果、橙、蘑菇和鱼；白天都不要睡觉，还要少说话；有空的话，去他的诊所做一下疏通经络的全身按摩。这一下就戳中了我最爱的两种食物——蘑菇和鱼，因此对医生的建议我并没有放在心上。

我叫上了莎拉，决定去学校外面的餐厅吃一条鱼，补一点蛋白质。坚持了两周全素的饮食，终于还是在课程没过半的时候就破戒了。

瓦卡拉悬崖上的餐厅，其实每家做的菜都大同小异。以最正宗的印度咖喱为主打，其次是烤得不错的披萨和各种土耳其饼。莎拉每次出来跟我一起下馆子，也都只吃素。

吃鱼没几天，我腿上的淤青开始逐渐退下去。小潘笑说，自己从来没见过有人练瑜伽会练出二十多处淤青，更没见过补了一点肉后就开始逐渐恢复的例子。我尽量克制着，隔天才出去吃一点鸡和鱼。

在一节哲学课时，老师选了我和班上另外一个英国男人一起上台做动作，配合他要解释的理论。

英国男人的柔韧性不太好，我的柔韧性不错。选了我们两个人，目的是要展示给其他同学看，在练习瑜伽体式时，有时候人们认为已经达到了自己的身体极限，但通过呼吸和意念，还能把动作完成得更到位。

我战战兢兢地并拢了双腿坐在地上，按照坐立前屈的指示，双手抓住自己的脚趾。

解剖课上提到过，做瑜伽时最容易过度拉伸身体而弄伤自己的，正是像我这样的"软骨头"（柔韧性好）。因为韧带、肌腱和肌肉相对有弹性，很多"软骨头"不如"硬骨头"的人们那样，容易马上感到疼痛，所以很容易过度拉伸。"硬骨头"们虽然不擅长伸展，但自身紧张的肌肉和肌腱无形中却保护了他们。

"呼吸爷爷"让我们从腰部开始下弯，同时双手用力去拉自己的双脚，借力让自己的头部更靠近膝盖。我下到了"8 分"的地方，接着又调匀了呼吸，靠吐气时排出的力，把自己又往下拉了一点。

"呼吸爷爷"走到我的背后，一边把我往前推，一边开始讲解他的理论：

"她就要碰到膝盖了，这是她自己认为的身体极限。但请记住，这不是她身体真正的极限。"

说完又指导着我，让我吸了一口气，接着大口地吐出。在我吐气时，他又加力把我往下压了一点。

在小潘的课上，由于热身充分，坐立前屈这个动作我是可以做到头碰到膝盖的。只是此刻，左大腿后侧的腘旁腱肌已经开始抗议。我感到一阵抽紧，接着是一阵疼痛。可老师还没有要"收手"的意思，我顺势叫了起来：

"已经到极限啦！不要再压了！"

看到我激烈的反应后，老师非但没停止，而且又开始布道：

"集中精力，告诉自己你可以的。呼吸，吐气，下弯，再多一点，再来一点点！马上就碰到了！你肯定可以的！"

随着一声响彻天空的惨叫，他终于把我的头压到了膝盖上。我的腘旁腱肌在这一刻也光荣地撕裂了。一阵疼痛袭来，涌到左腿的每一个角落。而那个幸运的英国"硬骨头"，被老师往死里推了一把，还真的没有受任何的伤。

哲学课的理论 50% 得到了验证——意念和呼吸可以帮助人们在一个体式中做得更到位。而解剖课的理论却是 100% 得到了验证——"软骨头"的人伤不起啊。

瑜伽的体式课秉承的是"在自己力所能及的范围内尽力"的概念。当力量和柔韧度还不足以撑起一个新的体式时，都不建议学生在没有辅助的条件下硬试，而保持一个瑜伽体式正确的方式是——be hard but at the same time soft（身体用力，但让自己舒适），即只用该发力的身体部位发力，其他的部位都呈放松状态。

接下来的一节是小潘的课，每次上课前小潘都会先了解一下哪些同学身上有伤，然后建议大家哪些动作不能做。身体有伤的同学，老师不会用外力帮助他纠正姿势。

我如实禀报："左边腘旁腱肌拉伤了，就在一个小时前，现在还超级痛呢。"

"怎么回事，前面一节不是哲学课吗？上哲学课都能拉伤？"

"运气不好，我被老师拉上台做示范，他把我往死里压啊，都不听我喊停。"

他听出我在抱怨"呼吸爷爷"，立马把我怼了回来。小潘用行动告诉了我，尊老在印度是非常重要的。分明昨天还跟我们说"老师也不能强制学生去超越自己的身体极限"，一转眼，话风居然全变了——

"哲学课老师没做错，是你自己不懂保护自己。今天我的课上，需要腘旁腱肌发力的动作你都不要做了，让它好好休息一下。拉伤痊愈后，你的柔韧可能会比之前会更好，所以可能也是好事。"

嘴上说得如此绝情的小潘，在遇到每一个我不能做的体式时，都悄悄走到我身边。

从高 8 度喊口令的声音一下切换到低 3 度，示意我趴在垫子上放松双腿。随后，冷不丁地，举起我受伤的左腿，左摇一下右晃一下。接着一脚踩在我的左大腿后侧，用按摩来帮我舒缓拉伤的痛。

（大声）"双脚后跟使劲踩地，不要弯曲膝盖，下犬式，保持五个呼吸。"

（小声）"是这里痛吗，我捏的对吗？"

（大声）"收腹，双臂使劲往后推，上臂往外转，再尽量拉长一下自己的脊椎。"

（小声）"现在缓解一点了吗？"

（大声）"坐骨往上，朝天空方向，后腰用力挤压，推直上身。台湾人，膝盖伸直！"

（小声）"下课回去，按照我刚才给你捏的方式给大腿做按摩。不是什么大伤，过两天就会好。"

这从天而降的福利，虽然没有减缓大腿后侧的伤，但对"呼吸爷爷"的怨，已经完全被小潘的专业和机智给化解了。

在课程还只剩下最后一周时，小潘以他的态度和能力完全捕获了我和那个台湾男生的心。

新年

课程最后一周遇上了圣诞节和新年。学校没有放假，组织了一些野餐和户外活动，让所有人一起参加。

圣诞和元旦前的那两顿晚餐，两个班级 25 个同学再次聚首。虽然我们只是在前后不同的酒店住着，但缘于平时课程紧凑，大家基本打不着照面。时隔三周没见，同学之间都有很多心得感悟要聊。这一天，学校所有的工作人员都聚齐了，罗德、老板、医生和平时教我们课的老师都悉数到场。

学校请来了喀拉拉邦传统的卡塔卡利（Kathakali）舞者，他们画着比京剧脸谱还要浓艳的妆，头顶各种奇形冠，穿着十几斤重的像花伞一样撑开的戏服，一出场就带来了十足的节日气氛。在我们酒店前的大草坪上，三名舞者伴随着鼓声不停地跳呀转呀，一圈又一圈，吸引来了外面街上的一群当地小孩，他们个个敲着鼓拿着铃，好不热闹。

圣诞节那晚，由这三位舞者带头，轻快的鼓声伴随着小碎步的南印度舞，让很多同学都忍不住跟着一起舞动起来。新年前那天，学校又搬来一台小音箱，被北印度来的老师们霸占，放起了宝莱坞和旁遮普的歌曲。

印度人几乎个个都是天生的"舞神"，只要一听到旋律，都会不自觉地摆动起双臂，尽情地自我释放。

新年晚上的露天"舞会"没有 DJ，歌曲总是一曲未完就被人切成了另外一首。有时候是因为南方人放了一支抒情慢歌，北方人跳到一半听不下去了，一把冲上去把它拉回北方邦的旁遮普流行曲；一会又是南方人无法忍受"听了就想摇头耸肩"的旁遮普音乐，把它切到英文歌；最后听了几秒，南方人和北方人才达成共识：欧美快歌的节奏都不如印度的歌好。于是，又退回到"在南北印度歌曲之间切换"的一种混乱又和谐的状态。

这一出搞笑的"切歌剧",让我在一边看得直乐。

2017 年的最后一个晚上,我坐在花园那张吊床上,大海的浪潮声已经完全被音箱的声响给覆盖。花园外,来来往往的人们,也都是兴奋地等着新年的到来。

小潘见我一个人犯懒没在舞池,走过来跟我一起坐在吊床上,接着就随便聊了起来。

"你的舞跳得不错!这么兴奋,是因为酒精吗?"

"我有时候也吃肉,但不碰烟酒。你的腘旁腱肌好些了吗?课程马上结束了,可别带着伤回去。"

"比受伤第一天好多了,谢谢你专业的按摩手法。这些都是你们在大学里学的吗?你读的瑜伽学位具体都教些什么?"

"我读的综合性大学里开设的两年制瑜伽研究生学位,跟你们这一个月学的方向基本相似,会再多一些治疗运动伤害的知识。体力啊,柔韧啊,平衡啊,这些也都是要每天练的。"

"这么说你刚开始学的时候,也不会横劈叉?髋关节也不是天生就能打开成现在这样?"

"髋关节的打开程度肯定不如现在,瑜伽练习没有捷径。很多学生都问我们,怎样才能练好瑜伽,很简单,其实跟做所有其他事一样:自制力和不断练习。心无惰念,思想专注。这样才能打开身体隐藏的力量,帮自己找到和整个世界的平衡。回去后记得，除了练习，还要练习。"

"打坐好难，让我坐 10 分钟全身不动，比让我做 10 分钟体式更难。"

"没关系，今天 10 分钟做不到，就先坐 3 分钟，明天坚持 5 分钟，循序渐进。你觉得自己这三周来有进步吗？"

开学到现在的进步，还是很明显的。前屈和侧弯动作，和以前相比，有明显的进步。后弯和一些对力量要求高的支撑体式，做得还不太到位。倒立的动作，前两天在没有他人保护的情况下，也漂亮地完成了。瑜伽的确没有捷径，只有多洒些汗水，才能尝到成功的味道。

我告诉小潘，自己进步显著，这一次来印度自己收获满满。

"瑜伽老师在海外的待遇比在印度好很多。现在积累一点经验，将来你会出国赚钱吗？"

"我不去。"他完全没有一点犹豫，脱口而出，"我的家在这里。现在我毕业两年，不光教你们班，平时每天还有私人小班，收入比一个印度的初级工程师还高。"

"那将来呢？家人给安排结婚后，你还要养老婆孩子。这几年趁年轻，不多出去赚点美金？"

"钱够用就好。我家在印度，我是家里的长子，还有很多责任要担。如果以后你在中国开了自己的瑜伽馆，有一个月之类的短期课程可以邀请我去教。长期离开印度，我肯定不考虑。生活里还有很多比赚钱更重要的事，那些才应该是你的根，是你的快乐之源。"

瑜伽老师的工作在我看来也不轻松。小潘每天和我们一样，一早 5 点半要教另外一个班的哈他瑜伽，7 点半和 11 点半还有两节私教课，下午 4 点半教我们，中间穿插着不是每天都有的教学法和体式纠正课。如果临时遇到要求上一对一私教课的新学生，还要再凑出一个半小时给人家"开小灶"。

我们每周休息的半天时间里，他们通常都在教私人小班。我们这个班毕业后，到下个班重新开课，中间只有三天。而这三天，小潘的时间依旧被私教课排满。

此时，新年倒计时要开始了，室友和罗德过来拉我们一起去悬崖边看烟花。离开酒店前，罗德塞过来一瓶啤酒给我，看样子他已经和室友喝不少了。小潘见他们主动送酒给自己的瑜伽学生，有点不太乐意，毕竟这很违背瑜伽练习者的生活方式。

我试探性地问小潘，怎么看待瑜伽学校的工作人员给学生送酒的这份"好客"。

"就当这是让你克制住自我感官、屏蔽外界诱惑的一个小小考验。你应该知道怎么做的，成为什么样的人，那都是你自己的选择。"

离开

离开瓦卡拉前的最后一天早上，我和台湾男生说好要去体验一下小潘的私教课。顺便，走前再最后拜一下我们的"男神"。

早上的私教课聚了 8 个学生。练习的地方在另外一个酒店的楼顶，面向大海。7 点半课开始的时候，正好是一天中最美的时光。

小潘像以往每节课一样，在开始做体式前，带领学生唱曼特拉。

Om Gurur Brahmaa

Gurur Vishnur

Gururdevo Maheshvarah

Gurur Sakshat Param Brahma

Tasmai Shrii

Guruve Namaha !

大师是创造者，把智慧带给学生。

大师是保护者，让这已有的智慧跟学生常相伴。

大师是破坏者，碾碎了学生内心对无知的恐慌。

最后一次听小潘唱曼特拉，我从中感受找到一丝平静。

Those there are always there. What makes a difference is how you see the way they exist.

同一个老师，面对 12 个学生，传授一模一样的理论。

你能听到的、记住的、带走的东西，它们一直都在那儿。

之所以有了不同，是因为你选择了用自己的角度去理解它们的存在。

这统统都变成了，只属于你一个人的，一段经历。

后来，我在上海的街头看着葱油饼，脑子里冒出来的竟是"这个恰巴提（印度薄饼）真好吃"。这一刻，我觉得自己离"开悟"近了一步。

心随女儿环游世界

金光耀

2016 年年初的一天，一个旅游网站发了一篇对正在南美洲旅行的女儿一诺的采访，有个复旦的老师看见后用微信转发了。第二天在去办公室的电梯上，好几个老师向我提起这篇采访，还说昨晚的微信朋友圈被这篇文章刷屏了。于是，我周围的人知道了我女儿在环球旅行。几个月后，一诺结束第一圈环球游回到上海后，开了一个微信公众号，陆续地发出她的环球游记。我在微信中转发后，周围更多的朋友关注起一诺的游记。

一诺环球旅行走的不是人们熟悉的旅游线路，所以她所写的那些在路上的经历引起不少人的称赞或者还带些羡慕，这主要是我朋友圈中的年轻人。而朋友圈中我的同辈人，则有不少对她记录下的旅途中的艰辛和遇到的困难表示惊讶，有些更是直接问我：怎么能让女儿这样去旅游，难道不担心她的安全吗？

女行千里父担忧，天下做父母的心是相同的，更何况一诺去的是万里之外我们所知甚少的国度。正因为一诺知道我们做父母的会牵挂，会担心，也会劝阻，所以尽管她早就对环球旅行有了自己的规划，但在 2015 年大年初二出发时，只是对我们说要去印度、伊朗和土耳其看一看。像这样几个月的外出旅行，我们已经习惯了，因此没太当回事。然后，她就不断地"临时性"

地延长行程。比如说发现有从哥本哈根到纽约 1800 元人民币的便宜机票，便要去美国看看留学时的老同学。就这样，从西亚到了南欧，又从南欧到了北欧，然后去了北美，最后直下南美大陆的尽头。2016 年 6 月 9 日，她开始第二圈环球旅行时，也只是说要坐火车经蒙古沿着西伯利亚铁路去俄罗斯看看，但后来就完成了她早就向往的穿越非洲大陆和横贯丝绸之路的行程，为期 15 个月。

一诺每一次改变和延长行程，我们的心头就会添加一份牵挂和不安。好在如今是网络时代，一诺差不多每天都会通过微信报平安。在那牵挂的日日夜夜中，我常想，如果还是在"前网络时代"，像我上世纪 80 年代末初次出国时那样，一封信从英国到国内需要 5 到 7 天，一个来回就是两周的时间，那要如何才能安顿心中的牵挂啊。

在这两年多的时间里，我追随着一诺的环球足迹一路"网游"。她每到一个新的地方，我会就打开世界地图网站和维基网站，及时了解此地的具体地理方位和各种信息，尤其是安全状况。当一诺告诉我们她到了卢旺达和乌干达时，我脑子里马上跳出的就是卢旺达种族大屠杀和关于乌干达总统阿明的电影《末代独裁》，心中充满了担忧，但一上网才知道，卢旺达是近年非洲发展最快、社会最稳定的国家，而乌干达也早已不是阿明独裁的时代了。就这样，一诺行万里路，我"读万卷书"，增加了对她途径的几十个国家的了解，也获得了许多新知识。一诺沿南美洲东海岸南下，在阿根廷的圣胡利安港歇了几天，我知道了这里海滩上留下的巨兽遗骸启迪了达尔文提出进化论。待她抵达南美大陆尽头再转到西海岸后，我又知道了智利北部的沙漠地区被称为"地球上最像月球表面的地方"。对纳米比亚以前只知其名，所知却甚少，一诺去了后，我才知道这是个在世界最佳旅游地中位列前三的国家。

当然，一诺旅行的路上并不都是网络通畅的。她要坐船顺亚马逊河而下，出发前告诉我们，途中三天没有网络，因此到目的地前无法发任何消息。那我们就只能耐心地等待三天。她要去登乞力马扎罗山了，告诉我们要六天后下山了才能有网络与我们联系。那我们又只能等待了，那六天里心头牵挂的就是5895米的海拔。

与这种提前知晓的等待不同的，是没有任何告知情况下的"失联"。旅行在途中总会有意想不到的情况。在两年多时间的环球旅行中，一诺有过几次来不及告知我们就失去了网络，也就一下子没有了音信。"失联"时间最长的一次是从纳米比亚的首都温得和克搭车到南非开普敦，一路上没有网络，整整三天没有一点音信。那几天，我身在中国，心却在非洲，不时上网查看与纳米比亚有关的各种网站，包括中国驻纳使馆的网站，猜测着她可能去的几个地方。因为纳米比亚与中国有六个小时的时差，我们这里已过半夜，那里还是傍晚，所以半夜醒来也会查看一下手机，希望微信中有消息传来。直到第四天睡觉前，一诺发来微信说已在南非的开普敦了，我这才放下心来，睡了一个安稳觉。

2017年春天，一诺从高加索至中亚几个国家，沿古丝绸之路一路东行，每一天都在向家乡靠近，我们也逐渐宽下心来，同时多了一份相见的期待。6 月中旬她从哈萨克斯坦经霍尔果斯口岸进入新疆，终于结束了在国外的行程。然后她在新疆旅行了十多天后进入甘肃，恰好我去张掖的河西学院出差。于是 6 月的最后一天，我们父女在河西走廊上的丝路重镇相遇了。张掖是玄奘西去取经和马可波罗东来中土都经过并停留的地方，能在这里迎接远游归来的女儿真是天意。河西学院的老师得知后，热情地设宴备酒祝贺我们父女在此相聚。那天晚上可以说是天时、地利、人和三者皆备，举杯感谢河西诸君时，我口占一首表达喜悦和感激之情：万里丝路经河西，玄奘马可越沙疆。我来迎女环球归，直将张掖作故乡。

同行的与一诺年龄相仿的年轻同事赞叹一诺环球游之余，问我是如何成功培养出这样一个女儿的，作为年轻妈妈的她显然想到该如何培养自己的孩子。当时我没怎么考虑，脱口就说，充分尊重孩子的意愿，给她足够的空间。但是，事后这个问题又出现在我的脑海中，我问我自己：难道我真的可以认为我对孩子的教育是成功的吗？

上世纪 80 年代末我去英国进修时，6 岁的一诺曾跟随到那里待了 7 个多月，国内还没进小学就先在英国上小学了。可能是先入为主的缘故，她对国内中小学的一套教育总不太适应和喜欢。那时已经有各种课外的辅导了，我们也给她安排过，但她最终都拒绝了，我们也没太强求她。中学毕业后她去国外读大学，很适应那里的读书环境，学得十分愉快，放假回国时学校还让她给准备去留学的中国学生现身说法。获得硕士学位回国后，一诺没有像我们期望的那样，也没有像大多数年轻人那样选择在上海找工作，而是先去了海南，然后去了马尔代夫、印度尼西亚等国，要将工作与看世界结合起来，我们虽然不舍，但也没有阻拦她。后来她虽然回上海工作了两年多，但攒够了钱后就去环球旅行了。作为父母，我们当然希望女儿像大多数同龄人那样，有一份稳定的有发展前途的工作，先立业，然后成家。我身边的年轻同事大都是这样的。所以，与身边这些优秀的年轻人相比，我对孩子的教育可以说是成功的吗？

但是，我自己几十年的人生经历及体悟告诉我，人生最大的幸福就是做自己喜欢的事情。一诺从小就是一个有自己主意的人，会按照自己的想法去做自己喜欢做的事情。因此，她听从自己内心的召唤，出发去实现自己的梦想，走完了 28 个月的环球旅行。在这 28 个月中，每每最牵挂的时候，我与太太会相互说"她正在做她喜欢的事情"，以此来互相安慰，舒缓心头的不安。一诺最终做成了她自己想做而又有相当难度的一件大事情，成就了自己希望的一段人生。就此而言，我们充分尊重孩子意愿的教育方法又不能算失败吧？

在一诺环球旅行的日子里，尽管天天牵挂、时时担忧，但看到她逢山开路遇水搭桥，一路克服困难前行，感觉得到她的成长，她的见识和处世能力在增长，心里还是欣慰的，因为这是一笔难得的人生财富。待她陆续写出自己的环球游记时，我高兴地读到她沿途与各色人等的交往及观察，还有对各种文化的感悟，从中感觉到她的人文关怀。行万里路增长的人生阅历，使她的文章写得越来越有吸引力了。最初我担心这一阅读体验可能是自己的偏爱，但我的朋友圈中有各年龄段的文章高手，其中有些是很有声望的学者或作家，女儿的游记得到了他们的点赞和称许，他们有与我相似的阅读感受，这让我很开心。

在称赞一诺游记的学者中，有一位是复旦中文系教授汪涌豪，他不仅是写文章的高手，也是遍游世界的大侠。涌豪教授写过一篇美文《我的旅行哲学》，文中说旅行走的是世路，更是心路，像足了一场放空自己并努力让自己有以安顿的无涯之旅。一诺在旅途中，我曾将这篇文章发给她。如今一诺的环球旅行告一段落了，但人生之旅还很长。作为父亲，希望她在旅途中获得的感悟，能使自己的人生更充实，更丰富。

图书在版编目（ＣＩＰ）数据

　　搭车上路，一个人的八万公里 / 金一诺著 . -- 上海：
上海文化出版社 , 2019.8
　　ISBN 978-7-5535-1341-6

　　Ⅰ. ①搭… Ⅱ. ①金… Ⅲ. ①游记－作品集－中国－
当代 Ⅳ. ① I267.4

　　中国版本图书馆 CIP 数据核字 (2019) 第 154885 号

出 版 人：姜逸青
责任编辑：张　琦
特约策划：小猫启蒙
整体设计：右序设计

书　　名：搭车上路，一个人的八万公里
作　　者：金一诺
出　　版：上海世纪出版集团　上海文化出版社
地　　址：上海市绍兴路 7 号 200020
发　　行：上海文艺出版社发行中心
　　　　　上海绍兴路 50 号 200020 www.ewen.co
印　　刷：苏州市越洋印刷有限公司
开　　本：890×1240 1/32
印　　张：10.625 插页：16
印　　次：2019 年 11 月第一版 2019 年 11 月第一次印刷
书　　号：ISBN 978-7-5535-1341-6/I.504
定　　价：49.80 元
告 读 者：如发现本书有质量问题请与印刷厂质量科联系 T：0512-68180628